W0237256

Michael Schreckenberg

Die Träumer

Kriminalroman

Impressum

© 2011 Michael Schreckenberg

Alle Nutzungsrechte dieser Ausgabe bei
Gardez! Verlag
Michael Itschert
Richthofenstraße 14
42899 Remscheid
www.gardez.de

JUHR Verlag
Waldweg 34a
51688 Wipperfürth
www.juhrverlag.de

Lektorat
Michael Itschert und Daniel Juhr

Satz
Daniel Juhr

Titelbild
© suze, photocase

Titelreinzeichnung
Reprosatz Neumann GmbH, Remscheid, www.reprosatz.de

Alle Hauptfiguren und Handlungen sind frei erfunden.
Ähnlichkeiten mit lebenden Personen sind rein zufällig.

Druck
AALEXX Buchproduktion, Großburgwedel. Printed in Germany.

Originalausgabe, 1. Auflage 2011

Das Werk ist vollumfänglich geschützt. Jede Verwertung wie zum Beispiel die Verbreitung, der auszugsweise Nachdruck, die fotomechanische Verarbeitung sowie die Verarbeitung und Speicherung in elektronischen Systemen bedarf der vorherigen Genehmigung durch die Verlage.

ISBN: 978-3-89796-230-9

One, two, Freddy's coming for you.
Three, four, better lock your door.
Five, six, grab your crucifix.
Seven, eight, gonna stay up late.
Nine, ten, never sleep again.

(Wes Craven, „A Nightmare on Elm Street“)

PROLOG

… wach …
… auf …
Wach auf
Wach auf
Wach auf!
WACH AUF!

Andreas schreckte hoch, ein Schrei klebte an seinem Gaumen und wollte sich nicht lösen. Sein Herz schlug. Schnell! Schneller als nach einer konzentrierten Stunde auf dem Laufband mit Abschlusssprint, schneller, so fühlte er, als es je geschlagen hatte. Der Traum wurde flüchtig. Eben noch hatte er gewusst, warum er schreien wollte, schreien musste. Brüllen. Um es loszuwerden. Nun wusste er nicht mehr, was es war. Eine Ahnung von einem dunklen Gang, einer leuchtenden Tür und einer schattenhaften Bedrohung. Dann war auch der Gang weg, die Tür vergessen und die Bedrohung nur der Rest eines Unbehagens. Andreas' Herz hämmerte, das T-Shirt klebte an seinem verschwitzen Rücken, er zog gierig Luft ein, aber der Traum war fort.

Die Sommernacht floss langsam in sein Bewusstsein. Er saß, hochgeschreckt, im Bett. Ein vorsichtiger Griff nach rechts, ein Blick. Ja, Heike lag da, schlafend, Rücken und Hinterkopf ihm zugewandt, ruhig atmend, ein wenig schniefend, wie immer. Er berührte sie leicht und sie machte ein Geräusch irgendwo zwischen Murmeln und Schmatzen. Gut. Gut, dass der Schrei stecken geblieben war. Gut, dass er nicht losgebrüllt hatte. Er hätte sie zu Tode erschreckt.

Das Dunkel des Zimmers begann, durchdringlich zu werden. Die Nachttische wurden sichtbar, die Lampe über dem Bett, der große Kleiderschrank an der Wand gegenüber dem Fußende. Die Schlafzimmertür. Und natürlich das große Fenster, auf seiner

Seite. Darunter der Heimtrainer. Das Fenster war gekippt, der Vorhang zugezogen, im Garten unten plätscherte etwas. Wahrscheinlich war irgendein Tier in den Teich gesprungen.

Andreas sog noch einmal die Luft ein. Das Zimmer war regelrecht hell, fiel ihm nun auf. Vollmond? Musste wohl so sein. Er war spät nach Hause gekommen, in Gedanken noch im Büro, und hatte nicht auf den Mond geachtet. Genau genommen hätte er nicht einmal genau sagen können, welchen Heimweg er genommen hatte. Aber der Mond war wirklich ungewöhnlich hell. Dass ihm das nicht aufgefallen war … oder war es vorhin bewölkter gewesen? Er hätte es nicht sagen können.

Mit einem gewissen Ekel stellte er fest, dass nicht nur das T-Shirt an seinem Oberkörper klebte, auch die Shorts waren nass geschwitzt. Dabei war es nicht mal besonders heiß hier drinnen. Es war Ende August und sie schliefen immer noch bei gekipptem Fenster, aber das war eher eine Gewohnheit geworden, eine Erinnerung an den Juli und die ersten Augusttage, als man es hier drinnen eigentlich gar nicht hatte aushalten können, nicht mit Decke und nicht ohne laufenden Ventilator und bei geschlossenem Fenster schon gar nicht. Aber nun war es angenehm kühl und die Luft roch frisch nach nächtlichem Garten. Dennoch – die Shorts lagen klamm an Hintern und Oberschenkeln. Musste wirklich ein heftiger Traum gewesen sein.

Andreas schaute auf das beleuchtete Zifferblatt des Weckers. 4:21. Noch mehr als eineinhalb Stunden. Es würde sich lohnen, noch einmal einzuschlafen. Müdigkeit begann, in ihn zu tropfen.

Aber seine Shorts hielten ihn davon ab, sich einfach wieder umzudrehen. Dieses klebrige Gefühl, das sie an der Innenseite seiner Oberschenkel und an seinen Eiern verursachten, war zu eklig. Wenn er so einschlief, wachte er manchmal sogar mit Kopfschmerzen auf. Lieber eine kurze, nächtliche Dusche, frische Klamotten aus dem Trockner und dann, zehn Minuten später, in einen guten und erholsamen Restschlaf tauchen.

Seufzend schlug Andreas die dünne Sommerdecke weg, stieg aus dem Bett und verließ das Schlafzimmer. Während er durch den dunklen Flur im zweiten Stock des Hauses ging – Heike nannte es gerne „Die Villa“ und je öfter sie es sagte, desto weniger meinte sie es im Scherz, aber es war und blieb ein, zugegeben großes, Einfamilienhaus – beschäftigte sich sein Verstand angelegentlich mit dem Problem einer seltsamen Zahlung aus einer alten Rückstellung, die er vor einigen Wochen entdeckt hatte. Er war mit seinem Kopf so sehr im Büro, dass er es kaum merkte, wie er die Badezimmertür erreichte. Dort stand jemand im Dunkeln. Andreas erschrak fürchterlich, eine Adrenalinexplosion wie eine Erinnerung an den Albtraum von eben, dann lächelte er. Er hatte es tatsächlich geschafft, vor seinem eigenen Schatten zu erschrecken. Das helle Mondlicht war durch das Fenster in das Zimmer gefallen, das 20 Jahre lang Vanessas Zimmer gewesen war, bis sie im letzten Sommer, vor Beginn des Wintersemesters, nach Münster gezogen war. Die Zimmertür in seinem Rücken war offen, und so hatte das Licht seinen Schatten auf die weiße Tür des Badezimmers gemalt – und er hatte sich selbst gegenübergestanden. Immer noch lächelnd griff Andreas nach der Klinke.

Sein Schatten bewegte sich nicht.

Andreas erstarrte. Und zog die Hand zurück. Langsam.

Sein Schatten bewegte sich nicht.

Andreas brach der Schweiß aus. Kalt. Ihm war kalt. Alles war kalt.

Sein Schatten legte den Kopf schief.

Andreas wimmerte. Er merkte es nicht. Er versuchte, sich umzudrehen, wollte fliehen, zurück ins Schlafzimmer, zurück unter die Decke. Aber er konnte seine Beine nicht bewegen. Seine Füße klebten am Boden fest.

Und dann schoss der Arm des Schattens vor, schwarz und – Andreas nahm jedes Detail irrwitzig klar wahr – an den Rändern unscharf, wie ausgefranst, wie eine grobkörnige Fotografie und das konnte nicht real sein, das konnte nicht wahr sein, das war wieder ein Traum, wachauf, wachauf, wachaufwachaufwachauf …

… und der Schatten fasste durch seine Brust, packte sein Herz und begann, zuzudrücken. Enge. Und Schmerz. Und Enge und Enge und Enge, Andreas’ Welt wurde in Sekundenbruchteilen enger, seine Brust und sein Rücken schmerzten, auch der Arm, seine Finger kribbelten, WACH AUF!, seine Beine wurden kalt und waren plötzlich weg. Er brach zusammen und fiel zu Boden. WACH AUF! Oh bittebittebitte, wach auf, wach auf! Der Schatten beugte sich über ihn, eine widerliche schwarze Form, die sich nicht einmal bemühte, ein wenig real auszusehen. Wie aus einem ganz schlechten Film mit ganz wenig Budget, dachte Andreas hysterisch, während die Faust des Schattens sein Herz zerdrückte und die Enge ihn zusammenpresste und der Schmerz so groß wurde, so allumfassend, während die Ränder seiner Wahrnehmung sich verfinsterten. Wach auf, verdammt! WACH AUF!

WACH! AUF!

Wach bitte auf!

Wach auf!

Wach auf!

Wach …

Teil 1
Die Toten

You have promised me to reappear
after your death
in my dreams
(Phillip Boa, „Dance the Candican“)

What will we find inside of your room?
(Bedroom Walls, „In Anticipation of your Suicide“)

1

Der Killer hatte gerade die vierte Frau auf seinen Foltertisch geschnallt, sie vergewaltigt und schickte sich nun an, ihr mit einer elektrischen Heckenschere Haut und Fleisch von den Knochen zu schälen. Bei lebendigem Leibe selbstverständlich. Die Frau schrie aufs Musikalischste, das Kunstblut spritzte schillernd in 3D und Bastian hatte genug. Er rollte sein Festivalprogramm zusammen, zog die 3D-Brille ab, ging durch den Mittelgang hinunter, an der Leinwand vorbei (auf der das Starlet gerade Kreischuniversen zu erkunden versuchte, die nie ein Mensch zuvor gehört hatte), dem Ausgang zu und verließ das Kino. Draußen klatschte er die 3D-Brille in einen der dafür bereitgestellten Kartons und würdigte die Kinohilfskraft im Festivalshirt, die ihm verdutzt hinterher schaute, keines Blickes. Wie viel Zeit hatte er jetzt auf diesen Mist verschwendet?

Bastian zückte sein Smartphone und schaltete es ein. 16.02 Uhr. Wenn er die Vorlaufzeit und die Festivalwerbung heraus rechnete, war das immer noch mehr als eine Dreiviertelstunde. In dieser Zeit hatte der Killer eine Frau entführt, auf seinen Tisch geschnallt, sie vergewaltigt und mit einem Messer zerstückelt. Dann hatte er eine zweite entführt, sie auf den Tisch geschnallt, vergewaltigt und mit einer Schere zerstückelt. Die dritte hatte er NICHT entführt, sie war freiwillig zu ihm gekommen, um ihn finanzzuberaten. Er hatte sie auf den Tisch geschnallt, vergewaltigt und mit einer Axt zerstückelt. Dann kamen Nummer vier und die Heckenschere. Alles in 3D. Und der Titel des Films – „Sept Femmes“ – verhieß nichts Gutes.

Bastian blätterte im Programm und las sich die Beschreibung des Desasters noch einmal durch: „Blutig und schwarzhumorig, blablabla, mutiger Tabubruch, blablabla, gekonntes Spiel mit Genreklischees, blablabla, Überraschungshit auf dem Festival von Sowieso, blablabla, konsequentes Meisterwerk des jungen französischen Autorenfilmers, in der Tradition von blablabla und alles in 3D.“ Scheiße, wieso hatte er sich die Karte überhaupt gekauft?

Das war sein zwölftes Fantasy Filmfest in ununterbrochener Folge, wieso hatte er aus vergangenen Fehlern nicht gelernt? Mutige tabubrechende Splatterfilme, mit denen schwarzhumorige Autorenfilmer auf ominösen Festivals ominöse Preise gewonnen hatten, waren in Wirklichkeit IMMER langweilige, menschenverachtende Blut- und Gekröseorgien ohne jede Handlung. Und jetzt auch noch in 3D. Aber er hatte den Namen des Regisseurs vor einiger Zeit im Zusammenhang mit einem anderen, wirklich guten Horrorfilm gehört. Bastian wusste den Zusammenhang nicht mehr genau, aber er hatte in ihm die Hoffnung auf eine intelligente Geschichte geweckt. Was für ein Irrtum. Er schwor sich, in Zukunft auf die Warnzeichen zu achten.

Kurz nach vier. Und der nächste Film … er warf einen Blick auf den Tagesplaner in der Mitte des Programmhefts, wo er sich seine Notizen gemacht hatte. Der nächste Film, den er sehen wollte, kam um 19.15 Uhr. Ein österreichischer Film über ein verwunschenes Zimmer. Auf den freute er sich, nach zwei Jahren endlich mal wieder ein deutschsprachiger Film, der zumindest vielversprechend klang. Er würde ihn gemeinsam mit Linda sehen, ebenso wie den nachfolgenden Film über eine Horde englischer Zombiehooligans. Das Programm stellte ihn in die „Tradition von ‚Shaun of the Dead'". „Traditionsfilme" waren auch immer verdächtig. Das konnte auch ein ziemliches Desaster werden – oder eine ganz grandiose Entdeckung, eine von denen, derentwegen er das Fantasy Filmfest so liebte. Jetzt allerdings hatte er erst einmal fast drei Stunden freie Zeit. Da lohnte es sich, nochmal ins Büro zurückzukehren.

Er verließ den Cinedom und stand einen Moment unschlüssig da. Der Nachmittag war sonnig, aber nicht zu warm, ein leichter Wind wehte, über den zentralen Platz des Mediaparks schlenderten Passanten, einige Skater übten in dem Brunnen, der wie üblich kein Wasser führte. Auf der Maybachstraße rauschte der Verkehr, ein Nebenfluss des ewigen, beruhigenden Großstadtstroms, es war eigentlich entschieden zu schön fürs Büro. Er könnte auf die Ringe hinüber spazieren und sich irgendwo hinsetzen, nach draußen, einen Kaffee trinken …

Aber Kaffee gab es auch im Büro, und wenn er das Fenster öffnete, konnte er auch dort den Spätsommer genießen, auf den grünen Teil des Mediaparks hinuntersehen und auf die Züge dahinter. Außerdem musste er nicht ins Büro. Er konnte. Wo war der Spaß, wenn man sich die eine Freiheit nur nahm, um auf eine andere zu verzichten? Er ging also die paar Schritte am künstlichen See vorbei zu dem Büroturm hinüber, betrat ihn, nickte dem Pförtner zu und fuhr nach oben, wo Kommunikation:Winterhagen ein halbes, sehr repräsentatives Stockwerk einnahm.

„Hi. Bin wieder da."

Marion, die mit dem Rücken zur Tür etwas in ihren Computer hackte, blickte sich verblüfft um. Früher hätte man sie „Sekretärin" genannt, aber in einer Agentur wie Kommunikation: Winterhagen gab es keine Sekretärinnen, also war sie die „Bürokoordinatorin". Was nichts daran änderte, dass sie punktgenau dem Klischee der perfekten Sekretärin entsprach, abgesehen vielleicht vom Äußeren. Sie war nicht groß, schlank, blond und jung, sondern klein, pummelig, rothaarig und Anfang 50. Michael Winterhagen achtete, wenn er Leute einstellte, auf Kompetenzen, Referenzen und die Chemie im Team, und er stellte immer die richtigen Leute ein, das musste man ihm lassen.

„War der Film so schlecht?", fragte sie.

„Du machst Dir keine Begriffe. Hast Du 'nen Kaffee?"

„Ja, bedien Dich." Marion machte eine vage Handbewegung in Richtung der Thermoskanne auf ihrem Schreibtisch. „Bei den Ausgangsrechnungen müsste auch eine saubere Tasse sein. Worum ging es denn?"

Bastian griff in den Aktenschrank und fand einen Kaffeebecher mit Herzchen und der Aufschrift „Sei mein Glücksstern." Er haderte kurz mit sich und entschied dann, dass das Gefäß egal war. Der Kaffee, den Marion sich von zu Hause mitbrachte, war auch am Nachmittag immer noch besser als alles, was die Padmaschine in der Teamküche hergab, egal, woraus man ihn trank. Er schenkte sich ein, setzte sich auf den Lieferantenstuhl und legte seine Füße auf den Schreibtisch. Marion sah ihn strafend an, und er nahm sie wieder herunter. Dann erinnerte er sich an ihre Frage.

„Es ging um einen Typen, der wahl- und sinnlos Frauen vergewaltigt und zerstückelt."

„Boah, Bastian." Sie schüttelte den Kopf und verzog das Gesicht. „Warum guckst Du Dir sowas überhaupt an?"

„Nein, nein, ich habe den Film nur nicht verstanden." Er tippte auf das Programmheft. „Hier steht, dass das ein Meisterwerk ist, ein mutiger Tabubruch eines preisgekrönten Regisseurs, der das Genre neu definiert. Ich bin offensichtlich nur zu blöd dafür."

Marion schaute verwirrt. „Was? Welches Genre?"

Er zuckte mit den Schultern. „Keine Ahnung. Handlungsfreie Blutorgien oder so."

„Ich verstehe echt nicht, warum Du Dir sowas ansiehst. Aber gut, dass Du nochmal reingekommen bist. Cheffe will mit Dir sprechen. Hat versucht, Dich zu erreichen. Aber Du schaltest ja im Kino immer das Handy ab."

Stimmt, da war eine SMS im Eingang gewesen. Er hatte vorgehabt, sie zu lesen, wenn er an seinem Schreibtisch saß. „Worüber sprechen?"

„Weiß ich nicht. Er sagt mir ja nichts alles. Schien aber wichtig. Seine Frau hat ihn angerufen, dann Dr. Lorenz und er war so richtig aufgeregt. Weißt ja, wie er ist."

Bastian überlegte. Linda, Michaels Frau, arbeitete als Personalentwicklerin bei LorenzMed, einem der wichtigsten Kunden der Agentur. Wenn erst sie und dann der Patriarch selbst angerufen hatte, dann ging es mit Sicherheit um keine Kleinigkeit.

„Welche Art von aufgeregt? *Wir-sind-pleite*-aufgeregt oder *Wir-werden-Geld-scheffeln*-aufgeregt?" Die Frage war nicht rhetorisch. Marion und Bastian waren lange genug in der Agentur, um beides erlebt zu haben. Sie zog die Schultern hoch.

„Ich weiß es nicht, Bastian. Ein bisschen was von allem, wenn Du mich fragst."

Als Bastian Michaels Büro betrat, die Glückssterntasse immer noch in der Hand, sah der jedenfalls nicht nach Katastrophe aus. Er blickte auf und strahlte. „Da bist Du ja. Toll, dass Du noch rein kommst. War der Film so schlecht?"

„Völlige Scheiße."

„Selbst Schuld. Welcher erwachsene Mensch – außer Dir und Linda, meine ich – sieht sich schon freiwillig Horrorfilme an?"

Bastian und Michael waren seit den ersten Tagen ihres gemeinsamen Studiums in Wuppertal Freunde, und es war fast ebenso lange her, dass sie beste Freunde geworden waren. Aber als Michael – der Entschlossene, Zupackende, Zielstrebige – seine eigene Firma gegründet hatte, da hatte er Bastian nicht aus Freundschaft ins Team geholt. Er hatte es getan, weil er Bastian für einen ziemlich guten Redakteur hielt und den besten Rechercheur, von dem er je gehört hatte. So jemanden an den Journalismus zu verschwenden, wäre in Michaels Augen ein Verbrechen gewesen, vor allem, wenn man eine eigene PR-Agentur hatte. Er hatte Recht behalten. Die Firma hatte die frühen Stürme und zwei Phasen des Agentursterbens überstanden, und so gerne Michael das sich und seinen Talenten zuschrieb, so bereitwillig hätte er jederzeit zugegeben, dass er einen guten Teil davon seinem Freund und Redaktionsleiter verdankte. Dem Mann, der sich gerade mit wenig Ehrfurcht in einen der sauteuren Clubsessel in der Edelbesucherecke fallen ließ. Michael wusste, dass Bastian jedem, der es hören oder nicht hören wollte, erzählte – Kunden selbstverständlich ausgenommen – wie fürchterlich protzig er Michaels Büro fand. Und er wusste auch, wie gerne Bastian hier herumsaß. Er nahm einen dünnen Stapel Papier vom Schreibtisch und setzte sich zu seinem Freund.

„Marion hat gesagt, dass irgendwas passiert ist. Aber nicht, was", sagte Bastian.

Michael grinste. „Sie ist beleidigt. Sie kann es nicht leiden, wenn Linda und ich an ihr vorbei dienstlich sind. Privat, ja. Aber dienstlich? Da ist Linda auch nur Kundenvolk."

„Und? Lorenz-Junior hat auch angerufen?"

„Ja", sagte Michael. „Du hast einen Termin, übermorgen."

„Ach, habe ich?"

„Ja, es ist wirklich wichtig. Marion hat gesagt, Du hast keine Termine. Und selbst wenn ... Andreas Deutschmann ist gestorben. Vorgestern schon. Übermorgen ist die Beerdigung."

Bastian musste nur kurz überlegen. Andreas Deutschmann war

Personalleiter und Prokurist von LorenzMed. Gewesen. Er kannte ihn nicht gut, hatte aber hin und wieder mit ihm zu tun gehabt. Für die Kundenzeitschrift hatte er ihn einmal als Top-Manager porträtiert, für die Mitarbeiterzeitschrift als Triathleten. In der Freude am Laufen hatten sie sogar eine Gemeinsamkeit entdeckt. Bastian hatte Deutschmann in angenehmer Erinnerung. Schade drum.

„Woran ist der denn gestorben? Der war doch noch gar nicht so alt. Anfang 50, oder so?"

Michael nickte. „52, ja. Herzinfarkt im Schlaf. Der hat wahrscheinlich gar nichts gemerkt. Mann, wenn ich mal abtrete, will ich auch, dass es mich so erwischt."

Bastian schaute skeptisch. „Bisschen früh, oder?"

„Ja, das allerdings." Michael schaute einen Moment versonnen aus dem Fenster, dann griff er nach dem Papierstapel, den er mit zum Besuchertisch gebracht hatte. „Linda hat mir ein paar Sachen aus deren Intranet gezogen, auch so 'ne Sportlergeschichte, die Du mal geschrieben hast. Er war ja quasi auch ihr Chef. Hab' ich Dir ausgedruckt. Sie hat Dir aber auch noch was gemailt, und sie hat Deinen Zugriff auf das Intranet ausgeweitet."

Bastian lachte. „Ich BIN das Intranet."

Michael grinste schief. „Du wirst Dich wundern. Du hast jetzt Zugriff auf einige interne Gesprächsprotokolle und einen Teil von Deutschmanns Personalunterlagen. Alles von Lorenz-Junior genehmigt."

„Wow." Bastian sah ihn groß an. „Das ist 'ne Menge Aufwand für einen Nachruf."

„Ja, einen Nachruf sollst Du natürlich auch schreiben. Wie immer, drei Versionen etc. Aber Lorenz-Junior will mehr. So eine richtig große Lebensgeschichte, mehrere Kapitel, Bilder, Privates, wenn Frau Deutschmann das zulässt, verschiedene Medien, das soll ein echtes Denkmal werden. Der war total fertig. Schien ihm echt nahe zu gehen."

„Nahe gehen? Lorenz-Junior?"

„Habe ich Dir doch immer gesagt. Der ist in Ordnung, für einen Kunden. Der kann richtig menschlich sein."

„Hm. Scheint so."

Michael lachte. „Ist so. Und er ist bereit, mein Freund, richtig Geld dafür rauszuhauen. Linda und Du, Ihr seid heute Abend wieder im Kino, oder?“

„Ja. Zwei Filme.“

„Gut. Da kann sie Dir schon einiges erzählen.“

„Wir wollten Filme ansehen, Micha.“

Er zwinkerte. „Davor oder danach oder dazwischen, vielleicht sind die Filme ja auch so mies wie der vorhin. Worum geht's denn?“

„Um ein verwunschenes Zimmer in dem einen, um Zombiehooligans in dem anderen.“

„Zombiehooligans?“

„Ja.“ Bastian machte eine hilflose Geste. „Mann, das kann echt gut sein. Du klingst fast wie Judith.“

„Du lässt Judith alleine für Zombiehooligans?“

„Sie hat 'ne Recherche und geht danach wohl in ihre Wohnung, wir sehen uns heute wahrscheinlich gar nicht. Selbst wenn …“ Bastian grinste süffisant. „Schließlich lässt Linda Dich auch alleine. Für Zombiehooligans.“

Michael nickte mit gespielter Nachdenklichkeit. „Stimmt. Ich glaube, ich fahre mal bei Dir vorbei und schaue, ob Judith nicht doch da ist. Und ob sie jemanden braucht, der sie versteht.“

„Yep. Dann fahre ich mit Linda zu Euch. Oder wir gehen ins Hotel.“

„Sehr gut.“ Michael klatschte in die Hände. „Und wenn Ihr fertig seid, kann sie Dir was über Deutschmann erzählen.“ Er wurde wieder ernst. „Es hört sich bizarr an, Bastian, aber Lorenz-Junior meint das wirklich ernst. Ich habe ihm den vagsten Kostenvoranschlag der Welt geschickt, und er hat ihn abgenickt. Im Grunde ein Blankoscheck.“

„Wir sind Geier“, meinte Bastian.

„Ja, aber lass uns anständige Geier sein, okay? Ich brauche am Montag ein gutes Konzept von Dir, bekommst Du das hin?“

„Ein Konzept für ein multimediales Denkmal?“

„Ja.“

Bastian nickte. „Geht klar.“

2

„Walk on, walk o-on ...“, sang Linda leise vor sich hin, während sie in ihrem Salat herumstocherte, *„with hope in your heart ...“*

Bastian biss mit säuerlichem Gesichtsausdruck in seinen Cheeseburger. Linda, die heute mit der Heimfahrt an der Reihe war, hatte spontan beschlossen, dass es stilecht sei, nach zwei Horrorfilmen Junk-Food zu sich zu nehmen. Also waren sie, nachdem sie in Opladen von der Autobahn gefahren waren, links abgebogen, in Richtung Burger King. Diese „spontanen“ Entschlüsse gehörten zum Ritual. Seit drei Jahren gingen Linda und Bastian gemeinsam zum Fantasy Filmfest, sie hatten damit angefangen, kurz nachdem Michael und Linda ein Paar geworden waren. Bastian und Michael hatten immer einen ähnlichen Geschmack gehabt, wenn es um Frauen ging. So lange die Beziehungen hielten, war das immer eine gute Sache, und was Bastian betraf, so war er mit Judith bald zehn Jahre zusammen – Michael hatte sich nicht oft umgewöhnen müssen. Umgekehrt war es aber oft zu einem Problem geworden, wenn Michael sich von seiner aktuellen Flamme trennte – oder von ihr in die Wüste geschickt wurde. Im Laufe der Zeit hatte Bastian gelernt, trotz aller Sympathie auf Distanz zu Michaels Freundinnen zu bleiben. Es war unkomplizierter so.

Mit Linda war es von Anfang an anders gewesen. Michael hatte sie nur lose gekannt, bevor sie sich ausgerechnet auf einer Karnevalsfeier der LorenzMed näher gekommen waren. Zuvor hatte Michael dem ganzen Büro wochenlang in den Ohren gelegen, was für eine Bürde es sei, als Chef eines Dienstleisters an den grässlichen Feierritualen der Kunden teilnehmen zu müssen. Aschermittwoch allerdings war er dann dümmlich grinsend durch die Agentur geschwebt und nicht ansprechbar gewesen. Alles, was man aus ihm herausbekam, waren Schwärmereien über die „Goldhaarige“ und vielsagende Andeutungen, die ein Pubertierender nicht peinlicher hätte zum Besten geben können. Bastian hatte ein paar Tage darauf in seiner Redaktionsbesprechung – und in Michaels Beisein – vorgeschlagen, ihm den Gnadentod zu geben. Das Team hatte zugestimmt. Der Chef hatte milde gelächelt. Es hatte ihn auf eine Weise erwischt, die Bastian noch nie bei ihm erlebt hatte.

Es hatte nicht lange gedauert, bis Bastian Linda ebenfalls kennen gelernt hatte. Sie war ihm tatsächlich auch vorher schon aufgefallen, von ferne, als regelmäßige Besucherin des Fantasy Filmfests. Bei LorenzMed hatten sich ihre Wege noch nie gekreuzt, zumindest nicht in Person, was ein Zufall war – Bastian hatte oft über die Fortbildungsprogramme der LorenzMed geschrieben, und auch schon mit Linda gemailt. Als sie sich dann begegneten, verstand Bastian seinen Freund. Linda war scharfsinnig, was wichtig war, und hatte Witz, was noch wichtiger war. Sie war schön, auf den zweiten Blick, in allem etwas neben dem Ideal oder dem Klischee der attraktiven Blondine. Als Michael und Linda nach zwei Monaten von Hochzeit zu sprechen begannen, hatte Bastian das ganz natürlich und folgerichtig gefunden. Vorher hatte er die Worte „heiraten" und „Michael" schwer in einen sinnvollen Zusammenhang bringen können. Im selben Sommer hatten Linda und Bastian zum ersten Mal gemeinsam das Programm des Filmfestes durchwühlt. Linda bemerkte Bastians Blick und trat ihm unter dem Tisch vors Schienbein.

„Was hast Du denn? So schlecht war er doch gar nicht."

Bastian legte den Cheeseburger ab und sah sie eindringlich an. „Doch. Es geht schon mit dem Lied los, dass Du die ganze Zeit singst …"

„Sorry, Ohrwurm."

„Wie auch immer. Es ist das falsche Lied. Die Typen gehörten zu Arsenal. ‚You never walk alone' ist aber das Lied von Liverpool."

Linda lachte. „Ehrlich, das ist doch völlig egal. Wem fällt das denn auf?"

„Mir, verdammt!" Er grinste kurz und dozierte dann weiter. „Außerdem: Die sollten Hooligans sein. Hooligans rennen aber nicht mit Schals und Fahnen rum, und ganz davon ab – wieso wissen alle von Anfang an, dass man denen den Kopf abschlagen muss?"

Sie zuckte mit den Schultern. „Die haben halt ‚Shaun of the Dead' gesehen. ‚Remove the head or destroy the brain'."

Bastian war nicht so einfach zu beruhigen. „Nee, echt Linda, da haben wir schon weit Besseres gesehen. Und dann auch noch aus England. Es ist eine Schande …"

„Aber ich finde es lustig, wie Du Dich aufregst." Sie zwinkerte. „Und der Österreicher war gut, das musst Du zugeben."

Bastian nickte und nahm seinen Cheeseburger wieder auf. „Keine Diskussion. Endlich mal wieder was Deutschsprachiges, das man ansehen kann."

Sie aßen zu Ende, unterhielten sich weiter über Filme, schweiften hin und wieder ab in die Betrachtung vergangener Filmfeste, dann schob Bastian sein Tablett beiseite und wurde ernst.

„Anderes Thema. Was ist das, mit Deutschmann? Michael möchte, dass ich etwas darüber mache, eine große Sache. Lorenz-Junior hat sich persönlich eingeschaltet und den Auftrag gegeben."

Linda wirkte plötzlich niedergeschlagen, während sie ein letztes Maiskorn vergeblich mit der Gabel verfolgte.

„Ich weiß", seufzte sie.

„Was ist passiert?"

„Keine Ahnung, Bastian. Nicht genau jedenfalls. Herzinfarkt, heißt es. Und er war noch gar nicht alt. Das ist so scheiße ungerecht. Er und seine Frau … die Tochter ist gerade aus dem Haus, studiert irgendwo, sie wollten wieder mehr zusammen machen, weißt Du? Hat er mir letzte Woche noch erzählt. Reisen und so …" Linda blickte auf und Bastian sah, dass sie Tränen in den Augen hatte. Er erschrak.

„Tut mir leid, ich wusste nicht, dass Ihr Euch so nahe standet."

Sie wischte sich über die Augen. „Standen wir uns eigentlich auch gar nicht. Er war nur der beste Chef, den ich je hatte. Ein Traum, wie aus dem Buch. Freundlich, aber nicht distanzlos, fair, aber nicht anbiedernd, klar in dem, was er will … wollte, meine ich. Immer offen für Anregungen oder wenn man mal was nicht gut fand, dabei aber nicht so ein Wischiwaschi-Typ und irrsinnig kompetent. Echt, so, wie man sich seinen Chef backen würde. Und dann so 'ne Scheiße, mit 52."

„Und mit Lorenz-Junior konnte er auch gut?"

„Das ist es ja – der kann … konnte mit jedem gut. Mit fast jedem. Dr. Lorenz liebte ihn. Weil er eben gut war. Nur mit Schleimern war er ziemlich gnadenlos. Wenn einer Karriere machen wollte, fand er das toll, ich habe ihm auch einiges zu verdanken. Nur musste es eben mit den richtigen Mitteln sein. Ich habe mal erlebt, wie der so einen Jüngling abgebügelt hat …" Sie lachte, nahm ein Papiertuch aus der Tasche und wischte sich über die Wange. „Mist, ich heule ja echt."

„Ehrlich Linda, das tut mir wirklich leid. Ich dachte nicht …"

„Nee, lass mal." Sie schniefte sehr undamenhaft und erlegte das widerborstige Maiskorn mit einem heftigen Gabelstich. „Mir sterben nur gerade zu viele Leute, die ich mag."

„Was?"

Sie blickte erstaunt auf. „Hat Micha das nicht erzählt? Von meiner Freundin? Carla?"

Bastian schüttelte verwirrt den Kopf. „Nein. Nichts. Was …"

Linda lächelte warm. „Er ist echt lieb. Ich hatte ihn darum gebeten, aber ich weiß ja, wie viel Ihr beide Euch erzählt. Carla – Du kennst sie. Von meinen Geburtstagen. So groß wie ich, kurze Haare, immer in irgendeiner anderen Farbe …"

„Ach die, klar. Sie ist tot? Warum?"

„Selbstmord", sagte Linda in einer Knappheit, die klar machte, dass sie nicht mehr dazu sagen würde. Nach einer Weile schüttelte sie versonnen den Kopf. „Ist schon seltsam, manchmal. Ich habe sie auf der Uni kennen gelernt, aber sie kannte auch Herrn Deutschmann. Sie hat immer noch für die Uni gearbeitet. Betreute ein Praktikantenprogramm. Hat uns oft Leute vermittelt." Sie seufzte tief. „Scheiße, scheiße, scheiße."

„Wann war das?", fragte Bastian.

„Mit Carla?"

„Ja."

„Vor zwei … nein, vor drei Monaten." Wieder ein Seufzen. „Ich hatte eigentlich erstmal genug von Beerdigungen.

„Du bist also auch dabei?"

„Ja klar. Das ist Ehrensache. Du kommst auch?"

„Ja. Für die Agentur. Zum einen, weil ich diese Abschiedssache mache. Aber ich werde nicht anfangen, Leute auszufragen, versprochen."

„Aber Du wirst Leute beobachten. Körpersprache und so … Dein Ding."

Bastian lächelte unbehaglich. „Ich kann nicht anders. Aber ich bin vor allem der Vertreter der Agentur. Michael wird sich kurzfristig entschuldigen. Du kennst das ja."

„Ja sicher." Sie lächelte bitter. „Meinst Du, er würde zu meiner oder Deiner Beerdigung kommen?"

„Zu Deiner, ja. Zu meiner würde er Dich alleine gehen lassen. Nimm es ihm nicht übel, es war immer so. Weil …"

Sie nickte. „Ich weiß. Ich verstehe es ja. Nur … ich hasse Beerdigungen auch. Und ich habe mich bei Carla so verdammt alleine gefühlt."

„Ich bin da. Du wirst die Mettbrötchen danach nicht alleine essen müssen."

Sie legte eine Hand auf seinen Arm und lächelte. „Gut zu wissen. Und Mettbrötchen … Du hast keine Ahnung, mein Freund."

3

Als Andreas Deutschmann beerdigt wurde, spielte selbst der Himmel mit. Es fieselte unaufhörlich aus einer Wolkendecke, die weder dunkel- noch hellgrau war, sondern einfach nur auf tristeste Weise farblos. Bastian trug einen Mantel, zum ersten Mal seit dem März wieder. Es war nicht wirklich kalt, sicher noch deutlich über zehn Grad, aber nach dem heißen Hochsommer und den frischen, warmen Spätsommertagen zuvor war es zum Frösteln. Echtes Beerdigungswetter.

Die Beisetzung selbst war nicht erhebender. Deutschmann hatte sich eine Feuerbestattung gewünscht, und so wurde sein Sarg unter künstlichen Orgelklängen aus dem Andachtsraum getragen, und viel zu kurze Zeit später brachte ein dicklicher, dunkel gekleideter Mensch die Urne herein und stellte sie auf eine blumengeschmückte Säule. Die Urne irritierte Bastian, sie sah auf enervierende Weise aus wie eine Kreuzung zwischen Blumenvase und Siegerpokal. ‚Ich möchte beerdigt werden' dachte er. ‚Scheiß auf die Würmer und Käfer; besser das, als in einer Blumenvase zu enden.'

Linda, die neben ihm stand, blickte auf.

„Hm?"

‚Habe ich etwa laut gesprochen?', dachte Bastian erschrocken. Sie standen in der hintersten Reihe in dem viel zu kleinen, schummrig beleuchteten Raum. Die Menge der Trauernden war dicht gepackt, einige hatten sogar vor der Tür warten müssen. Die vorderen Reihen, in denen die Familie des Verstorbenen saß, waren kaum zu erkennen. Die Urne aber, auf ihrer Säule, die Blumen darum herum und das kleine Rednerpult standen ein wenig erhöht und waren gut sichtbar.

„Was ist?", raunte er Linda zu.

„Nichts", flüsterte sie zurück. „Du hast mich angestupst."

„Sorry. Versehen."

Sie nickte, sagte aber nichts mehr. Nun kam der Redner herein. Andreas Deutschmann hatte keiner Religionsgemeinschaft angehört, und der weltliche Trauerredner war offensichtlich bemüht, der Gemeinde Hoffnung zu machen, dabei aber jede religiöse Andeutung zu vermeiden. Bastian kam der rhetorische Eiertanz seltsam unwürdig vor. ‚Muss mal wieder in die Kirche gehen', dachte er wirr. Der schlimmste Moment aber war, als Bastian am Grab selbst stand. Sie waren hinter der Urne her zu einem entfernten Teil des Friedhofs gezogen, eine lange Reihe schweigsamer, schuffelnder Menschen. Am Grab selbst hatte der Redner seine Sache besser gemacht und einige gut gewählte Abschiedsworte gesprochen. Dann defilierte der ganze Strom am Grab vorbei. Als die Reihe an Bastian kam, kurz innezuhalten und zu verweilen, gruselte ihn die Schwärze, in die er starrte. Es war nicht das erste Grab, an dem er stand, aber es war das erste Urnengrab. Kein breiter Schacht im Boden, auf dessen Grund ein Sarg lag, sondern einfach ein dunkles Loch. Bastian hatte für einen Moment das verstörende Gefühl, dass aus dieser Schwärze im Boden jeden

Moment etwas herauskriechen könne. Instinktiv schlug er ein Kreuzzeichen und murmelte ein paar spontane Worte, die er durchaus ernst meinte, im nächsten Moment aber wieder vergessen hatte. Dann floh er vor dem Loch in der Wiese.

Die Abschiedsfeier fand in einem großen Ausflugsrestaurant an einem Stausee statt, tief in einem der Täler zwischen Burscheid und Leichlingen. Die Deutschmanns hatten zu den vielen wohlhabenden Ex-Leverkusenern gehört, die es in die exklusiveren Gegenden der Umgebung gezogen hatte, Burscheid in diesem Falle. Ursprünglich, so war zu hören, hatte Lorenz-Junior Deutschmanns Witwe angeboten, das Bayer-Kasino zu mieten, aber sie hatte abgelehnt. Im Haus Diepental waren die Gruppen getrennt – Kollegen und Geschäftspartner waren im größeren Panoramazimmer mit Blick auf den See untergebracht, während die Familie sich mit den engeren Freunden des Toten in einen der kleineren Räume zurückzog und demonstrativ unter sich blieb. Bastian hatte Linda gefragt, ob es Spannungen zwischen Frau Deutschmann und Lorenz gab, aber sie verneinte. Diese strenge Trennung von Beruf und Privatleben spiegele Deutschmanns Einstellung. Er selbst, davon war Linda überzeugt, hätte es nicht anders gewollt.

Sie fuhren gemeinsam vom Friedhof zum Restaurant, wieder in Lindas Wagen, neben Bastian nahm sie noch zwei Kolleginnen mit. Die eine kannte Bastian nicht, sie war wohl auch neu in der Abteilung. Mit Pam Charlton – Dr. Pamela Charlton – aber, der anderen Mitfahrerin, hatte Bastian des Öfteren schon zu tun gehabt. Sie kümmerte sich um ausländische Mitarbeiter der Lorenz-Med, vom Praktikanten bis zur Führungskraft, half ihnen, sich in Deutschland zurecht zu finden und sich zu akklimatisieren. Daher war sie auf allen Ebenen der PR immer wieder eine interessante Ansprechpartnerin, Bastian sah sie häufig. Seit einer sehr ausgelassenen Feier anlässlich eines Messebesuchs in München mit einer Gruppe Diplomanden waren sie per Du. Bastian wusste, dass sie ziemlich eng mit Linda befreundet war, und dass Michael sie aber nicht ausstehen konnte. Das reichte ihm, um vorsichtig auf Abstand zu bleiben, obwohl er Pam mochte, charmant und humorvoll wie sie war. Die Fahrt verlief vor allem schweigend. Sie fuhren in Kolonne und kamen gemeinsam mit vielen anderen bei dem Haus am See an. Bastian kannte das Tal gut oder hatte es gut gekannt – als Kind war er oft mit seinen Eltern und seinen Schwestern hier gewesen, war eher unfreiwillig um den See spazieren gegangen und mit Begeisterung Ruder- oder Tretboot gefahren, hatte Eis oder Kuchen gegessen. An einem Tag wie heute – regnerisch und kühl – hatte er das Ausflugslokal aber nie gesehen, und es wirkte nun, verglichen mit den sommerlichen Ausflügen seiner Kindheit, doppelt trostlos.

Der Eindruck verflog auch nicht, als sie in das Panoramazimmer gingen, aber in Sachen Verpflegung hatte Linda nicht gelogen. Es gab zwar Mettbrötchen – vielleicht irgendeiner Tradition geschuldet – aber sie waren die Stiefkinder am Rande eines üppigen und luxuriösen Buffets. Beim Anblick der Köstlichkeiten erinnerte Bastians Körper ihn mit Macht daran, dass alles, was er heute bisher gegessen hatte, ein Apfel gewesen war, den er hastig im Hausflur zwischen Judiths Wohnung und der Eingangstür vertilgt hatte. Am Abend zuvor war er mit Judith – klassisch altes Paar, nur ohne Ehe – beim Fernsehen eingeschlafen. Morgens dann hatte der Wecker sie geweckt – pünktlich für Judith, aber viel zu spät für ihn: Er hatte es geschafft, just in time, und war sauber und ordentlich und dem Anlass angemessen gekleidet vor die Tür getreten, als Linda geklingelt hatte – aber sein Magen hatte den Preis dafür zahlen müssen.

Nachdem er seinen Hunger gestillt hatte, kam Bastian sich verloren vor. Linda stand etwas abseits, mit einer Gruppe ihrer Kollegen, zu der auch Pam gehörte. Es waren noch einige andere Leute hier, mit denen er auf geschäftlicher Basis mehr oder weniger gut bekannt war, aber Bastian stand nicht der Sinn nach Smalltalk. Er verließ den Raum und ging zum See hinaus. Während er an der Brüstung oberhalb des Ufers stand und mit den Füßen im Kies scharrte, überkam ihn das starke Verlangen zu rauchen. Bastian kannte das. Er hatte vor nunmehr 16 Jahren erfolgreich damit aufgehört, und normalerweise verspürte er auch keinerlei Wunsch mehr, wieder an die alte Sucht anzuknüpfen.

Silvesterfeiern und Beerdigungen zählten regelmäßig zu den Ausnahmen. Seine rechte Hand spielte mit einer imaginären Zigarette, die linke zündete sie mit einem ebenso imaginären Feuerzeug an, ohne, dass er es recht merkte.

„Herr Mohr. Gut, dass ich Sie alleine treffe."

Bastian drehte sich um. Hinter ihm stand Lorenz-Junior, Dr. Joachim Lorenz. Der Name Lorenz-Junior haftete ihm an, obwohl er die Firma – damals noch „Chemische Fabriken Lorenz" – schon Mitte der 90er-Jahre als Hauptgesellschafter und Geschäftsführer übernommen hatte. In den ersten Jahren war sein Vater – Lorenz-Senior – noch häufig in der Firma gewesen und hatte an der Autorität des Sohnes gekratzt, so berichteten es die Altgedienten. Doch nach einer Weile hatte das aufgehört. Der Junior hatte die Firma umstrukturiert, umbenannt und saß nun schon seit mehr als zehn Jahren fest im Sattel. Eine seiner Neuerungen war die Einführung einer professionellen Öffentlichkeitsarbeit gewesen. Kurz danach war Kommunikation:Winterhagen ins Spiel gekommen, und LorenzMed war schnell zu einem Hauptkunden der jungen Agentur geworden. Der alte Lorenz hatte seinen Frieden mit der Situation gemacht, engagierte sich in wohltätigen Organisationen, tauchte nur noch selten in der Firma auf und wenn, dann vor allem um an Feiern teilzunehmen oder Anekdoten mit alten Fahrensleuten auszutauschen. Das „Junior" aber war am Sohn hängen geblieben.

„Guten Tag, Herr Dr. Lorenz."

Bastian schaffte es gerade noch, das „schön, Sie zu sehen" herunterzuschlucken. Lorenz nickte, stellte sich neben ihn und schaute, wie Bastian, über den See hinweg auf den Wald am anderen Ufer. Bastian wartete. Ohne es zu merken, ließ er die imaginäre Zigarette fallen und trat sie aus.

„Schade, dass Herr Winterhagen nicht hier sein kann", sagte Lorenz.

„Ja, es tat ihm auch sehr leid. Aber die Untersuchung war lange geplant." Bastian zögerte kurz, dann fügte er hinzu: „Ich glaube, er war ein wenig nervös deswegen." Sie hatten für Michael die Covergeschichte einer wichtigen, unaufschiebbaren Vorsorgeuntersuchung gestrickt, damit er der Beerdigung fern bleiben konnte. Dr. Lorenz nickte.

„Ich verstehe das gut, ich habe das Herrn Winterhagen auch gesagt.“ Er schluckte hörbar. „Vorsorge ist wichtig“, sagte er leise.

Bastian schaute ihn erstaunt von der Seite an. Der Mann neben ihm war fast zwei Köpfe größer als er selbst, schmal, fast kahlköpfig inzwischen, und von einer Haltung, als habe er den sprichwörtlichen Stock verschluckt. Bastian hatte selten Kontakt zu ihm, aber wenn, fand er ihn immer sehr freundlich und korrekt, allerdings auch auf eine fast militärische Weise diszipliniert und distanziert. Dem Mitarbeiter einer Dienstleisterfirma gegenüber Gefühle zu zeigen sah ihm gar nicht ähnlich.

„Sie standen … Herrn Deutschmann sehr nahe?“, fragte Bastian vorsichtig.

„Nein, im Grunde nicht“, sagte Dr. Lorenz, den Blick immer noch starr auf das andere Ufer gerichtet. Bastian analysierte automatisch seine Körperhaltung. Der Mann war im Moment gar nicht hier bei ihm, vermutlich schweifte sein Geist in Erinnerungen.

„Herr Deutschmann pflegte keine beruflichen Freundschaften zu schließen“, fuhr Lorenz fort. „Er … er trennte Beruf und Privatleben immer sehr genau. Aber er hat mir immer zur Seite gestanden, seit er im Unternehmen war, wissen Sie? Er war mir eine große Hilfe.“ Lorenz nickte unwillkürlich. „Guter Mann“, fügte er hinzu, wie zu sich selbst. „Loyaler Mann.“

Mit einem Mal wandte er sich zu Bastian um und fasste ihn genau ins Auge.

„Herr Winterhagen hat Ihnen gesagt, worum es geht, ja? Es ist mir sehr wichtig. Ich möchte, dass das Unternehmen … ich möchte, dass Herr Deutschmann ein dauerhafter, ein beispielhafter Teil unserer Firmengeschichte wird. Das ist mir wichtig.“

Bastian nickte: „Das habe ich verstanden, ja. Ich werde das erste Konzept am Montag mit Herrn Winterhagen besprechen. Er wird es Ihnen dann vorstellen.“

„Gut. Und er wird Sie mit der Durchführung beauftragen?“

„Das hängt von den Maßnahmen ab, die wir planen“, sagte Bastian vorsichtig. „Wenn Sie lieber möchten, dass er selbst …“

„Nein, nein.“ Lorenz wirkte einverstanden. „Sie kennen das Unternehmen gut, und Herr Winterhagen wird Ihre Kenntnisse ergänzen, wo nötig. Und wenn ich Ihnen helfen kann, dann zögern Sie nicht, mich persönlich zu fragen. Sie haben meine Durchwahl?“

„Nein.“

„Herr Winterhagen wird sie Ihnen geben. Wissen Sie schon, wie … also ob Sie meine Hilfe irgendwo konkret benötigen?“

„Ich bin sicher, dass wir uns werden unterhalten müssen, aber konkret weiß ich das erst, wenn die Maßnahmen …“ Bastian zögerte, etwas kam ihm in den Sinn. „Oder vielleicht doch. Es ist … etwas heikel …“ Er schaute Lorenz so hilflos an, wie er sich fühlte. Der wartete, nicht unfreundlich.

„Ich kenne Frau Deutschmann nicht“, sagte Bastian gerade heraus. „Ich habe keine Ahnung, wie viel sie von dem Projekt weiß und wie sie dazu steht. Aber ich werde natürlich ihre Hilfe benötigen. Vielleicht … wenn Sie meinen Anruf ankündigen könnten?“

„Ja.“ Dr. Lorenz nickte. „Das ist richtig, da haben Sie ganz Recht. Natürlich. Das werde ich tun.“ Er nickte noch einmal. „Gut, also. Dann höre ich von Ihnen. Und von Herrn Winterhagen.“ Er reichte Bastian die Hand. „Gut, dass wir gesprochen haben. Danke, Herr Mohr.“

Er drückte Bastians Hand kurz, wandte sich um und ging zurück in das Gebäude. Bastian sah ihm verwirrt nach. Erst jetzt merkte er, dass es wieder zu nieseln begonnen hatte. Er zückte sein Handy, sah auf die Uhr und entschied, dass er genug hatte. Das graue Wetter, die niedergedrückte Stimmung, der stille See, der schweigende Wald am anderen Ufer – es reichte ihm. Er rief ein Taxi, ging kurz zurück und verabschiedete sich von Linda, schüttelte ein paar Hände, ging wieder hinaus und auf den Parkplatz und wartete, bis ein cremefarbener Volvo erschien und ihn aus der Tristesse herausbrachte.

4

Bastian bemerkte Glaser nicht, der auf der überdachten Hochterrasse vor dem Restaurant stand und auf Dr. Lorenz und ihn hinunter schaute. Und selbst, wenn er ihn bemerkt hätte – er hätte Glaser nicht gesehen. Glaser war unsichtbar geworden, vor vielen Jahren schon.

Glaser aber sah Bastian, und er wusste auch, wer er war. Und seit einigen Minuten, seit Lorenz in einer verschwiegenen Runde davon erzählt hatte, kannte er auch Bastians Auftrag. Und nun überlegte er, ob das für ihn von Bedeutung war. Und wenn ja, warum.

Die ganze Veranstaltung gefiel Glaser nicht. Normalerweise hatte er ein sehr neutrales Verhältnis zu Begräbnissen. Menschen starben, und man musste die Reste eben irgendwo los werden. Und wenn es ging, wurde man sie in feierlichem Rahmen los, des Trostes wegen. So weit, so normal. Aber er hatte Deutschmann gemocht. Deutschmann hatte nicht von Glaser gewusst, lange Zeit nicht. Glaser aber hatte ihn gekannt, und der Mann hatte ihm gefallen. Was ihn betraf, so hätte es dabei bleiben können. Aber dann war Deutschmann über etwas gestolpert, Glaser wusste gar nicht genau, was es gewesen war. Und gleichzeitig hatte diese unselige Frau begonnen, Fragen zu stellen. Glaser hatte sich um die Frau gekümmert und er hatte gedacht, damit wäre diese Sache erledigt gewesen. Er hatte sich geirrt. Er hatte die Verbindung nicht gesehen. Und wenn Glaser sich irrte, dann hatte das schreckliche Folgen. Aber er hatte sich eben geirrt, und Deutschmann hatte begonnen, Dinge zu verstehen. Und wenn jemand begann, Dinge zu verstehen, dann konnte das für Glaser gefährlich werden. Es konnte ihn sichtbar machen. Und wenn er sichtbar war, war er angreifbar. Also hatte er sich auch um Deutschmann gekümmert. Er war in seine Träume gekommen.

Glaser seufzte. Vor vielen, vielen Jahren, in einer anderen Zeit, an einem anderen Ort, waren Steine ins Rollen gekommen. Er hatte gedacht, dass er sie gestoppt hatte, vor vielen, vielen Jahren. Aber auch da hatte er sich geirrt. Und die Steine waren gerollt und gerollt, durch Zeit und Raum, bis sie hierher gekommen waren, und sie hatten angefangen, Menschen zu treffen. Wieder. Und nun fielen die Menschen hier, wieder und wieder, Irrtum um Irrtum. Glaser fragte sich oft, ob es etwas zu bedeuten hatte, dass es ausgerechnet jetzt passierte, nach so langer Zeit. Und ob es wirklich böse Vorzeichen waren oder vielleicht doch gute.

Denn er war seinem Ziel so nah wie noch nie. Und er wäre ihm nicht so nah gekommen, wenn ihn die Vergangenheit nicht eingeholt hätte. Hier und jetzt. In mancher Hinsicht war es einfacher so.

Glaser sah nachdenklich auf Lorenz und den PR-Mann hinab. Der PR-Mann würde Fragen stellen müssen, wühlen und graben. Das bedeutete nicht, dass er eine Gefahr für Glaser war. Nicht, wenn alles so lief, wie Lorenz es sich gedacht hatte. Aber Glaser würde vorsichtig sein müssen. Keine weiteren Irrtümer. Er würde den PR-Mann im Auge behalten.

Die beiden Männer am Seeufer trennten sich. Lorenz kam die Treppe hinauf und nickte Glaser zu, ohne ihn wirklich zu sehen. Denn Glaser war ja unsichtbar.

5

Bastian erwischte sich dabei, dass er Umwege fuhr. Heike Deutschmann hatte ihm einen sehr losen Termin genannt – „Gerne, Herr Mohr, kommen Sie doch bitte am Dienstag, zwischen drei und vier?“ – und so war er früh losgefahren. Er war an diesem Tag nicht im Büro gewesen, seine Wohnung in Opladen lag viel näher an Burscheid. Um zehn vor drei auf die A1, um spätestens viertel nach drei am Ziel, so sah der Plan aus. Dann hatte Michael noch einmal angerufen, und so war es kurz nach 15 Uhr, als Bastian in den Wagen stieg und das Navi programmierte. Das zeigte erwartungsgemäß die Strecke über die A1 an und avisierte die Ankunft am Ziel für 15.22 Uhr.

Aber als er vom Europaring auf die Bonner Straße hinunter fuhr und auf die Autobahnauffahrt zu, wurde Bastian unsicher. Was, wenn der übliche Stau am Leverkusener Kreuz diesmal – wie mindestens zweimal die Woche – länger war als üblich und die Abfahrt von der A3 auf die A1 blockierte? Gab es etwas Pietätloseres, als sich zu einem solchen Gespräch zu verspäten? Während Bastian die Auffahrt links liegen ließ und die Autobahnmeisterei passierte, meldete sich in seinem Hinterkopf eine gehässige Stimme, die ihm unterstellte, er habe die Verkehrsübersicht im Netz und im Radio ziemlich willig vergessen. Nein, er hatte keine Lust auf dieses Gespräch, der Gedanke daran verursachte ihm Bauchschmerzen, und das war etwas, das er seit Jahren nicht mehr kannte. Er hatte gedacht, er wäre über sowas hinweg. Er war Profi, verdammt.

„In 300 Metern bitte wenden", empfahl die identitätsfreie Frau im Navi.

„Denkste", dachte Bastian und fuhr weiter geradeaus, vorbei an dem Burger King, in dem er mit Linda gegessen hatte und an der großen Tankstelle, über die Wupper hinweg und in Richtung Leichlingen.

‚Du willst nicht wirklich über Leichlingen nach Burscheid fahren, oder?', fragte die gehässige Stimme in seinem Kopf. ‚Wieso nicht gleich über Venlo?'

Bastian schaltete den CD-Player an, wählte Fach 3 im Wechsler, und Iron Maiden donnerte die Stimme in Grund und Boden. Klar war er nervös, es wäre ein schlechtes Zeichen gewesen, wenn er dem bevorstehenden Gespräch mit einer neu verwitweten Frau emotionslos entgegengesehen hätte. Bastian kokettierte zwar gerne mit dem Arschloch-Image der PR-Branche, aber in Wirklichkeit hoffte er, dass er davon noch nicht angesteckt war. Und die Überlandfahrt konnte er immerhin nutzen, seine Gesprächsplanung im Geiste noch einmal durchzugehen.

Er hatte Michael am Montagmorgen arg übernächtigt das „Konzept für eine Würdigung Andreas Deutschmanns im Rahmen der Unternehmenskommunikation der LorenzMed GmbH" in die Hand gedrückt. Als Ausdruck in Papierform, ganz wie in den alten Zeiten. Er hatte drei Tage und zwei Nächte fast durchgearbeitet, kaum gegessen, kaum geschlafen. Das Thema hatte ihn gepackt. Es gefiel ihm. Vielleicht war da sogar ein Buch drin – der Gedanke, einen eigenen Beitrag zur PR-Literatur zu leisten, spukte schon seit einiger Zeit in seinem Kopf herum, er hatte nur bisher kein Thema gefunden, das ihm spannend genug erschien. Aber „Trauer in der Öffentlichkeitsarbeit von Unternehmen“ … klang interessant.

„Wir sind Geier“, hörte er sich sagen. Wahrhaftig. Aber wie hatte Michael noch geantwortet? „Lass uns anständige Geier sein.“ Ein guter Leitgedanke. Er hatte recherchiert, surfte im Netz, grub in Archiven, telefonierte viel und traf überall auf offene Türen und bereitwillige Gesprächspartner. Lorenz-Junior hatte ihm wahrhaftig die Bahn geebnet. So war das Skelett des Konzepts entstanden, und so hatte er nach und nach Fleisch daran gebracht. Es war Samstagmittag, als er mit der Analyse fertig war, dann war der kreative Teil gekommen. Bastian hatte Sportzeug und Laufschuhe angezogen und war zum Birkenberg gefahren.

Seinen Lauf begann er stets dort, wo die Kneippstraße in den Wald führte, er bog vor dem Friedhof nach rechts ab, lief hinter dem Sportplatz entlang und dann rechts hinunter, in Richtung Gut Reuschenberg.

Schon als Bastian den Friedhof passiert hatte, war sein Geist ruhig geworden, die jagenden Gedanken verblassten. Er konzentrierte sich auf seinen Atem und die Stöße des Bodens gegen seine Sohlen. Automatisch war er den Löchern und Wurzeln ausgewichen, die er kannte, während ein aufmerksamerer Teil seines Bewusstseins auf neue Stolperfallen achtete, ein Ast hier, ein zufälliges Häuflein Steine dort. Sein Geist hatte sich geleert, wie immer. Als er die große Buche passierte, hatte er die Fragen nach Strategie und Taktik vergessen.

Als er auf den Weg traf, der vom Wildpark herab kam, hatte er das Konzept vergessen. Er war eine Maschine aus Beinen und Lunge geworden, laufen, atmen, laufen, atmen, am Gut vorbei und ein kleines Stück die Wupper entlang, den steilen, schlammigen Pfad zurück, zum oberen Pfad hinauf mit kurzen, schnellen Schritten, dann nach links, wieder in den Rundweg um den Sportplatz, immer am Zaun entlang, schließlich aus dem Wald hinaus, auf den Schotterweg, der neben der Autobahn wieder auf den Parkplatz führte und in die zweite Runde, laufen und atmen, laufen und atmen, laufen und atmen.

Als Bastian zum zweiten Mal hinter dem Gut rechts abgebogen war und das kurze Stück entlang der Wupper auf Asphalt lief, als er den erfrischenden Geruch des Flusses einsog, da war sein Verstand zurückgekommen und hatte ihm erste Lösungen präsentiert, interessante Ideen, von denen aus er weiter sponn, zu neuen Ideen und neuen Ansätzen, immer weiter. Als er an seinem Mazda angekommen war, kurz erstaunt, schon wieder hier zu sein, war das Konzept in Bastians Kopf fertig gewesen.

Er hatte seinen Gedanken Form verliehen, zum Schluss das Budget errechnet und den Zeitplan erstellt und war ins Bett gefallen. Da war es viertel nach Vier in der Nacht gewesen. Eine Woche zuvor hatte Andreas Deutschmann seine letzten Minuten zu leben gehabt.

Michael hatte das Konzept entgegengenommen, das Inhaltsverzeichnis überflogen, durch die Maßnahmen geblättert und zufrieden genickt.

„Sieht super aus, danke. Ich schraube noch etwas am Budget. Willst Du die Präsentation erstellen?"

„Eigentlich will ich sterben."

Michael hatte gelacht. „Du siehst aus wie ein Zombie. Geh nach Hause, schlaf Dich aus. Ich bereite die Präsentation vor. Morgen präsentieren wir bei Lorenz-Junior, um zwei. Da hätte ich Dich gerne dabei, *you do the talk,* ich schaue chefmäßig aus der Wäsche. Vorher können wir sie ja nochmal durchgehen. Okay?"

Bastian hatte genickt. Ausschlafen klang gut. „Melde mich ab, Sir."

Die Präsentation des Konzepts war ein grandioser Erfolg gewesen, Lorenz-Junior hatte alles abgenickt und noch ein paar eigene Wünsche gehabt, die sich gut einbauen ließen. Gut und kostspielig. Das war gestern gewesen.

„In zweihundert Metern rechts abbiegen. Dann sofort rechts abbiegen, in die Zielstraße."

Bastian schreckte aus seinen Gedanken hoch. Die Welt kam zurück, im Wagen sang jetzt nicht mehr Maiden, jetzt lief CD Nr. 4, seine „Classic Rock“ Compilation, Lied Nr. 8: „Seasons don’t fear the Reaper, nor do the wind or the sun or the rain ...“

Na klasse, dachte Bastian, wie passend. Fröstelnd schaltete er das Radio aus. Seit Witzhelden musste er dem Navi wie in Trance gefolgt sein. Er folgte nun bewusst konzentriert den Anweisungen der Stimme ohne Frau, bog vor einer Aral-Tankstelle rechts ab, dann wieder rechts, und suchte nach der richtigen Hausnummer.

Er sah auf den ersten Blick, dass er hier in eine der besseren Wohngegenden eingebogen war, und das selbst für Burscheider Verhältnisse. Die Gebäude – Einfamilienhäuser ohne Ausnahme – strahlten keinen Protz aus. Hier herrschte das Understatement von Selfmade-Leuten. Kein Haus schien in der Absicht gebaut zu sein, sich selbst vor den anderen darzustellen. Mehr hatten andere nötig, schien die Siedlung zu sagen.

Oder vielleicht sehe ich es auch nicht, dachte Bastian, während er die Gegend mit einem Anflug von Bewunderung betrachtete. Vielleicht ist hier jede Tür ein Statussymbol, und ich sehe es nur nicht, weil ich eben nicht zu denen gehöre, die so etwas sehen können.

Er bog um eine Kurve. „Sie haben Ihr Ziel erreicht“, verkündete Frau Navi.

Das Haus lag ein wenig zurück, in einem großen Garten, der zur Straße hin mit einem niedrigen Zaun abgegrenzt war. Eine Einfahrt führte zum Eingang und zur frei stehenden Garage, die wie das Kind des großen, zweistöckigen Gebäudes wirkte. Ebenso weiß, bis auf das schwarz gedeckte Schindeldach. Das Haus war abweisend, ohne kalt zu wirken, große Fenster, hinter denen Gardinen und Vorhänge den Blick auf das Innere verwehrten. Im Garten ein einsames Klettergerüst. Was hatte Linda gesagt? Die Tochter der Deutschmanns hatte gerade ihr Studium begonnen. Das Gerüst mochte ein Artefakt ihrer Kindheit sein, zu geliebt vielleicht und mit zu vielen Erinnerungen behaftet, um zum Schrott zu wandern. Es wirkte gepflegt – und seit langem unbenutzt.

‚Na, doch nervös?' Die gehässige Stimme war wieder da. ‚Hör auf, Dir das Schaukelgestell anzusehen und geh klingeln, Du Feigling.'

Bastian seufzte, überprüfte noch einmal seine Ausrüstung – Unterlagen, Notizblock, Diktiergerät, Stifte, alles da – schaltete das Handy stumm und ging zur Tür.

Heike Deutschmann war groß, sie überragte Bastian fast um einen halben Kopf. Sie war sehr schlank, ohne dünn zu sein, wirkte knochig, aber nicht grob, hatte ein flächiges, sanftes Gesicht und einen kräftigen Händedruck. Das graubraune Haar hatte sie zu einem Pferdeschwanz zurückgebunden. Erst auf den zweiten Blick wurde Bastian klar, dass sie Trauer trug, zu selbstverständlich passend wirkten die schwarze Bluse und die ebenso schwarze, fließende Stoffhose. Auf der Beerdigung hatte er sie stets nur von weitem gesehen und meist hatte irgendein Regenschirm sie verdeckt. Bastian war erstaunt, dass er keinerlei Anspannung bei ihr wahrnahm. Sie wirkte nicht mühsam gefasst, wie er es instinktiv erwartet hatte, sondern tief in sich selbst ruhend. Auch das mochte eine Fassade sein, eine Form der Flucht – aber ebenso konnte es ein Teil ihrer Natur sein. Bastian war beeindruckt, ohne genau zu wissen, wovon.

Sie begrüßte ihn freundlich und er überbrachte die Beileidsbekundung der Agentur, die sie mit einem Nicken entgegennahm. Dann führte sie ihn durch einen kurzen Flur in eine weiß geflieste Halle, von der mehrere Räume abgingen. Entlang einer Treppe, die in das obere Stockwerk führte, hingen Fotografien an der Wand, Familienbilder zumeist und zwei einzelne Portraits, eines von einem Mädchen mit einer Schultüte, eines von einer jungen Frau, ein Studiofoto abseits der Standardware, gutes Spiel mit Licht und Schatten, wie Bastian automatisch feststellte. Beide Bilder zeigten dieselbe Person, offenbar die Tochter der Deutschmanns, Vanessa. Sie ähnelte ihrer Mutter nicht sehr, abgesehen von den wasserhellen Augen und dem kräftigen Kinn. Alle anderen Züge und das schwarze Haar hatte sie von ihrem Vater, dem Toten, der auf den Bildern gegenwärtig war, kleiner als seine Frau, durchtrainiert auf den älteren Bildern, immer noch sportlich schlank auf den neueren. Bastian gewann den Eindruck einer glücklichen, kleinen Familie, die viel gemeinsam unternommen, viel Leben geteilt hatte. Und nun war Heike Deutschmann alleine in diesem großen Haus. Wie mochte sich das anfühlen?

Sie führte ihn aus der Halle und durch ein Wohnzimmer, das ebenfalls vor allem weiß war – weiße Polstermöbel, weiße Fliesen, weiße Läufer, selbst das abstrakte Gemälde, das über dem Sofa hing, war hauptsächlich in Weiß und Hellgrau gehalten. Der riesige schwarze Fernseher, der an der gegenüberliegenden Wand hing, wirkte fast schon wie ein Farbtupfer. Umso überraschter war Bastian, als sie in den Wintergarten gelangten. Zwischen den Pflanzen, die in verschwenderischer Menge am Boden und auf Tischchen standen, an zwei Holzsäulen kletterten und in großen Ampeln von den Balken des Vordaches hingen, standen verschiedenfarbige Korbmöbel unterschiedlicher Stile, offenbar die Überlebenden mehrerer Generationen Wintergartenausstattung, alle mit bunten Sitzkissen ausgelegt. Heike Deutschmann bedeutete Bastian, in einem hellen Stuhl an einem kleinen Tisch mit Glasplatte Platz zu nehmen.

„Möchten Sie etwas trinken? Ich habe gerade Kaffee fertig. Oder etwas anderes? Wasser?“

„Kaffee, danke.“

Sie ging hinaus und Bastian nutzte die Zeit, um sein Handwerkszeug auszupacken. Das Diktiergerät platzierte er auf dem Tisch, aber mit Blick auf die Kaffeetassen legte er die Rechercheunterlagen lieber auf die Lehne eines nahen Korbsofas. Er würde sowieso nicht hineinschauen, das tat er nie, aber es beruhigte ihn, sein Backupmaterial griffbereit zu wissen. Den Notizblock hielt er kurz unschlüssig in den Händen, dann legte er ihn auf die Kante des Tisches.

Seine Gastgeberin kam mit einem Tablett zurück, darauf zwei Kaffeetassen – weiß – eine Thermoskanne, ein Zuckerstreuer und Milch in einem Glaskännchen. Bastian schenkte sich mechanisch selbst ein, dabei fiel ihm auf, wie schwer die Thermoskanne war. Sie hatte Kaffee für zwei gekocht, bevor er gekommen war. Aus Gastfreundlichkeit oder aus alter Gewohnheit? Er beobachtete

Heike Deutschmann, wie sie konzentriert Milch in ihre Tasse goss, dann ein Stück Zucker hineinlegte und am Ende den Kaffee darauf füllte. Sie wirkte, als nehme sie ihn gar nicht wahr, nur die Art, wie sie sich nach jedem Arbeitsschritt selbst über die Hand strich, zeigte ihm, dass sie zumindest ein wenig nervös war. Es war an ihm, ihr diese Nervosität zu nehmen.

„Nett, dass Sie sich für das Gespräch die Zeit nehmen, Frau Deutschmann."

Sie lächelte. „Ja, sicher. Herr Doktor Lorenz sagte, es ginge darum, meinen Mann für die Firma zu würdigen?"

„Ja." Bastian nickte. „Das ist ihm sehr wichtig. Unsere Agentur hat ein Konzept entworfen, mit dem wir über die üblichen Nachrufe und Todesanzeigen doch ein ganzes Stück hinausgehen. Dr. Lorenz möchte sogar ein Gebäude nach Ihrem Mann benennen."

„Ein Gebäude?"

„Ja, wahrscheinlich den Anbau mit den Seminar- und Schulungsräumen. Würde ja passen. Wir hatten einen Raum vorgeschlagen, einen wichtigen Konferenzraum zum Beispiel, aber er wollte da mehr."

„Und Sie sind jetzt hier ...", begann sie fragend.

„... um mir eine Art Basis zu verschaffen. Ich werde verschiedene Texte über Ihren Mann verfassen, Inhalte für die Firmenwebsite erstellen, es soll einen Preis geben, der nach ihm benannt wird … Verschiedenes. Und dafür brauche ich Grundlageninformationen, ich muss Ihren Mann quasi kennen lernen. Ich kannte ihn ja leider nur sehr flüchtig. Und da kann mir natürlich niemand besser helfen als Sie."

„Stimmt. Also ... was möchten Sie wissen?"

„Nun, zunächst ... also damit ich gerade da keine Fehler mache: Wie ist er gestorben? Ich habe gehört, es war ein Herzinfarkt im Schlaf, das sagte ja auch der Redner auf der Beerdigung. Ist das so richtig?"

Bastian bemerkte, dass sie sich bei der Erwähnung des Redners straffte und unwillkürlich das Gesicht verzog. Der Blick, mit dem sie ihn ansah, wurde misstrauisch, so als erwarte sie, dass er im nächsten Moment etwas Falsches sagen würde. Also zog er es vor, gar nichts weiter zu sagen. Stattdessen lächelte er sie aufmunternd an.

„Ja“, sagte sie schließlich zögernd. „Ein Herzinfarkt im Schlaf, so war es wohl. Das haben die Ärzte gesagt. Ich weiß es nicht ...“ Sie atmete schwer ein. „Ich habe geschlafen, ich habe ihn erst ... ich habe es erst gemerkt, als ich aufgewacht bin, und ... ihn gefunden habe.“

„Es tut mir leid.“

„Schon gut.“ Sie sah ihn wieder mit diesem lauernden Blick an, eine ganze Weile. Schließlich fragte sie: „Würden Sie sich wünschen, so zu sterben, Herr Mohr?“

„Wie bitte?“

„Würden Sie gerne so sterben? An einem Herzinfarkt im Schlaf?“

Bastian erinnerte sich an Michaels Worte letzte Woche: ‚Wenn ich mal abtrete, will ich auch, dass es mich so erwischt.‘ Der Redner auf der Beerdigung hatte etwas Ähnliches gesagt, natürlich viel salbungsvoller.

„Ich weiß nicht“, sagte Bastian zögernd. „Ich habe keine Ahnung ... also, wie es sich anfühlt ... zu sterben. Und Ihr Mann war noch jung ...“

Sie seufzte und nickte. „Danke. Sie sind der erste, wirklich der erste, der mir nicht sagt, was für ein schöner Tod das war. Schöner Tod. Pah.“ Die letzten Worte hatte sie regelrecht ausgespuckt.

„Hatte er ... ich meine ... war es schmerzhaft, oder ...“ Bastian erinnerte sich daran, einmal gelesen zu haben, dass ein Herzinfarkt ausgesprochen qualvoll sein konnte. Aber sie schüttelte den Kopf.

„Ich weiß es nicht. Ich habe geschlafen, wie gesagt. Aber mein Mann hat fürchterlich gelitten in den letzten Wochen. Und wenn Sie sein Gesicht gesehen hätten ... als ich ... als er ...“ Sie brach ab. Bastian langte in die Tasche, um ihr ein Taschentuch zu reichen, aber sie hatte eigene.

‚Das wirst Du aber kaum für Deine PR-Geschichten verwenden können‘, ätzte die Stimme in seinem Kopf. Er drückte sie ärgerlich weg. Gleichzeitig wusste ein sehr kalter, sehr professioneller

Teil von ihm, dass das nicht stimmte. Jede Information war wichtig für das ganze Bild.

„Ihr Mann hat gelitten?"

Sie lächelte bitter. „Das werden Sie für die PR kaum verwenden können."

Er zuckte unmerklich zusammen. „Wenn Sie es nicht erzählen möchten, kann ich das gut verstehen, dann ..."

„Nein, nein." Sie winkte ab. „Im Gegenteil. Es tut mir wohl, glaube ich. Und ich wüsste gerne, was ein Fremder wie Sie davon hält. Aber bisher haben mir ja immer alle sofort erzählt, wie beneidenswert Andreas sei." Ihre Stimme wurde leise. „Das sagt sich ganz leicht, wenn man noch lebt."

Bastian wartete.

„Mein Mann litt unter Albträumen", sagte sie nach einer Weile. „Es begann vor drei Monaten etwa. Und es waren nicht einfach … Träume. Wenn er davon aufwachte, das war ... das können Sie sich nicht vorstellen. Und auch tagsüber ... Er hatte Angst, wissen Sie. Er hatte richtige Angst vor den Träumen, so als hätte er gewusst … als hätte er es geahnt. Dass sie ihn am Ende umbringen würden. Er hat alles Mögliche versucht ... Hilfe gesucht. Auch in der Firma."

Bastian nickte. LorenzMed stellte Komponenten für Narkotika her, das Unternehmen war einer der wichtigsten Zulieferer für große Pharmafirmen in diesem Bereich weltweit. Wenn jemand in so einem Fall helfen konnte, dann die Forscher dieser Firma.

„Er kannte einen Abteilungsleiter in der Forschung", fuhr sie fort, „Dr. von dem Berge, sehr netter Mann, hat sich viel Zeit genommen, hat es sogar mit einer Mischung aus Hypnosetherapie und Medikamenten versucht, da ist er Experte, glaube ich. Zuerst hat es auch geholfen, die Träume hörten zwar nicht auf, aber sie wurden erträglicher. Aber dann, vor zwei Wochen, wurde es plötzlich wieder schlimmer und dann ..." Sie seufzte schwer. „Ich bin sicher, dass Andreas an einem Albtraum gestorben ist. Sein Gesicht ... sein Gesicht ..." Sie schüttelte den Kopf und griff wieder nach dem Taschentuch.

„Das klingt schlimm", sagte Bastian sanft. Sie sah ihn fast

dankbar an. „Das war es auch. Wirklich. Glauben Sie ... meinen Sie, das ist möglich? Dass Albträume jemanden umbringen?"

„Sicher", sagte Bastian. „Also ... ich habe wenig Ahnung von so etwas, aber es klingt plausibel für mich."

„Ja", sagte sie. „Ich denke das auch. Keine schöne Art zu sterben, nicht wahr? Mit 52."

„Nein."

Sie straffte sich wieder, aber mit einem traurigen Lächeln. „Es ist nett, dass Sie sich das alles anhören, aber ich verschwende Ihre Zeit. Was für Informationen brauchen Sie wirklich?"

„Ihr Mann", begann Bastian. „Wer war er?"

6

Es war schon dunkel, als Bastian in der Agentur ankam. Er hatte sich buchstäblich stundenlang mit Heike Deutschmann unterhalten, in Fotoalben und Erinnerungsstücken gekramt und glaubte nun, ein ziemlich genaues Bild von dem Mann zu haben, dem er ein Denkmal zu bauen hatte. Deutschmann schien ein angenehmer Mensch gewesen zu sein, und er wünschte, er hätte ihn zu Lebzeiten ein wenig besser gekannt. Sie hatten sogar Interessen geteilt, das Laufen und die Vorliebe für Irland. Andreas Deutschmann hatte scheinbar sein Leben auf eine Art im Griff gehabt, die üblicherweise als „normal" abgetan wurde und die so wenig spektakulär war, dass sie als nicht weiter beachtenswert galt. Und dann plötzlich: Albträume, Angstzustände, Herzinfarkt. Es war wirklich eine Schande.

Bastian war im Anschluss an das Gespräch nach Köln gefahren, um seine Aufzeichnungen zu übertragen und eine Struktur für die Rechercheunterlagen anzulegen.

Auf dem Weg zu seinem Büro bemerkte er einen Lichtschimmer hinter der Biegung des Flures. Also war Michael auch noch da. Bastian fühlte sich ganz wohl damit zu wissen, dass er nicht ganz alleine in der Agentur war. Alleine in der Agentur bedeutete meist auch: alleine im Gebäude.

Er setzte sich an seinen Schreibtisch, rief Judith an und sagte Bescheid, dass er länger arbeiten würde. Sie verabredeten sich für den späteren Abend. Dann übertrug er die mp3-Datei aus dem Diktiergerät auf den Rechner, spielte sie ab und begann zu schreiben. Dabei konsultierte er immer wieder seine Notizen, auf denen er Verweise und Erläuterungen ebenso vermerkt hatte wie Anmerkungen zu Heike Deutschmanns Verhalten und den Eindrücken, die sie auf ihn gemacht hatte.

Er schrieb schon eine ganze Weile, als er Schritte auf dem Gang hörte. Dann steckte Linda den Kopf zur Tür herein.

„Hi. Ich wollte Micha abholen. Aber er hatte gesagt, er sei alleine."

Bastian grinste: „Tut mir leid. Er ist hinten."

Sie zwinkerte ihm zu und ging wieder hinaus. Bastian schrieb weiter. Er war fast fertig, als es an seine Bürotür klopfte. Er brummte etwas Einladendes, Michael und Linda kamen herein.

„Ich hatte gar nicht mehr mit Dir gerechnet", sagte Michael.

Bastian lachte. „Ich weiß. Ich war bei Deutschmanns Frau. Witwe. Schreibe nur eben die Zettel ab."

Michael nickte. „Wie war das Treffen? Geht es gut voran?"

„Ja, sehr gut. Von dem Treffen kann ich Dir morgen in Ruhe erzählen. War sehr interessant."

„Wie wäre es: Du kommst mit uns. Sushi und dann Jameson's? Linda zahlt. „Sie hat was zu feiern."

„Es gibt freudigere Anlässe", sagte sie säuerlich.

Bastian schaute auf. „Was ist denn?"

Michael zuckte mit den Schultern. „Der Chef ist gestorben. Das Personalkarussell dreht sich."

„Ihr seid verdammte Geier!", rief Linda.

„Herzlichen Glückwunsch", antwortete Bastian. „Wenn Ihr noch einen Moment wartet, komme ich gerne mit zum Sushi-Essen. Aber Pub muss ausfallen. Ich habe Judith seit vier Tagen nicht gesehen."

„Ooch", machte Linda. „Ruf sie doch an, vielleicht mag sie uns im Pub treffen."

Judith mochte, und so setzten die vier sich eine Stunde später in ihre Lieblingsnische im Pub auf der Friesenstraße. Während Bastian, Michael und Linda ihren Hunger zuvor mit Misosuppe, Sushi und Maki gestillt hatten, war Judith noch hungrig und bestellte Stew zu ihrem Kilkenny. Sie sprachen über Lindas Beförderung, die, wie sie betonte, eigentlich keine Beförderung war.

„Ich leite jetzt die ganze Fortbildung, alles. Ein paar Leute sind aufwärts gewandert, ein paar seitwärts, und dabei sind zwei Lücken entstanden, für die sie entweder jemanden über mir hätten einstellen müssen – oder meinen Posten ausweiten."

„Hmja", nickte Michael zwischen zwei Schlucken. „Und weil Du nur eine Lückenbüßerin bist, bekommst Du jetzt ... wie viel mehr?"

Sie schlug nach ihm, nur halb spielerisch. „Genug, ich bin zufrieden. Das ist echt nicht lustig, Micha. Ich würde auf das Geld gerne verzichten, wenn Deutschmann dafür noch leben würde."

Er sah sie erschrocken an. „Ja, klar. So meine ich das nicht. Das weißt Du."

Sie schaute stirnrunzelnd zurück.

Judith lachte. „Lass mal, Linda. Wir haben uns PR-Leute geangelt. Wir wussten, was wir tun."

Linda grinste. „DU wusstest das. Du bist Journalistin. Ich war nur ein naives kleines Personalhäschen."

Michael lächelte und bekam wieder diesen leicht debilen Blick. „Naiv, klar ... autsch!"

Sie hatte ihn unter dem Tisch getreten. Bastian legte seinen Arm um Judith. „Und Journalisten sind auch nicht besser. Stark sie ist, die dunkle Seite der Macht. Darth Judith."

Judith küsste ihn. „Arsch", sagte sie zärtlich.

Linda lachte und winkte einer Kellnerin, die gerade vorbei ging.

„Vier Single Malts", sagte sie, als das Mädchen an den Tisch kam. „Ich nehme Balvenie."

Bastian bestellte „Lagavulin", Michael „Cardhu" und Judith einen „Macallan". Als der Scotch da war, stießen sie auf Linda an. Als die Rechnung kam, wehrte Linda alle Versuche von Judith und Bastian ab, einen Teil zu übernehmen. Draußen trennten die Paare sich. Bastian und Judith gingen zu Fuß. Schon unterwegs merkte Bastian, dass der begrenzte Alkoholpegel in seinem Blut, die milde Nacht und die Tatsache, dass er Judith vier Tage nicht gesehen hatte, sich zu einer höchst angenehmen Gefühlsmelange verbunden hatten – nicht nur bei ihm. Sie küssten sich auf dem Weg immer öfter, immer länger und immer weltvergessener und schafften es nur mit viel Willen aus dem Treppenhaus in ihre Wohnung. „Mein Nachbar“, keuchte sie, halb auf der Treppe, halb auf ihm sitzend, mit einem Rest von Beherrschung, „der mit den Haaren, Du willst doch nicht ...“ „Nein“, sagte er und fummelte den Schlüssel aus seiner Jacke, und das war das letzte bewusst geäußerte Wort für eine lange Weile.

Erst am Ende landeten sie in ihrem Bett, und dort lagen sie danach nebeneinander. Bastian fuhr mit dem Finger langsam einer imaginären Linie nach, von ihrer Brust über den Bauch und am Nabel entlang zu ihrem Schamhaar. Judith genoss es und tastete gleichzeitig mit geschlossenen Augen nach der Wasserflasche neben ihrer Seite des Bettes.

„Verdammt heiß“, sagte sie und nahm dann einen Schluck aus der Flasche.

„Soll ich das Fenster aufmachen?“, fragte Bastian.

„Wäre lieb.“

Er stand auf und öffnete es, was Judith vom Bett aus mit zufriedenem Schnurren kommentierte. Dann bemerkte sie den Luftzug und wickelte sich in eine der dünnen Sommerdecken. Bastian ging zum Badezimmer. Auf dem Rückweg begann er, das kleine Chaos, dass sie auf ihrem Weg durch die Wohnung angerichtet hatten, aufzuräumen, stellte Stühle wieder hin, warf einen zerbrochenen Teller in den Abfall und sammelte dann Kleidungsstücke auf, um sie halbwegs ordentlich über einen Sessel im Wohnzimmer zu hängen. Dabei fiel das Handy aus seiner Jacke. Verwundert stellte er fest, dass er eine neue SMS hatte.

Ruf mich morgen mal an. Ist wegen Deutschmann. Linda

„Linda hat ’ne SMS geschickt“, sagte er, als er ins Schlafzimmer zurück kam.

„Hm?“, machte Judith. Sie klang schon arg verschlafen.

„Ich soll sie morgen anrufen. Irgendwas wegen Deutschmann.“

„Aha.“ Dann, fast schon unkenntlich verschliffen: „Ich geh eben noch unter die Dusche.“

Stattdessen schlief sie ein. Bastian betrachtete sie verliebt, küsste ihren Nacken und strich über ihr Haar. Wir sollten wirklich langsam mal heiraten, war sein letzter klarer Gedanke, bevor auch er in die Dunkelheit und zu den Träumen glitt.

7

Dreimal versuchte Bastian am nächsten Vormittag, Linda auf dem Handy anzurufen, aber er erreichte immer nur ihre Mailbox. Dann rief er in ihrem Büro an. Eine von Lindas Mitarbeiterinnen entschuldigte sie: Sie sei in einer Besprechung, die sicher nicht vor Mittag zu Ende gehe. Also stellte Bastian seine Büronummer um und begann, konzentriert zu schreiben. Eine Weile später steckte Marion den Kopf durch die Tür: „Wir bestellen beim Chinesen. Willst Du auch was?“

Bastian schreckte hoch. „Hm?“

„Ob Du was vom Chinesen möchtest. Die meisten anderen sind dabei. Ich bestelle jetzt.“

„Was?“

„Du hamham? Chinesisch? Ich Telefon. Bastian, bitte ...“

„Oh, sorry, sorry.“ Bastian lachte. „Ja, gerne. 142 und vorher Wan Tan Suppe.“ Er kramte in seinem Schreibtisch nach der Brieftasche und gab ihr das Geld.

„Gut.“ Sie notierte auf einem Blatt, das sie in der Hand hielt. „142 und … äh ... Nummer Sieben. Ich rufe dann an.“

Sie war schon wieder hinaus, als Bastian etwas einfiel. Er lief ihr hinterher und erwischte sie auf dem Gang vor ihrem Büro.

„Ähm ... Marion? Ist schon Mittag?“

Sie betrachtete ihn belustigt. „Ja, schon durch, gleich halb zwei. Was ist denn los mit Dir? Unten rechts an Deinem Bildschirm findest Du zwei Zahlenkombinationen. Die Obere sagt Dir die Uhrzeit.“

„Ja, schon klar, ich war in meinem Text ... bin noch etwas

matschig. Hat jemand für mich angerufen? Linda Winterhagen?"

„Ja, zweimal." Sie spitzte die Lippen und parodierte Lindas Tonfall: „Ich habe Madame angeboten, sie zu ihrem Ehemann durchzustellen, aber sie bestand auf Dich. Madame fand es dann aber auch nicht so wichtig, dass ich Dich aus Deiner Arbeit holen sollte."

„Lass sie, Marion. Sie will Dir nichts und sie ist die Frau vom Chef und außerdem meine Freundin. Mit Judith verstehst Du Dich doch auch."

„Judith ist eben Judith und Frau Winterhagen ist eben Frau Winterhagen, Bastian. Lassen wir es dabei, ja? Ich bin ja nicht unfreundlich zu ihr."

Bastian seufzte. „Wie auch immer. Wann hat sie denn angerufen?"

„Vor einer Dreiviertelstunde etwa. Und vor zehn Minuten nochmal. Ich habe Telefonnotizen gemacht, guck auf den Server."

Die Notizen besagten nichts, außer, dass Linda angerufen hatte und wann. Bastian griff zum Telefon, sie ging sofort nach dem ersten Ton ran.

„Hallo, gut, dass Du anrufst."

„Was kann ich für Dich tun?"

„Hast Du meine SMS gelesen? Gestern Abend?"

„Ja, sicher. Deshalb habe ich ja heute Vormittag angerufen."

Linda schwieg eine lange Weile. „Es kann sein, dass es albern ist", sagte sie dann. „Es ist mir auch erst später eingefallen, als wir wieder zu Hause waren. Aber dann war ich total geschockt, weil ich plötzlich gemerkt habe, was ... wie ... also ... ich habe Dir doch von Carla erzählt. Meiner Freundin."

„Die sich umgebracht hat, ja."

Linda seufzte tief. „Genau die. Habe ich Dir auch erzählt, warum sie sich umgebracht hat?"

Bastian überlegte kurz. „Nein. Ich glaube nicht."

Noch einmal atmete Linda tief durch. „Sie hatte Albträume, Bastian. Sie hat so grauenvoll geträumt, jede Nacht, dass sie nicht mehr schlafen wollte. Es war so schlimm, und niemand konnte ihr helfen. Sie tat mir so schrecklich leid." Bastian hörte, dass sie schluchzte. „Es kam ganz plötzlich, davor war sie so glücklich gewesen, ich weiß auch nicht, und dann ... Du hättest sie sehen sollen, es hat sie kaputt gemacht. Total zerstört. Und als es dann auch noch tagsüber los ging ... sie konnte einfach nicht mehr." Linda weinte und Bastian wartete. Plötzlich ging weit hinten in seinem Verstand eine Warnleuchte an. Irgendetwas, das Linda gesagt hatte, seinerzeit im Burger King ... und etwas, das Heike Deutschmann erwähnt hatte ... etwas schien zu passen, jenseits der Albträume. Aber es wollte ihm nicht einfallen. Als er den Eindruck hatte, dass Linda sich etwas beruhigt hatte, sagte er: „Und weil Frau Deutschmann gesagt hat, dass ihr Mann auch durch Albträume gestorben ist, dachtest Du ... ich meine ... was dachtest Du?"

„Keine Ahnung. Es ist doch irgendwie komisch, oder? Wie viele Leute sterben denn an Albträumen?"

„Weiß ich nicht. Viele Menschen sterben doch im Schlaf. Wenn die einen Herzinfarkt haben ... hast Du mit Micha darüber gesprochen? Was sagt er denn dazu?"

Sie lachte, ein wenig bitter. „Er sagt, das käme von den Horrorfilmen. Ich solle mal besser mit ihm ins Kino gehen und Du mit Judith. Er meinte es lustig, aber er hat die Idee nicht besonders ernst genommen. Er weiß, dass ich noch nicht über Carla weg bin und hat Angst, dass ich mich in was verrenne."

„Vielleicht tust Du das auch, Linda", sagte Bastian. „Was sollen wir denn machen? Ein Selbstmord, ein Herzinfarkt ... und Frau Deutschmann vermutet ja auch nur, dass es mit den Albträumen zusammenhing. Ich habe sie natürlich nicht gefragt, aber ... wie viele Tote wird sie schon gesehen haben? Weiß sie, welchen Gesichtsausdruck die normalerweise haben? Also, ich weiß es nicht. Du?"

„Nein", gab Linda nachdenklich zu. „Trotzdem ... es ist komisch." Sie lachte, immer noch mit einem Zittern. „Keine Ahnung, was wir machen sollen, vielleicht wollte ich auch nur mal drüber reden. Mit jemand anderem als Micha."

„Jederzeit und überall. Das weißt Du."

„Ja. Danke, Bastian."

„Dafür nicht."

Sie hängten beide ein.

Bastian bedauerte Linda noch eine Weile nachdenklich, dann wandte er sich wieder seinem Text zu. Vielleicht 15 Minuten später aber hatte er das Gefühl, in seinem Kopf werde aus dem Nichts ein Blitzlicht gezündet. Hektisch öffnete er das Dokument mit den Aufzeichnungen über sein Gespräch mit Heike Deutschmann, und während das Programm lud, wühlte er in seinen Notizen. Da war mehr.

„Mein Mann litt unter Albträumen", kam ihre Stimme scheppernd aus den Lautsprechern an seinem Bildschirm. „Es begann vor drei Monaten etwa. Und es waren nicht einfach … Träume. Wenn er davon aufwachte, das war ... das können Sie sich nicht vorstellen. Und auch tagsüber ... Er hatte Angst, wissen Sie. Er hatte richtige Angst ..."

Gleichzeitig fand er die Stelle in seinen Notizen. Es war nur ein Zeichen, verbunden mit einem Namen, den er zufällig und nebenbei erwähnt hatte, viel später, als sie über Deutschmanns Arbeit gesprochen hatten. Das Zeichen stand für eine deutliche Reaktion in Heike Deutschmanns Körpersprache, die ihn kurz irritierte, bevor er sie wieder vergessen hatte. Eine Nebensache. Nicht wichtig. In Bastians Bauch explodierte eine heiße Adrenalinbombe. Er griff zum Telefon und tippte Lindas Nummer ein.

„Hi, Bastian, wie ..."

„Haben Deutschmann und Carla sich gekannt?"

„Was?"

Bastian zwang sich zur Ruhe. „Dein Chef und Deine Freundin, Carla. Die haben sich gekannt, oder?"

Linda wirkte irritiert. Wie auch nicht? „Ja, sicher. Habe ich Dir doch gesagt, Carla hat uns Praktikanten von der Uni vermittelt. Diplomanden auch. Klar haben die sich ..."

„Ich ... ich glaube ... Linda, wir müssen uns unterhalten. Hast Du Zeit?"

„Jetzt?"

„Ja."

„Na ja ...", er hörte, dass sie mit der Maus klickte. „Also ich habe gleich noch eine Telefonkonferenz, das geht aber schnell und danach noch ein Gespräch ... in eineinhalb Stunden? Wenn Du hierhin kommst?“

Bastian nickte heftig, ungeachtet der Tatsache, dass sie das nicht sehen konnte. „Ja, gut. Aber nicht in Deinem Büro. Vielleicht ... können wir ein paar Schritte gehen, im Park oder im Japanischen Garten?“

„Gerne. Aber was ...“

Bastian versuchte, seine Gedanken zu ordnen. „Ich ... also ... ich weiß es auch nicht genau. Aber da ist etwas ... sage ich Dir gleich, okay? Ich will wissen, was Du davon hältst. Vielleicht ... also ich bin in 90 Minuten bei Dir, ja?“

„Okay. Ich bin gespannt. Dann bis gleich.“

8

Nachdem er das Telefon weggelegt hatte, saß Bastian eine ganze Weile in seinem Bürostuhl und versuchte, seine Gedanken zu ordnen. Ja, er hatte eine Verbindung zwischen Andreas Deutschmann und Carla Herbst gefunden – aber dass es die gab, war nur ihm neu, für Eingeweihte, wie Linda, war sie offenbar ganz natürlich. Dennoch ... er hörte sich noch einmal Heike Deutschmanns Worte an und betrachtete das Zeichen in seinen Notizen. Interpretierte er zu viel? Aber was, wenn er nicht zu viel interpretierte? Wenn es diese Verbindung gab, und wenn sie weiter ging, wenn Linda mit ihrer Ahnung Recht hatte und die beiden Todesfälle womöglich verbunden waren?

Bastian hatte ursprünglich Journalist werden wollen. Im Gegensatz zu den meisten anderen hatte er den Schwenk in die Öffentlichkeitsarbeit aber aus Überzeugung getan. Nachdem er erlebt hatte, wie viele dem Namen nach unabhängige Journalisten in den Mühlen zwischen Verlagsvorgaben, Branchenklüngel, Anzeigenkunden und Rationalisierungsmaßnahmen zu verschämten Dienern fremder Interessen geworden waren, kam ihm seine eigene Branche ehrlicher vor. Er sagte wenigstens offen, dass er käuflich war und für die Interessen seiner Kunden arbeitete und fand, dass es auf dieser Basis sogar einfacher war, Grundsätze zu wahren. Es gab einfach Ausschreibungen, an denen man sich nicht beteiligte und Aufträge, die man ablehnte.

Nach so einer Entscheidung gingen Michael und Bastian gerne gemeinsam in den Pub und tranken einen Whisky auf das bewahrte Gesicht. Für Judith bedeuteten ähnliche Entscheidungen oft finanzielle Unsicherheit und nachhaltigen Schaden in ihren Netzwerken.

Aber dennoch schlummerte tief in Bastian ein investigativer Journalist, der manchmal nach oben wollte. Er wusste, dass er ein sehr guter Rechercheur war, Judith sagte manchmal, sie kenne kaum einen Kollegen, der mit gelernter Recherche so weit kam, wie Bastian allein die Intuition trug. Von der Methode ganz zu schweigen. Hin und wieder träumte er davon, die ganz große Geschichte zu schreiben, einer von den Guten zu sein, die Wahrheit ans Licht zu bringen, das Dunkel zu stürzen. Und nun hatte sich der Jedi in ihm wieder gemeldet. Vielleicht ist das ja was für mich. Ja, vielleicht. Er würde mehr wissen, wenn er mit Linda gesprochen hatte.

Michael saß in seinem Büro und schaute versonnen aus dem Fenster, als Bastian herein kam. Aus der Stereo-Anlage klang Calexico, „Service and Repair". Bastian klopfte an die offene Tür und Michael drehte sich um.

„Ist der Chinese schon da?"

Bastian lachte. „Nein, Sahib. Ich wollte Dir nur Bescheid sagen, ich fahre nochmal weg. Weiß noch nicht, ob ich danach wieder rein komme. Ist in Leverkusen."

„Okay", Michael nickte. „Fährst Du zu LorenzMed?"

„Indirekt. Ich treffe mich mit Linda, wir gehen eine Runde durch den Japanischen Garten. Es geht um Deutschmann."

Michael fasste ihn scharf ins Auge. „Sie hat Dich nicht mit ihrer Albtraumgeschichte angesteckt, oder?"

Bastian grinste ertappt. „Ein wenig. Wusstest Du, dass Deutschmann und Carla Herbst sich kannten?"

„Klar weiß ich das. Die LorenzMed ist ... war ein ganz wichtiger Partner für Carla. Sie saß mindestens dreimal im Monat bei Linda im Büro, und das nicht nur, weil sie so waren." Michael kreuzte die Finger. „Selbstverständlich kannten Deutschmann und sie sich, bei irgend so einer blöden Unisponsorengala haben die sogar mal den halben Abend zusammengesessen. Das war kurz nach unserer Hochzeit, direkt, als wir aus den Staaten zurück waren, deshalb ist mir das noch so vor Augen. Die waren jetzt nicht irgendwie privat miteinander, aber dienstlich schon ganz gut bekannt. Worauf willst Du hinaus?"

Bastian zuckte mit den Schultern. „Weiß ich auch nicht genau. Aber ist doch schon komisch, das mit den Albträumen, oder?"

Michael seufzte. „Bastian – kanntest Du Carla?"

„Nicht richtig, nur vom Sehen. Ich habe sie ein paarmal bei Euch getroffen. Kann mich jetzt aber nicht an irgendwelche Gespräche oder so erinnern."

„Okay, dann sage ich Dir mal was. Carla war Lindas beste Freundin und vielleicht der liebste Mensch, den ich je kennen gelernt habe. Die war einfach ... nur gut. Ich habe nie auch nur die geringste Schlechtigkeit bei ihr erlebt. Und ich bin ihr persönlich dankbar, weil sie Linda zu Anfang unserer Beziehung regelrecht angefeuert hat. Hat das Hohe Lied der Liebe gesungen und alle Zweifel aus ihr raus gequatscht. Ich bilde mir ja viel auf meinen Charme ein, aber vielleicht hätte Linda sich nicht so auf mich eingelassen, wenn Carla nicht gewesen wäre. Aber", Michael hob den Zeigefinger, „sie war auch verdammt labil. Sie sah die Welt als guten, schönen Ort, und das machte sie ungeheuer verletzlich. Die trug jede Enttäuschung, jede verflossene Beziehung, jede Beleidigung als blutende Wunde mit sich rum, Linda hat da über die Jahre viel flicken müssen, nach allem, was sie so erzählt hat. Ich habe immer die Angst gehabt, dass Carla irgendwann an der Realität verzweifelt."

„Aber sie hatte doch auch Albträume", wandte Bastian ein.

Michael nickte. „Ja, hatte sie. Aber dass die sie in den Selbstmord getrieben haben, ist Spekulation. Sie hat keinen Abschiedsbrief hinterlassen oder sowas. Linda klammert sich daran, weil sie sonst glauben würde, sie wäre nicht genug für Carla da gewesen. Und ich lasse es dabei, damit sie sich keine Vorwürfe für etwas macht, wofür sie nichts kann. Aber das jetzt mit Deutschmann zu verbinden ...", er schüttelte den Kopf. „Das ist mir zu viel ‚Nightmare on Elf Street'."

„‚Elm Street'", sagte Bastian automatisch.

„Was?"

„‚Elm Street'. Nicht ‚Elf Street'. Wahrscheinlich hast Du Recht. Aber ich will das trotzdem abklären."

Michael grinste. „Du willst nur mit meiner Frau spazieren gehen, während ich nicht dabei bin. Kameradenschwein."

Bastian lachte. „Das sowieso. Aber ich will keine losen Enden."

Michael nickte wieder. „Ja, klar. Würde ich auch nicht wollen. Nur steigert Euch da nicht in was rein."

„Nein, nein", sagte Bastian. „Keine Sorge."

Nach einem Blick auf die Verkehrsinformationen entschied Bastian, über die B8 nach Leverkusen zu fahren. Sowohl auf der A1 als auch auf der A3 herrschte schon das nachmittägliche Chaos an den Autobahnbaustellen. Auf dem Gang prallte er fast mit dem freundlichen Serben zusammen, der einer der drei Ausfahrer des Chinataxis war. Marion kam aus ihrem Büro und schaute erstaunt.

„Wo willst Du denn jetzt hin?"

„Muss nach Leverkusen, sorry. Ich weiß nicht, ob ich nochmal rein komme. Schick mir die Telefonnotizen aufs Handy."

„Und Dein Erdnusssoßenhuhn?"

Bastian zögerte. „Kühlschrank?"

Marion und der Serbe sahen ihn mit derselben Missbilligung an. Bastian zuckte mit den Schultern.

„Ja, geht nicht anders."

Marion schüttelte den Kopf und wandte sich dem Serben zu.

„Na, ja – wenn er meint. Sie bekommen ...?"

Den Rest des Satzes hörte Bastian nicht mehr, er war schon aus der Tür und auf dem Weg zum Parkhaus.

Noch auf der Zoobrücke erreichte ihn eine SMS von Linda. „Bin noch im BayKomm. Treffen uns am Haupttor JG."

Der Verkehr war dicht und so war es eine halbe Stunde später, dass Bastian von der B8 nach links abbog, in ein Gebiet, das früher ganz dem Bayer Konzern gehört hatte. Heute war hier der „Chempark“ und neben vielen Bayer-Töchtern, -Vereinen und -Ablegern hatten sich hier inzwischen zahlreiche andere Unternehmen angesiedelt, darunter die LorenzMed. Bastians Ziel war der Carl-Duisberg-Park, eine weite Grünfläche aus offenen Wiesen und altem Baumbestand nahe der Stadtgrenze von Leverkusen und Köln. Bastian gelang es oft, Gäste, die Leverkusen nicht kannten, mit dieser unerwarteten Landschaft inmitten der Chemiefabrik zu überraschen, deren Herz- und Prunkstück der alte Japanische Garten war. Er parkte seinen Wagen gegenüber dem Gebäude des Bayer-Angelsportvereins und ging in den Park. Die Bäume beschatteten die Wege wohltuend, während die Wiesen unter dem fast wolkenlosen Himmel leuchteten. In der Ferne lag ein Pärchen träge auf einer Decke, sie las, er schien zu schlafen. Ein Fahrradfahrer wich lässig einem Menschen in einem fürchterlich kakhifarbenen, offensichtlich maßgeschneiderten Anzug aus, der den Weg in Richtung der Fabrikgebäude entlang hastete – in schiefgetretenen, staubigen Schuhen, wie Bastian auffiel. Er ließ die Ruhe in sich fließen, die hier stets so präsent war. Was war eigentlich sein Thema? Worüber genau wollte er mit Linda sprechen?

Eigentlich gab es nichts Handfestes, abgesehen davon, dass zwei Menschen gestorben waren. Das war sicher: ein Herzinfarkt, ein Selbstmord. Alles andere ... Albträume, seltsame Übereinstimmungen, eine Regung bei Frau Deutschmann und viel, viel Interpretation. Es mochte sein, es war wahrscheinlich, dass ihm die Phantasie durchging, und Linda genauso. Aber es würde zumindest interessant sein zu wissen, inwiefern sich ihre Phantasien deckten. Und was Linda zu seinen vagen Schlussfolgerungen sagen würde.

Er ging am Japanischen Garten entlang, passierte eines der kleineren Tore und kam zum Haupteingang. Ein geschwungener Torbogen führte hier auf einen kurzen Kiesweg zu einer überdachten Brücke. Sie führte über einen der Wasserwege, der sich links des Übergangs in den großen Fischteich verbreiterte. Von hier aus konnte er das Bayer Kommunikationszentrum sehen. Die Teilnahme an einer Führung dort gehörte zu den Standardprogrammen für alle möglichen Schützlinge von Linda. So auch diesmal. Bastian sah sie aus dem Gebäude kommen, begleitet von jeweils drei jüngeren Frauen und Männern. Linda sah – in ihren Designerjeans, schwarzem Rollkragenpullover und Sakko – fast lässig aus, zwischen den jungen Leuten, die sich in Anzüge und Kostüme gesteckt hatten, die zu tragen sie ganz offensichtlich nicht gewohnt waren. Nur einer der Männer bewegte sich natürlich und selbstverständlich in seinem samtenen Anzug. Bastian vermutete, dass er ein Mitarbeiter von Linda war. Die Gruppe war in guter Stimmung, viel Gelächter. Linda schüttelte Hände, klopfte dem Samtanzug auf die Schulter und kam dann zum Japanischen Garten herüber, während die anderen in die entgegengesetzte Richtung fortgingen.

Sobald Linda ihren Begleitern den Rücken zugedreht hatte, verschwand die Fröhlichkeit aus ihrem Gesicht und machte großer Nachdenklichkeit Platz. Als sie aber Bastian sah, lächelte sie breit und eilte auf ihn zu. Sie umarmten sich zur Begrüßung.

„Tut mir leid“, sagte sie, „hat doch was länger gedauert.“

„Nicht schlimm“, antwortete Bastian. „Ich bin auch gerade erst angekommen. “

Sie schritten schweigend über den Kiesweg und auf die Brücke. Dort blieben sie eine Weile stehen und beobachteten einen großen Zierkarpfen mit graublauem Rücken, der gemächlich am Spiegelbild der Brücke entlang schwamm und hin und wieder zum Gründeln abtauchte. Dann gingen sie zum Teich hinunter. Linda zog ohne weiteres ihre Pumps aus, balancierte über die großen Steine, die als Übergang aus dem Wasser ragten, ans andere Ufer und zog die Schuhe wieder an. Bastian folgte ihr, den schmalen Weg hinauf, am Teehaus vorbei zum größeren der beiden Wasserfälle. Dort ging Linda eine Treppe zum Wasser hinunter und setzte sich auf die Stufe, die direkt unterhalb des Wasserfalls in die Uferwand eingelassen war. Der Wasserfall schirmte wirkungsvoll ab, sowohl gegen Geräusche von außen als auch gegen zufällige Zuhörer. Bastian lauschte eine Weile dem Rauschen. Wasser war die bestimmende Geräuschkulisse in diesem Garten, immer rauschte, tröpfelte oder gluckerte es irgendwo. Dadurch wirkten alle menschlichen Geräusche stets leise und die meisten Besucher dämpften unwillkürlich die Stimmen. Das Wasser machte ruhig.

„Warum sitzen wir hier, Linda?“, fragte er, ohne sie anzusehen.

„Sag Du es mir. Du hattest mich fast schon davon überzeugt, dass Micha Recht hat, und dann willst Du plötzlich ganz konspirativ mit mir reden.“

Bastian wandte sich ihr zu. „Ich weiß nicht, ob es wichtig ist. Es sind zwei Sachen ... Wann sagtest Du, hat Carla sich umgebracht?“

„Vor etwas mehr als drei Monaten. 26. Mai. Also in der Nacht zum 26. Hat sich von der ... von der verdammten Müngstener Brücke geworfen.“

Bastian war verblüfft. „Ich dachte, das geht gar nicht mehr.“

Linda wischte sich über die Augen. „Und ob das geht. Man muss es nur eben wollen. Warum fragst Du?“

„Bei Deinem Chef hat es mit den Albträumen zur selben Zeit angefangen. Vor drei Monaten. Ende Mai, sagte Frau Deutschmann.“

Linda sah ihn mit einem Ausdruck an, den er sehr schwer deuten konnte. Etwas wie Erkennen war darin. „Das ist interessant“, sagte sie zögernd. „Und weiter?“

„Wie, weiter?“

„Du sagtest, es wären zwei Dinge.“

„Ja“, Bastian nickte. „Das andere war Frau Deutschmanns Reaktion, als ich Carla erwähnte. Es war ganz zufällig, in einem Nebensatz. Ich hatte über Dich gesprochen, wie sehr sein Tod Dich mitgenommen hat, ich wollte sie etwas trösten. Wir waren dabei, uns Bilder anzusehen, und Du warst mit auf einem Foto. Muss ein paar Jahre her sein, da hattest Du noch kurze Haare.“

Linda nickte abwesend. „Ja, war wahrscheinlich Weihnachten vor drei Jahren. Aber warum hast Du Carla erwähnt?“

„Ich habe gesagt, dass Du besonders erschüttert seist, weil sich ja eine Bekannte von Dir erst vor kurzem umgebracht habe. Sie fragte, wer, und ich erwähnte Carla, und ihre Reaktion ..." Bastian überlegte kurz. „Also, ihr sagt ja alle oft, dass ich sowas gut lesen kann, aber das hätte JEDER gesehen. Es war blitzschnell, aber es war ...", er suchte nach Worten, „... also sowas von offensichtlich. Ich kann das schwer beschreiben, aber ... ich hatte bis dahin ja nicht mal eine Ahnung, ob Deutschmann Carla kennt. Jetzt bin ich ziemlich sicher, dass auch seine Frau sie gekannt hat. Und nicht nur das: Sie hat sie verabscheut."

„Was?!" Linda sah ihn erstaunt an. „Sie kannte Carla?"

„Scheinbar", sagte Bastian, etwas irritiert. Er hatte eher damit gerechnet, dass Linda völlig schockiert wäre. „Solange sie von seiner Arbeit sprach, war sie ganz normal, als die Rede auf Dich kam, hatte ich sogar den Eindruck, dass sie Dich mag ..."

„Ja", sagte Linda. „Ich mag sie auch. Sie ist echt nett." Sie seufzte.

„... aber als ich dann Carla erwähnte – eine total heftige Reaktion, ganz spontan. Sie hat sich sofort wieder gefangen, trotzdem ...", er atmete durch, „Linda, hältst Du es für möglich, dass sie Carla für den Tod ihres Mannes verantwortlich macht? Irgendwie?"

Linda war perplex. „Nein! Warum? Sie ist Monate vor ihm gestorben, das haben wir doch gerade besprochen."

„Ja, aber ... diese totale Ablehnung ..."

Linda lächelte sanft. „Ist das der einzige Grund, der Dir einfällt, aus dem eine Frau eine andere verabscheut? Dazu noch eine verheiratete Frau eine Singlefrau?"

„Du meinst, die ... die hatten was miteinander. Carla und Deutschmann?" Jetzt war es an ihm, erstaunt zu sein.

„Ja", sagte Linda.

Bastian sah auf den silbernen Vorhang des Wassers, lauschte auf seinen stetigen Fall und versuchte, sich genau an Frau Deutschmanns Gesichtsausdruck zu erinnern, ihr unwillkürliches Zucken, diese kleine Geste ... passte das zu Lindas Annahme? Ja, musste er zugeben, ja, absolut.

„Bist Du sicher?", fragte er.

Linda schüttelte langsam den Kopf. „Nein. Doch ... also nicht hundertprozentig. Sie hatte ein Verhältnis mit einem verheirateten Mann, und zwar schon ziemlich lange, das wusste ich. Sie hat mir aber nie gesagt, wer es war.“ Sie lächelte bei der Erinnerung. „Sie war echt süß damit, sie nannte ihn ihren Geheimmann. Du musst wissen, Carla war ausgesprochen beziehungsunfähig, irgendwie haben die Typen es immer geschafft, sie zu enttäuschen. Keiner hat begriffen, dass sie das mit ihren Ansprüchen wirklich ernst meint, na ja ...“ Sie lachte. „Und da war diese Affäre – wenn man das überhaupt noch eine Affäre nennen kann – eigentlich ideal für sie. Sie wollte den Geheimmann nicht für sich, sie hat nie verlangt, dass er seine Frau verlässt oder sowas, sie fand das ganz toll so – heimliche Treffen, permanente Verliebtheit, ständige Vorfreude – sie war glücklich. Richtig glücklich.“ Lindas Blick verdüsterte sich. „Bis das mit den Träumen anfing.“

„Und die Frau von dem Geheimmann?“, fragte Bastian. „Hat die nichts geahnt?“

„Carla glaubte das nicht. Aber wenn es wirklich Deutschmann war ... hattest Du den Eindruck, dass seine Frau zu dem Typ gehört, dem das nicht auffällt? Oder der sich selbst was vormacht?“

„Nein“, gab Bastian zu, „wirklich nicht.“

„Seit ich zum ersten Mal daran gedacht habe, dass Deutschmann ihr Geliebter gewesen sein könnte, fallen mir immer mehr Puzzlestücke ein, die dazu passen“, fuhr Linda fort. „Von dem Punkt an, dass sie mir gegenüber nie auch nur die geringste Andeutung gemacht hat – sonst, wenn sie verliebt war, hat sie daraus immer zu gerne ein Ratespiel gemacht – bis zu dem, was Du gesagt hast: Dass sie beide an Albträumen gestorben sind.“

„Aber“, sagte Bastian zögernd, „das würde ja bedeuten, dass die beiden Tode keine Zufälle waren. Keine Unfälle.“

„Natürlich waren das keine Unfälle“, meinte Linda. „Ein Selbstmord und ein Herzinfarkt – das nennt man doch nicht Unfall.“

„Aber wenn das stimmt, würde das bedeuten, dass es wirklich einen Zusammenhang gibt. Also ... dass es eben kein normaler Selbstmord war ... sorry, Linda ... und kein normaler Herzinfarkt.“

Sie zuckte mit den Schultern. „Aber was sonst?“

Bastian schaute sie offen an. „Willst Du das raus finden? Also ... ob und wenn ja, was?"

„Ja", sagte Linda, ohne zu zögern. „Sie war meine beste Freundin, Bastian. Ein absolut lieber und wertvoller Mensch. Wenn irgendwas ... also wenn irgendwer ..." sie stockte. „Ich will es wissen!" schloss sie.

„Gut", sagte er. „Dann lass uns überlegen, wie. Kannst Du irgendwie herausfinden, ob Deutschmann es wirklich war? Der Geheimmann?"

Linda überlegte lange. „Ich könnte mit Carlas Bruder sprechen", sagte sie schließlich. „Ich bin sehr sicher, dass sie ihm auch nicht gesagt hat, wer es ist, aber vielleicht weiß er etwas, das ich nicht weiß. Vielleicht kann ich es irgendwie eingrenzen."

Bastian nickte. „Und ich stöbere in Deutschmanns Unterlagen. Lorenz hat mir ziemlich freie Hand gegeben, was den Zugang zu seinen Daten betrifft, und mit den Freigaben für Euer Intranet, die ich habe ..."

„Das wird nicht viel nutzen", sagte Linda. „Ich glaube kaum, dass Du etwas über sein Privatleben in offiziellen Unterlagen finden wirst. Du müsstest schon an seine persönlichen Ordner."

„Und das kann ich nicht?"

„Hast Du es schon mal versucht?"

„Nein", sagte Bastian. „Wozu? Alles, was ich über sein Privatleben brauche, habe ich von seiner Frau. Mein Job ist ja, ihn in seiner Funktion für Eure Firma zu preisen."

„Eben." Linda lächelte schief. „Und die Plattform, auf die Du da kommst, hat einer von unseren EDV-Leuten extra für Dich gebastelt. Und ich selbst habe sie mit Inhalten gefüllt. Aber seine persönlichen Ordner sind von unseren Justitiaren durchgesehen und dann sofort gelöscht worden."

„Also gibt es da keine Chance."

„Vielleicht doch." Sie sah ihn scharf an. „Wie sehr kann ich Dir vertrauen? Ich habe eine Idee, aber die bringt mich in Teufels Küche, wenn etwas herauskommt."

„Ich bin Dein Freund, Linda. Micha ist wie ein Bruder für mich. Das macht Dich quasi zu meiner Schwester, oder?"

Sie lachte. „Äh ... nein. Aber ich verstehe, was Du meinst. Okay, ich beschaffe Dir Material, Du schaust es durch und danach vernichtest Du es, okay? Löschen!“

Bastian grinste. „Versprochen.“ Er hielt ihr die Hand hin. „Pakt?“

Sie schlug ein. „Pakt.“

9

Linda hielt Wort – zwei Tage später, am Freitag, übergab sie Bastian einen USB-Stick, auf dem sie Andreas Deutschmanns persönliche Ordner seit März gespeichert hatte. Sie hatte die Dateien den Sicherungskopien der Firma entnommen, die sie sich unter einem Vorwand hatte geben lassen. Bastian versprach, völlige Diskretion zu wahren.

Er hatte am späten Samstagnachmittag begonnen, die Dateien zu sichten, nach dem ersten langen Herbstspaziergang mit Judith in diesem Jahr. Nun war es Sonntagmorgen um kurz nach ein Uhr und er hatte noch nichts gefunden, was irgendwie auf Carla Herbst oder ihren Tod oder ein Verhältnis mit ihr hindeutete.

Er hörte Judiths weiche Schritte auf der Treppe. Bastian bewohnte zwei Stockwerke eines restaurierten Bürgerhauses aus dem 19. Jahrhundert, nahe der Opladener Fußgängerzone. Das obere Stockwerk hatte der Architekt zur Hälfte entfernen lassen, die tragenden Wände durch Säulen ersetzt. Die übrig gebliebene Hälfte bildete eine Galerie über Bastians Wohnzimmer, auf der sich das Schlaf- und das Arbeitszimmer sowie das kleinere der beiden Badezimmer befanden. Judith kam durch die Tür, in Jogginghose, Sweatshirt und dicken Socken. Bastian blickte auf.

„Und, wer gewinnt?“

Sie winkte ab. „Raab hatte schon vor Mitternacht gewonnen. Der Kandidat war sowas von lahm ... Ich bin auf dem Sofa eingeschlafen.“

Bastian schaute irritiert auf die Uhr im Bildschirm. „Scheiße, schon so spät? Sorry, Süße ...“

Judith trat hinter ihn, legte die Arme über seine Schultern und küsste ihm aufs Haar. „Macht nix. War ein schöner Tag und ich habe alle Chips alleine gefuttert." Sie kicherte und küsste ihn nochmal. „Ich werde alt und fett, mein Lieber. Vielleicht sollten wir doch vorher noch heiraten."

„Ja", sagte er. „Sollten wir. Ehrlich."

Sie nickte nachdenklich, was Bastian nicht sehen konnte, und streichelte seine Schultern. „Ja, vielleicht hast Du wirklich Recht. Lass uns morgen darüber reden."

Bastian lachte. „Damit das klar ist – noch einen Heiratsantrag mache ich Dir nicht. Irgendwann ertrage selbst ich keine Ablehnungen mehr."

Sie schmiegte sich an ihn. „Nein, ich glaube, diesmal bin ich dran. Was machst Du da eigentlich?"

„Wenn ich Dir das sage, muss Linda Dich erschießen."

„Linda? Wieso?"

„Sie hat mir Daten gegeben, die ich eigentlich nicht haben sollte. Sei mir nicht böse, Judith, aber genauer will ich nicht werden. Sie könnte echt in Schwierigkeiten kommen."

„Keine Sorge, ich sage nichts und will nix wissen. Schließlich bin ich Journalistin."

„Ich liebe Dich auch", sagte Bastian.

Sie lachte. „Ich geh jetzt jedenfalls ins Bett."

Bastian stand auf, drehte sich zu ihr, nahm sie in den Arm und küsste sie. „Schlaf gut."

Sie küsste ihn wider. „Bis gleich."

Damit verschwand sie im Bad, Bastian hörte ihre elektrische Zahnbürste summen. Er wandte sich wieder dem Computer zu, einigermaßen frustriert. Mehr als fünf Stunden Suche, teils von Hand, teils mit Suchprogrammen, hatten zwar Unmengen von Daten erbracht, aber nichts, was irgendwie hilfreich war. Er entschied sich, während er schlafen würde, zwei weitere Suchprogramme laufen zu lassen und ansonsten die Arbeit für heute einzustellen. Morgen konnte er weiter machen. Oder Montag, denn den Sonntag wollte er mit Judith verbringen. So oft hatten sie den Luxus eines ganzen gemeinsamen Wochenendes nicht, er wollte nicht noch mehr davon verschwenden. Bastian warf die Programme an, ging hinunter ins Wohnzimmer und räumte geistesabwesend die Chipsschale weg, die Judith hatte stehen lassen, ebenso wie seine eigene Kaffeetasse. Den Anfang von „Schlag den Raab“ hatten sie gemeinsam gesehen, aber dann hatte seine Neugier ihn wieder an den Computer gezogen. Der Fernseher lief noch. Bastian wollte ihn ausschalten und zappte stattdessen durch die Programme. Es war die übliche Mischung aus Wiederholungen vom früheren Abend, höchst anspruchsvollen und gänzlich anspruchslosen Filmen, dazu eine Doku auf Phoenix, die unvermeidlichen nackten Frauen, die sich auf Telefonnummern räkelten und Cretins, die ihn anbrüllten, er solle anrufen, ansonsten würde ihm der HOT BUTTON vermutlich etwas absolut Grässliches antun. Doch dann erwischte ihn einer dieser Privatsender, die spät in der Nacht die guten alten Horrorfilme auspackten. Bastian entschied sich gegen das Bett, ging in die Küche, füllte die Chipsschale mit Salzstangen, nahm sich eine Cola, ging zurück und machte es sich auf dem Sofa bequem.

Eine knappe Stunde später aber sah er ein, dass er sich überschätzt hatte. Er kannte den Film zwar gut genug, um nach jedem Einnicken sofort wieder in die Handlung zu kommen, aber als er mitten in einer Werbepause unvermittelt die Augen aufschlug und eine – nach Auskunft der kommentierenden Stimme – „geile Omi“ ihn aufforderte, sie anzurufen, schaltete er den Fernseher endgültig ab und ging nach oben. Er war schon im Bad gewesen, als er ein letztes Mal ins Arbeitszimmer ging und einen neugierigen Blick auf den Bildschirm warf. Im nächsten Augenblick war er hellwach und saß auf seinem Schreibtischstuhl.

Das Suchprogramm war in der Lage, große Datenmengen auf bestimmte Worte oder Wortkombinationen zu durchforsten und das in bis zu fünf Sprachen, in die und aus denen es selbst hinlänglich brauchbar übersetzte. Eigentlich war es für Suchen im Internet konzipiert, ließ sich aber auch auf begrenzte Datenspeicher anwenden. Bastian hatte es schon am früheren Abend eingesetzt, aber die ersten Suchergebnisse hatten sich als belanglos erwiesen. Also hatte er es jetzt mit ein paar eher exotischen Worten gefüttert, die größte Suchtiefe eingestellt und eigentlich erwartet, dass es bis zum Morgen beschäftigt sein würde – vermutlich erfolglos. Stattdessen verkündete es nun:

„1 Fund:

Keyword: Geheim Mann

Suche 3: English Keywords: private, secret, clandestine, confidential, cryptic + 14 weitere

Suche 3: English Keywords: man, husband, guy, male, gee! + 1 weitere

gefunden: 1 Ordner: ARCANE MAN"

„Nicht blöd", murmelte Bastian. Als er den Ordner aufrief, wurde klar, dass Deutschmann ihn bewusst tief vergraben hatte. Er befand sich im Pfad „Bilder/private Bilder/Vanessa/privat". Kein schlechtes Versteck, wahrhaftig.

Um den Ordner zu öffnen verlangte das System ein Passwort. Bastian probierte erst mehrere verschiedene Varianten von „Carla Herbst", suchte dann Synonyme für „Herbst", versuchte es zwischendurch mit „Passwort" und Deutschmanns Geburtsdatum und testete zuletzt auch „Heike" und „Vanessa", obwohl er das ziemlich abgeschmackt gefunden hätte. Deutschmann wohl auch, sie funktionierten ebenso wenig wie alle anderen Worte vorher. Bastian seufzte. Er hatte ein Programm, das Passworte knacken konnte, aber der Prozess konnte, je nachdem, mehrere Tage dauern. Aber es würde wohl darauf hinauslaufen. Für heute war er mit seinem Latein am Ende. Vorsichtshalber schickte er noch eine SMS an Linda: „Was war Carlas Geburtsdatum? Hatte sie einen Spitznamen?"

Er fuhr den Rechner herunter und war schon fast im Schlafzimmer, als er sein Handy hörte. Mit wenigen Schritten war Bastian zurück im Arbeitszimmer.

„Linda? Du bist noch wach?"

„Ja, fast." Sie lachte. „Im Fernsehen lief ‚The Changeling' und jetzt ‚Phantasm', den sehe ich mir gerade an."

„Respekt. Ich bin darüber eingeschlafen, wollte gerade ins Bett. Und dann hat mein Suchprogramm noch einen versteckten Ordner bei Deutschmanns Sachen gefunden: ‚Arcane Man'."

„Arcane?“, fragte Linda.

„Heißt geheim.“

„Echt?“ Sie klang so aufgeregt, wie er sich vorhin auch gefühlt hatte. „Was ist da drin?“

„Keine Ahnung. Er hat es mit einem Passwort geschützt, deshalb die SMS. Carla hatte nicht zufällig einen Spitznamen oder sowas?“

„Doch“, sagte Linda, „hatte sie. Peggy Sue.“

„Peggy Sue? Komischer Name“, sagte Bastian und schaltete gleichzeitig den Computer wieder ein.

„Hatte sie schon, als wir uns kennen gelernt haben. Ich habe sie nie so genannt, nur alte Freunde aus Schulzeiten. Sie hat so Rockabilly Musik gehört, daher.“

„Aha, okay. Probiere ich sofort aus, der Rechner fährt gerade hoch.“

„Bin gespannt.“

„Ja ...“ Bastian wartete, bis der Computer soweit war, dann rief er den Ordner auf. Er gab „peggysue“ als Passwort ein, und der Ordner öffnete sich. „Wow!“, sagte er.

„Hat es funktioniert?“, wollte Linda wissen.

„Ja. Mehrere Dokumente und Unterordner, die heißen ... Herzensfrau ... Little Rock ... Glaser ... Parnell ... kannst Du damit was anfangen?“

„Nein. Also ... außer ... Herzensfrau könnte natürlich Carla sein. Kannst Du ...“

Bastian versuchte es gleichzeitig. „Wieder ein Passwortschutz. Warte mal ... aha!“

„Was ist?“, fragte Linda.

„Carla ist das Passwort für Herzensfrau.“

Linda schwieg einen Moment. „Also stimmt es“, sagte sie dann.

„Sieht so aus.“ Bastian klickte sich durch den Inhalt des Ordners. „Wieder mehrere Ordner und Dokumente. Eins davon scheint das Hauptdokument zu sein. Heißt Mai-27. Das ist ein Tag nach dem Selbstmord, oder?“

„Ja.“ Bastian hörte, dass sie scharf die Luft einsog. „Mannomann, das muss ich erstmal verpacken. Carla und Deutschmann.“

„Du hast es doch geahnt."

„Ahnen und wissen sind zwei verschiedene Paar Schuhe. Was sind das denn für Ordner und Dokumente?"

„Keine Ahnung, Linda, es ist viel. Da werde ich heute nichts mehr dran machen."

„Was? Du willst jetzt echt ins Bett?"

Bastian seufzte. „Nee. Ich bin genauso gespannt wie Du. Aber ich bin total kaputt, Linda. Womöglich lösche ich aus Versehen noch was. Morgen. Oder Montag."

„Okay. Ich übe mich in Geduld." Sie machte eine kurze Pause. „Montagabend treffe ich mich mit Frank, Carlas Bruder. Sagst Du mir Bescheid, wenn ... also wenn Du irgendwas Wichtiges findest?"

„Klar." Er lachte. „Wir haben doch einen Pakt."

„Okay. Dann gucke ich jetzt mal meinen Film ... nee, doch nicht, der ist schon aus. Gut, dann krieche ich auch in die Falle. Nacht, Bastian. Grüß Judith."

„Ja, schöne Grüße an Micha. Und schlaf gut."

10

Bastian verlebte einen romantischen Abschieds-Sonntag mit Judith, über den er Deutschmann, Carla, ihren Tod und die Albträume fast vergaß. Sie verbrachten die Nacht in Judiths Wohnung, am frühen Morgen fuhr er sie hinaus zum Köln-Bonner Flughafen, Judith hatte einige Recherchetermine in London und Nordengland. Sie würden sich mindestens eine Woche nicht sehen.

Während er über die Autobahn zurück zur Stadt fuhr, erwog Bastian, ob er zurück in die Innenstadt, nach Leverkusen oder gleich zum Mediapark fahren sollte. Schließlich entschied er sich für die Agentur, fuhr in Richtung Deutz, über die Zoobrücke und saß um kurz nach halb acht an seinem Schreibtisch. Außer ihm war noch niemand da. Mit einem Anflug von schlechtem Gewissen merkte Bastian, dass er über der Umsetzung seines Konzepts zu Deutschmanns Andenken und seinem privaten Interesse an dessen Tod einige andere, wichtige Aufgaben vernachlässigt hatte. Er brachte seine Prioritätenliste auf den aktuellen Stand und begann zu arbeiten, während die Agentur sich nach und nach mit Menschen füllte. Dann begannen die üblichen Montagsrunden, zuerst der Agentur Jour-Fixe, dann die Redaktionssitzung, die er selbst leitete. Zwischendurch brachte der Serbe Chinesisches und diesmal aß Bastian sein Huhn in Erdnusssauce.

Als er zurück an seinen Rechner kam, war es nach fünf. Bastian widmete sich nun einer Kundenzeitschrift und stellte verlegen fest, dass außer ihm – dem Chefredakteur – alle anderen, Agenturmitarbeiter wie Freelancer, ihre Beiträge schon abgeliefert hatten. Er stürzte sich in die Arbeit und merkte kaum, wie die Agentur sich wieder leerte und es draußen dunkel wurde. Als Michael sich verabschiedete, richtete Bastian ihm Grüße an Linda aus, wie üblich, ohne an ihren „Pakt" auch nur zu denken. Bastian unterbrach seine Arbeit erst, als er merkte, dass er sich nicht mehr konzentrieren konnte. Er überlegte kurz, in der Agentur zu übernachten, fuhr dann aber doch nach Hause.

Als er am nächsten Morgen in der Agentur ankam, hatte er nur noch vier Texte zu schreiben. Damit war er gegen Mittag fertig. Er legte alle Texte, Bilder und Graphiken auf den internen Server und sagte der Graphikerin Bescheid, dann bereitete er sich auf einen Termin am Nachmittag vor: Es ging wieder um Deutschmanns Andenken, eine Besprechung mit der Marketingabteilung der LorenzMed.

Das Gespräch ging schnell und problemlos über die Bühne, es war Nachmittag, als Bastian das Gebäude des Kunden im ChemPark verließ. Nach zwei nebligen und nassen Tagen zeigte der Herbst sich wieder von seiner freundlichen Seite, der Carl-Duisberg-Park leuchtete grün, Wind rauschte in den Bäumen und Bastian hatte keine Lust mehr auf sein Büro. Er rief Marion an, die ihm passenderweise mitteilte, dass niemand nach ihm gefragt oder verlangt hatte und er beschloss, sich für die Nachtarbeit von gestern zu belohnen. Also fuhr er nach Hause, zog sein Laufzeug an und fuhr zur Wupper. Seinen Wagen stellte er auf dem Parkplatz gegenüber der Theodor-Heuss-Realschule ab, dann lief er los, zur Wupper und über die Fußgängerbrücke, dann die Himmelsleiter hinauf und oberhalb des Flusses durch ein Wohngebiet, bis zur Sandstraße, dann nach rechts, die Straße entlang, über die Bahngleise hinweg und hinauf nach Leichlingen. Dort fand er zurück zu den Gleisen, die ihn durch Felder und Wäldchen wieder zur Wupper führten, durch die Bahnunterführung und schließlich zurück zur Wiembachallee und seinem Wagen. Der Lauf war mehr als zehn Kilometer lang, aber die schwierigsten Stücke lagen in der ersten Hälfte, danach hatte er den Kopf und die Beine frei und ließ laufen.

Seine Gedanken kehrten zurück zu Deutschmann und Carla. Eine Affäre, mehr oder weniger geheim. Seine Frau schien davon gewusst zu haben. Wie viel hatte sie wirklich gewusst? Ihre Reaktion auf Carlas Namen fiel ihm wieder ein. Das war mehr als eine Ahnung, oder? Andererseits: Als sie – nebenbei und selbstverständlich – die Deutschmanns als funktionierende und liebevolle Familie geschildert hatte, hatte er keine Zweifel und keine Verstellung bemerkt. Und dann die Tode selbst. Ein Selbstmord und ein Herzinfarkt.

Die Polizei hatte in beiden Fällen routinemäßig ermittelt, in Deutschmanns Fall war es wohl weniger eine Ermittlung gewesen als eine kurze Überprüfung der Fakten. Aber weder sein noch Carlas Tod hatten bei den Profis irgendeinen Verdacht erregt. Und er, der Amateur? Was vermutete er? Eine Albtraumseuche? Mord mittels mieser Träume? Oder ... der Gedanke pochte tief, tief in den Kellern seines Hirns und er wollte ihn nicht zulassen, weil er zu albern war. Dennoch – er drängte sich auf. Was, wenn die Träume selbst die Ursache waren? Etwas in den Träumen? „A Nightmare on Elm Street"? Was, wenn so etwas wirklich möglich war? Und wenn ja: Warum hatte es ausgerechnet diese beiden erwischt?

Bastian merkte kaum, wie er über die Fußgängerbrücke zurücklief, vorbei am Spielplatz, in die Wiembachallee und zum Parkplatz, wie er in den Wagen stieg und nach Hause fuhr. Seine Vernunft zwang ihn noch unter die Dusche, als er damit fertig war, griff er sich eine Flasche Mineralwasser, setzte sich in sein Arbeitszimmer und fuhr den Rechner hoch.

Zuerst saß er unschlüssig vor den Daten. Er konnte nur den Ordner „Herzensfrau“ öffnen, die anderen waren mit Passworten geschützt, die er nicht erraten konnte und für das Passwortknackprogramm schien es ihm noch zu früh. Aber selbst dieser eine Ordner enthielt eine Menge Material, und Bastian wusste nicht, womit er anfangen sollte. Schließlich entschied er sich für den Ordner „Bilder“.

Darin waren fünf Fotos. Zwei waren im Winter gemacht, offenbar vor einem verschneiten Feld oder einer Wiese. Es waren typische Winterspaziergang-Handyfotos, Carla hatte das Handy in der ausgestreckten Hand gehalten, die beiden hatten die Köpfe zusammengesteckt. Carla trug eine gestrickte Pudelmütze auf ihren zu diesem Zeitpunkt tomatenroten Haaren, er eine Sonnenbrille und einen Drei-Tage-Bart, beide steckten in Schals und warmen Jacken.

Auf dem einen Bild schauten beide konzentriert, vielleicht nicht sicher, ob das Foto etwas werden würde. Auf dem zweiten lachte Deutschmann und Carla streckte die Zunge heraus. Das dritte Foto war anders, mit einer guten Kamera gemacht. Es war in einem typischen Hotelzimmer entstanden. Carla, schwarzhaarig diesmal, lag auf dem Bett, halb unter einer Decke, offensichtlich nackt, aber nicht entblößt. Vom Fenster, das auf dem Bild nicht zu sehen war, fiel Licht auf sie. Das Bild war von jemandem gemacht, der etwas von dem verstand, was er tat – Deutschmann war ein talentierter Amateur gewesen und er hatte viel Liebe in dieses Bild gelegt. Carla lächelte die Kamera und den Fotografen dahinter an, offen und glücklich. Das Bild trug den Namen „Den Haag zweiter Morgen“.

Bastian lehnte sich zurück und versuchte, diese Bilder mit den Familienfotos in Einklang zu bringen, die er im Haus der Deutschmanns gesehen hatte. Was immer zwischen Carla und diesem Mann gewesen war, eine kurze, heiße Affäre war das jedenfalls nicht. Aus diesen wenigen Bildern sprach viel Innigkeit, viel Vertrauen. Die beiden hatten einander etwas bedeutet.

Da sein Grübeln ihn nicht weiter brachte, schaute Bastian sich die letzten beiden Fotos an. Das eine war ein Schnappschuss, vermutlich mit derselben guten Kamera gemacht wie das Bild aus dem Hotel, aber ohne dieselbe Hingabe. Es zeigte die Müngstener Brücke, von unten fotografiert, aus dem Brückenpark. Bastian schaute auf den Namen: „ichliebedichichvermissedich".

„Scheiße", sagte er laut, für einen Moment war ihm schlecht. Er schloss das Bild und atmete tief durch. Dann fragte er sich, ob er es schaffen könnte, so ein Foto zu machen, wenn Judith auf diese Art sterben würde. Er war nicht sicher.

Das letzte Foto hieß „Little Rock 1984". Es war der Scan eines schwarzweißen Zeitungsfotos. Zu sehen war ein flaches Gebäude, teilweise in Trümmern, davor einige Feuerwehrleute in entspannter Haltung – hier hatte es gebrannt, aber ihre Arbeit war getan. Im Hintergrund war das Meer zu sehen oder vielleicht auch ein großer See, der Boden schien felsig zu sein. Das Aussehen der Feuerwehrmänner – dunkle Kleidung, helle Helme – erlaubte keinen Rückschluss auf den genaueren Ort des Geschehens.

Bastian suchte im Internet und wurde schnell fündig. Das bekannteste Little Rock war natürlich die geschichtsträchtige Stadt in Arkansas. Aber das hier war wohl eher die Insel vor der Küste Nordirlands. Mehr Informationen aber waren dem Netz nicht zu entnehmen, das winzige Inselchen war offensichtlich so unbedeutend, dass niemand irgendetwas darüber zu berichten wusste. Über eine größere Insel in der Nähe – Rathlin Island – fand Bastian ein paar Informationen mehr. Demnach gehörte vermutlich auch das benachbarte Fleckchen zum Moyle District Council. Über den hatte er ein paar Informationen im Kopf, es hatte eine Zeit gegeben, da war er über Irland, auch und gerade den Norden, sehr auf dem Laufenden gewesen. Im Moyle District gab es eine der bekanntesten natürlichen Touristenattraktionen des Landes, eine „Giant's Causeway" genannte Felsformation. Auch Rathlin Island selbst war bei Besuchern beliebt. Doch von „Little Rock" hatte er noch nie gehört. Deutschmann aber war die Insel offenbar wichtig gewesen. Bastian bemühte sich wieder, den gleichnamigen Ordner zu öffnen, blieb aber erfolglos.

Bastian suchte darauf wieder ziellos in den Dokumenten und Unterordnern von „Herzensfrau“, fand aber zunächst nichts, das ihm irgendeinen weiteren Aufschluss über den Tod von Carla und den von Deutschmann geben konnte. Deutschmann wurde für ihn immer mehr zu „Andreas“. Die Dokumente und E-Mails, die er las, setzten sich zu einem Puzzle dieser Beziehung zusammen, die als Affäre begonnen hatte und dann – offensichtlich überraschend für beide – zu mehr geworden war.

Es war die Feier in der Universität gewesen. Wie hatte Michael sie bezeichnet? „Irgend so eine blöde Unisponsorengala“. Andreas Deutschmann war gemeinsam mit der gesamten Spitze der LorenzMed dort gewesen, die Firma war für ihr Engagement für die Kölner Uni geehrt worden. Wie nah sich die beiden an diesem Abend gekommen waren, konnte Bastian dem, was er las, nicht entnehmen, aber kurz darauf hatten sie begonnen, miteinander zu schlafen. Am Anfang war es scheinbar wirklich vor allem der Sex, dazu der Reiz des Neuen gewesen. Andreas hatte nur die wenigen Mails aus dieser Zeit aufbewahrt. Bastian flog nur über die Texte. Das war zu intim.

Dann aber begann der Ton sich nach und nach zu ändern. Was die beiden im Bett erlebt hatten, verschwand zunehmend aus den Texten. Sie wurden persönlicher, manchmal humorvoller, manchmal trauriger. Andreas war ehrlich gewesen, zumindest Carla gegenüber – von Anfang an war klar, dass er seine Frau liebte und sich nicht von ihr trennen würde. Was Linda gesagt hatte und was Bastian nicht recht hatte glauben können, stimmte ebenfalls – Carla hatte nicht mehr gewollt. Von dem Moment an, an dem klar war, dass die Affäre lange dauern würde und nicht auf ein Ende hin angelegt war, schien sie glücklich, manchmal sogar euphorisch. Allerdings hatte die Ehrlichkeit ihre Grenze, wenn es zu Heike Deutschmann kam. Andreas ging selbstverständlich davon aus, dass sie seine Liebschaft nicht tolerieren würde. Carla und er waren sehr bemüht, seine Frau zu täuschen und die Affäre geheim zu halten.

Bastian überlegte unwillkürlich. Er war Judith treu, aber das war nicht selbstverständlich. Eine seiner vorherigen Beziehungen war letztlich daran zerbrochen, dass er seine Freundin hintergangen hatte. Was wäre, wenn ihm nun so etwas passieren würde, wie es Andreas Deutschmann mit Carla passiert war? Er fand nirgendwo auch nur die geringste Beschwerde über Andreas' Ehe. Er selbst war mit Judith glücklich, aber natürlich fehlte auch ihm manchmal der Reiz der ersten Verliebtheit, das Prickeln des Neuen. Aber würde er dafür die Gefahr in Kauf nehmen, Judith zu verlieren? Denn er würde sie verlieren, sie würde ihn schnell und zornig abservieren – auch sie hatte ihre Verletzungen aus der Vergangenheit. Bastian wusste nicht, ob er das hatte, was Andreas Deutschmann dazu gebracht hatte, diese beiden Beziehungen nebeneinander zu führen. Mut? Skrupellosigkeit? Inkonsequenz? Naivität? Von allem etwas, wahrscheinlich.

Andreas und Carla hatten sich in ihrer Beziehung eingerichtet, eine Routine im Fehlen von Routinen gefunden. Bastian stieß auf eine Exceldatei, in der Deutschmann Geschenkideen für verschiedene Anlässe gesammelt hatte. Das Tagebuch eines Aufenthalts in Berlin, das sie gemeinsam geführt hatten. Aber was Bastian nicht fand, waren Lücken oder Andeutungen, die auf ein Geheimnis hinter dem Geheimnis hin deuteten. Keine düstere Bedrohung, keine Gefahr. Nichts darüber, dass das Thema „Albträume" zwischen Carla Herbst und Andreas Deutschmann irgendeine Bedeutung gehabt hätte.

Bastian war schon drauf und dran, die ganze Idee doch als verrückt abzuhaken, als er die Lücke doch fand. Und es war keine Lücke, es war ein Krater, er fiel regelrecht hinein. Er hatte sich die Dateien in chronologischer Reihenfolge anzeigen lassen, und mit einem Mal war da nichts mehr. Die letzten Dokumente waren eine Liste, in der Andreas künftige Termine für Treffen mit Carla notiert hatte, das hatte er regelmäßig gemacht. Dann folgte ein kurzer, witziger Mailaustausch Ende Januar. Und danach – Leere. Die letzten vier Monate in Carlas und die letzten sieben in Andreas Leben waren blank. Das sah nun nicht nach einem Zufall aus.

Er ließ sich die Ordner anzeigen, die er nicht öffnen konnte – „Glaser", „Little Rock" und „Parnell". Deutschmann hatte sie alle später angelegt – nicht nur nach dem Ende der Aufzeichnungen über Carla, sondern auch nach ihrem Tod. „Parnell“ am 27. Mai, dem Tag ihres Todes, „Little Rock“ einige Tage später, und zuletzt „Glaser“, nicht lange vor seinem eigenen Tod.

Bastian erinnerte sich an das Dokument, das ihm zuerst aufgefallen war, das mit dem Namen „Mai-27“. Es war ein einfaches Word-Dokument, der Inhalt war herzzerreißend. Über drei Manuskriptseiten hatte Deutschmann nichts anderes geschrieben als Anreden. Zunächst nur „Carla“, wieder und wieder und wieder, dann „liebe Carla“, „liebe, liebe Carla“, „Herzensfrau“, „Peggy Sue“ und viele Kosenamen und Zärtlichkeiten mehr, Bastian sah den Mann fast vor sich, wie er in den Computer schrie, was er nicht laut hatte herausschreien können. Und dann, plötzlich, eine kurze Liste von Fragen:

„WARUM?

Lauren Parnell?

WIE?

WER?“

Bastian versuchte den Ordner „Parnell“ mit dem Passwort „Lauren“ zu öffnen, aber ohne Erfolg. Er suchte den Namen in verschiedenen Suchmaschinen, aber ohne brauchbares Ergebnis. Er schickte den Lauren Parnells, die er bei Facebook fand, Freundschaftsanfragen unter einem Vorwand, trug sich in die Followerliste einer weiteren bei Twitter ein und beschäftigte sich dann eingehender mit der Website einer Kalifornischen Ärztin desselben Namens. Auch das war eine Sackgasse. Er vermutete stark, dass keine von denen die Lauren Parnell war, die Andreas Deutschmann mit der Frage „Warum“ in Verbindung brachte.

Noch einmal ließ Bastian eine Suche durch den Ordner „Herzensfrau“ laufen: Er suchte nach Dateien, die nach dem Januar dieses Jahres entstanden waren. Die Liste war kurz – sie enthielt „Mai-27“ und ein weiteres Dokument namens „Wer ist A.“ Das war der Beginn des kurzen Textes, den es enthielt:

„Wer ist A. Glaser? Termin mit Bruijn machen.“

Interessanterweise war diese Datei deutlich älter als der Ordner „Glaser“. Bastian schaltete sich in das Intranet der LorenzMed ein und öffnete Andreas Deutschmanns Terminkalender. Eine Woche, nachdem die Notiz entstanden war, stand dort für den Nachmittag: „Besprechung mit Prof. Dr. Bruijn AH“. Und dahinter eine Adresse und eine Telefonnummer.

„Na bitte“, sagte Bastian zufrieden. „Da hätten wir doch was.“

11

„Mann, Bastian, ich kam mir so daneben vor ... ich fand mich richtig mies, und dann auch noch doppelt.“ Linda schüttelte den Kopf. Sie saß auf Bastians Sofa, in Jeans und Pullover, und hielt eine große Kaffeetasse mit beiden Händen fest, während sie von ihrem Besuch bei Frank, Carlas Bruder, erzählte. Bastians Pläne für das Wochenende waren am Donnerstagabend zerstoben, als Judith ihm gesagt hatte, dass sie noch mindestens eine Woche länger in England bleiben würde. Michael war auf einer Messe in München, bis zum Montag, und so hatten Bastian und Linda sich kurzfristig entschlossen, den Samstag gemeinsam zu verbringen, erst an ihrem „Projekt“ zu arbeiten und dann ins Kino zu gehen. Die Arbeit hatten sie sich als Spaziergang an der Wupper mit Einkehr im Café und ausführlichen Gesprächen vorgestellt. Aber der durchdringende, kalte Regen, der seit dem Vormittag fiel, hatte dafür gesorgt, dass sie die Gespräche in Bastians Wohnung führten und der Kaffee aus seiner Maschine kam. Linda hatte Kuchen mitgebracht.

„Wieso mies? Und wieso doppelt?“, wollte Bastian wissen.

„Na ja, erstmal, weil ich ihn angelogen habe. Ich habe ihm was erzählt, von der Suche nach gemeinsamen Erinnerungen und so, damit ich ihr Zeug durchwühlen darf. Er hat es in seinem Haus, im Keller. Und er war wirklich sowas von nett, hat mir alles gezeigt, wo er was untergebracht hat ... und ich habe so überzeugend die Ergriffene gespielt, dass er mich mit den Sachen alleine gelassen hat. Und als ich sie dann durchsucht habe, kam ich mir nochmal so schäbig vor, weil ich vorher nicht daran gedacht habe, das zu tun. Er hat natürlich nur wenig aufbewahrt, aber es waren

Fotoalben dabei, Bilder von Carla und mir als wir studiert haben, Erinnerungen an zwei Reisen ... ich habe da gesessen, in dem Keller auf so einem abgerissenen Sofa, und geheult wie ein Schlosshund.“

„Linda, das ist nicht mies. Du tust das doch für sie. Wir wollen doch rausfinden, was ihr passiert ist.“

„Ja, natürlich, aber ... warum wollte ich diese Bilder nicht vorher sehen? Und die Erinnerungen – ich habe zwei Schuhkartons voll mitgenommen, Frank hat mir die Sachen geschenkt.“ Linda sah unglücklich aus und Bastian legte ihr einen Arm um die Schulter.

„Mach Dich nicht fertig. Sie war Deine beste Freundin, ich finde es eigentlich eher sympathisch, dass Du nicht als erstes daran gedacht hast, ihren Nachlass zu plündern.“

„Meinst Du?“

„Ja, ehrlich.“ Er drückte sie sanft, nahm dann seine eigene Kaffeetasse, trank einen Schluck und dachte nach.

„Aber für uns hast Du nichts gefunden? Außer diesen Notizbüchern?“, fragte er.

„Nein. Das ist ja inzwischen Monate her, Frank hat den Hausstand aufgelöst, das meiste verkauft oder weggeworfen. Ich hatte auf ihren Laptop gehofft, aber der ist auch schon weg. Ich habe ein paar Andeutungen in Richtung Deutschmann gemacht und er ist offenbar völlig ahnungslos. Er weiß, dass sie einen Freund hatte und dass der verheiratet war, aber sie hat ihm genauso wenig erzählt wie mir. Also wird er wohl auf dem Computer nichts in dieser Richtung gefunden haben.“

„Hm.“ Bastian nippte wieder an seiner Tasse. „Und die Notizen?“

„Drei Kladden. Ich habe sie nur überflogen, bisher, es geht um ihre Träume. Könnte interessant sein.“

„Traumtagebücher? Und Du hast sie noch nicht gelesen?“

Linda schüttelte den Kopf. „Nein, bin noch nicht richtig dazu gekommen. Es sind auch nicht wirklich Traumtagebücher. Anfangs schon, da hält sie sich an ein sehr festes Schema, später schreibt sie dann ausführlicher. Offenbar hat sie bei einem unserer

Forscher Hilfe gesucht, Dr. von dem Berge. Und der hat ihr wohl empfohlen, das aufzuschreiben."

„Von dem Berge? Den hat auch Frau Deutschmann erwähnt, ihr Mann hat sich auch an ihn gewandt. Ist der ein Experte für Albträume?"

„Für Träume generell. Er ist einer von den Exoten bei uns in der Forschung, einer, der sich mit einem sehr kleinen, sehr vielversprechenden Spezialgebiet beschäftigt, eine spezielle Art von Narkotika in seinem Fall. Was genau das ist, weiß ich auch nicht."

„Ich kenne ihn gar nicht", überlegte Bastian.

Linda zuckte mit den Schultern. „Das ist kein Wunder. Wir haben nicht viele Leute wie von dem Berge, aber die wenigen haben eine Art Freifahrtschein. Die Firma geht davon aus, dass ihre Forschung eines Tages dermaßen hohen Profit bringen kann, dass sie es sich leistet, sie über Jahre vor sich hin forschen zu lassen. Manchmal über Jahrzehnte. Die PR schalten die erst ein, wenn es einen Durchbruch gibt, vorher ist das Top Secret."

„Hm. Dann wird er wohl nicht mit uns reden, oder?"

„Wieso nicht? Ich kenne ihn flüchtig, er ist sehr in Ordnung. Ganz aufgeschlossen, gar nicht so ein schrulliger Forschertyp. Älterer Kerl, redet gerne, aber witzig."

„Ich dachte wegen Top Secret", gab Bastian zu bedenken.

Linda winkte ab. „Wir wollen ja nicht über seine Mittelchen mit ihm reden, sondern über Carla und Deutschmann. Ich könnte mir gut vorstellen, dass er uns hilft. Du kennst ihn übrigens doch, er war auf der Beerdigung von Deutschmann."

„Da waren viele."

„Ja, stimmt, aber er ist Dir bestimmt aufgefallen. Großer, schlanker Typ, weiße Haare, weißer Bart. Hat sich lange mit Pam Charlton unterhalten."

Bastian erinnerte sich dunkel an einen weißhaarigen Mann, der mit Pam gesprochen hatte, aber wenn es von dem Berge gewesen war, hatte er keinen bleibenden Eindruck hinterlassen.

„Und, hast Du etwas Neues herausgefunden?", fragte Linda.

Bastian erzählte ihr von den Details, die er über die Beziehung der beiden erfahren hatte, von der Insel namens Little Rock und den beiden Personen, deren Bedeutung er nicht kannte: Lauren Parnell und Prof. Dr. Bruijn. Linda sah bedrückt aus, als er endete.

„Das war echt was Ernstes mit den beiden, oder?"

„Scheint so." Bastian nickte. „Ich wüsste zu gerne, was Frau Deutschmann davon gewusst hat."

„Er dachte offenbar, nichts."

„Ja", sagte Bastian nachdenklich, „aber damit lag er ziemlich sicher falsch. Aber ich kann sie schlecht fragen, oder?"

„Nein, wohl nicht."

„Mich wundert sowieso", meinte er, „dass er das ganze Zeug auf seinem Firmencomputer hatte."

„Na ja." Linda lachte gallig. „Besser als auf seinem Privatrechner, oder? Stell Dir mal vor, seine Frau hätte das zufällig gefunden. Und aufbewahren musste er es irgendwo, er wollte ja wohl herausfinden, was mit Carla passiert ist."

„Ja."

Sie sahen sich an und hatten beide denselben Gedanken. Linda sprach ihn aus.

„Im Grunde machen wir dasselbe wie er, oder? Er wollte wissen, was mit Carla passiert ist, wir wollen wissen, was mit Carla und ihm passiert ist. Und er ist jetzt tot."

Bastian lachte unbehaglich. „Das muss nichts bedeuten, Linda. Das bedeutet mit der allergrößten Wahrscheinlichkeit nichts. Die beiden hatten eine heimliche Affäre. Sie hatten sicherlich alle möglichen Geheimnisse. Wenn – und ich betone: WENN – ihre Tode zusammenhängen und womöglich nicht so ... erklärbar sind, wie sie aussehen, dann hat das vermutlich mit irgendeinem Geheimnis dieser Art zu tun."

„Wie meinst Du das?"

„Na ja, vielleicht hat sie jemand erpresst. Oder ... wenn jemand dahinter gekommen ist ... was auch immer. Da gibt es bestimmt viele Möglichkeiten, an die wir gar nicht denken."

„Und der Erpresser ist dann in ihre Albträume gekommen, hat Carla in den Selbstmord getrieben und Deutschmann einen Infarkt verpasst. Oder wer weiß, vielleicht ist Frau Deutschmann ja eine Hexe ...“ Sie lachte nervös. „Das klingt alles verdammt albern, Bastian.“

„Ich weiß, das hat uns Michael ja von Beginn an gesagt. Aber wir waren uns einig, dass das ein paar Zufälle zu viel waren, oder? Wir basteln ja noch gar keine Theorien. Wir sind im Moment noch dabei, Fakten zu sammeln. Willst Du weiter machen?“

Sie sah ihn erstaunt an. „Ja, sicher. Es ist immer noch Carla, ich will immer noch wissen, was sie so fertig gemacht hat, dass sie von dieser verdammten Brücke gesprungen ist. Wir müssen nur aufpassen, dass wir bei dem bleiben, was wir wissen und nicht irgendwelche komischen Geschichten stricken. Und wir sollten eben ein wenig aufpassen, was wir da nach oben befördern. Im Zweifel will ich lieber früher die Polizei rufen als später.“

„Klar“, sagte Bastian, während die Stimme in seinem Kopf lästerte: ‚Aber nicht so früh, dass Deine investigative Story platzt, oder, Herr Starjournalist?‘ ‚Nein‘, dachte er und warf einen langen Blick auf Linda, ‚ich werde sie auf gar keinen Fall in irgendetwas reinziehen, sie in irgendeine Gefahr bringen, nur um meiner Eitelkeit willen.‘

Linda bemerkte den Blick und lächelte. „Ist was?“

„Nein“, sagte Bastian und lächelte zurück, „ich dachte nur gerade darüber nach, wie wir weiter vorgehen. Sagen die Namen Dir was? Parnell und Bruijn?“

„Bruijn, ja, sicher. Professor Dr. Norbert Bruijn, nie gehört? Ist eine Legende in der LorenzMed. Er war Chef der Forschung bis ... keine Ahnung 1997 oder 1998 oder so. Er ist in Pension gegangen, kurz bevor ich da angefangen habe, ich habe ihn aber nachher noch ein paarmal gesehen, auf Firmenveranstaltungen. Die Älteren reden alle mit viel Respekt von ihm.“

„Hm. Nein, ist mir noch nicht untergekommen. Meinst Du, ich kann mich mal an ihn wenden? Von wegen Deutschmanns Terminkalender und Recherche und so?“

„Sicher. Und ich rede mal mit von dem Berge?“

„Kann ich auch machen“, sagte Bastian.

„Nein, besser ich. Ich kenne ihn und kann ihn wegen Carla fragen, und es könnte doch auffallen, wenn Du plötzlich zu viele

Leute befragst. Du kannst ja später dazukommen, wegen der Bemerkung von Frau Deutschmann oder so."

„Gut." Bastian nickte. „Und was ist mit diesem anderen Namen? Lauren Parnell?"

Linda verzog das Gesicht. „Irgendetwas sagt mir der Name. Irgend ... keine Ahnung. Ich bin sicher, Carla hat mal jemanden erwähnt, der so heißt, aber mir will ums Verrecken nicht einfallen, in welchem Zusammenhang."

„Klingt englisch."

„Ja", sagte Linda, „aber das ist nichts Besonderes. Carla war an der Uni für die Studienberatung und -planung zuständig, und in dem Zusammenhang besonders für ausländische Studenten. Die hat diverse Leute mit englischem Namen gekannt, Briten, Amis, Iren, Australier ... alles."

„Iren ...", sinnierte Bastian.

„Ja, klar, auch Iren."

„Ich dachte nur", meinte er, „weil doch Little Rock zu Irland gehört. Also ... zu Nordirland."

„Vielleicht. Ich frage Pam mal, vielleicht war diese Lauren ja bei uns in der Firma. Dann weiß sie auf jeden Fall davon."

„Hm ... ja, klingt gut", sagte Bastian abwesend. Linda sah ihn neugierig an.

„Woran denkst Du?"

„Ich habe Freunde in Irland. Und in Nordirland auch ... also, einen in Nordirland. Ich habe lange nichts mehr von ihm gehört. Vielleicht sollte ich ihm mal eine Mail schicken."

Linda nickte. „Stimmt, hast Du mal erzählt. Der war ... wie war das noch? Der Bruder von dem Jungen, mit dem Du Schüleraustausch gemacht hast?"

„Der Cousin, Joe, ja. Seamus – also mein Austauschfreund – hat auf der südlichen Seite gelebt, in Cork. Joe wohnte damals in Armagh, im Norden. Ursprünglich kam wohl mal die ganze Familie daher."

„Ah. Und wie kommst Du darauf, dass er uns helfen kann?"

Bastian zuckte mit den Schultern. „Er ist ziemlich gut vernetzt, kennt viele Leute. Er hat eine Spedition und engagiert sich bei

Sinn Féin – ist in der Lokalpolitik, Ratsherr oder wie das bei denen heißt. Wenn es da wirklich einen Zusammenhang gibt und wir irgendwie nicht weiterkommen, kann ich ihn mal fragen." Er grinste. „Außerdem habe ich wirklich ewig nichts mehr von ihm gehört und würde mich über einen Grund freuen, ihn mal wieder anzusprechen."

Während sie Kaffee tranken und den Kuchen vertilgten, schweiften sie ab und Bastian erzählte von seinen Besuchen in Irland, die Mitte der 80er-Jahre angefangen hatten, mit dem Schüleraustausch. In den Osterferien 1985 war Seamus Connor bei ihm in Opladen gewesen, die erste Hälfte der Sommerferien hatte er dann in Irland verbracht. Bis heute war ihm diese Zeit als eine der schönsten Ferien seiner Schulzeit in Erinnerung. Dort hatte er auch Seamus Cousin Joseph – Joe – kennen gelernt, der ebenfalls einige Zeit bei den Connors in Cork lebte. Joe war ein paar Jahre älter als Bastian und Seamus, und er hatte die Jüngeren schnell für sich eingenommen. Erstens, weil er krachend sympathisch war, und zweitens, weil die Jungs in seiner Begleitung einfach Orte und Veranstaltungen hatten besuchen können, die ihnen alleine verschlossen gewesen wären. Später hatte Bastian erkannt, dass Joe die Fähigkeit des Charismatikers hatte, so ziemlich jeden für sich einzunehmen, wenn er das wollte. Ungeachtet dessen hatte sich zwischen ihm und Joe im Laufe der folgenden Zeit eine gute Freundschaft entwickelt, sie hatten sich über die Jahre auch gegenseitig hier und da helfen können. Momentan waren sie auf der Basis von Weihnachtskarten und Geburtstagsmails. Die Aussicht, ihn wegen der Geschichte um Deutschmann und Carla mal wieder ansprechen zu müssen gefiel ihm.

Sie sprachen über ihre verschiedenen Erfahrungen im Ausland – Linda hatte eine Weile in Spanien und in den Niederlanden studiert, Bastian hatte es immer wieder nach Irland und Großbritannien gezogen, bis Linda merkte, dass die Zeit davongerannt war und sie ins Kino fuhren. Nach dem Film entschlossen sie sich spontan, in der Kölner Südstadt zu versacken, was sie so ausgiebig taten, dass sie beide danach nicht mehr in der Lage waren, Auto zu fahren. Sie hatten keine Lust auf Taxis, also geleitete

Bastian Linda zu Fuß nach Hause. Sie richtete ihm das Bett im Gästezimmer her und keine zehn Minuten später war Bastian eingeschlafen. Durch seine alkoholschweren Träume waberten Deutschmann und Carla und Linda und Joe und einige ihrer gemeinsamen Erlebnisse und eine kleine Insel in schwarzweiß, auf der Feuerwehrmänner auf und ab gingen.

12

Professor Dr. Norbert Bruijns geräumige Wohnung war ein Museum ihres Bewohners selbst und Bastian bekam ungefragt eine kostenlose Führung. Im Flur befanden sich diverse akademische Auszeichnungen in Urkundenform, dazu Dankschreiben und kleine Geschenke ehemaliger Studenten, letztere waren in einer Glasvitrine entlang der Wand ohne erkennbare Ordnung aufgestellt. Es waren selbstgestaltete Bücher und Alben darunter, und Bastian hatte den Eindruck, dass niemand je eines davon geöffnet hatte, um es zu lesen oder zu betrachten. Briefe und Fotos von Kollegen, beruflich wie wissenschaftlich, Bastian erkannte sowohl Lorenz Junior als auch dessen Vater auf einigen davon. Im letzten Rahmen an der Wand befand sich eine Abschieds- und Dankurkunde der LorenzMed mit vielen Unterschriften. Automatisch las er das Datum: 30. November 1997.

Das Wohnzimmer, in das der Flur mündete, war ebenso dicht gepackt, aber hier ging es nicht um die akademischen und professionellen Verdienste des Norbert Bruijn. Eine Wand gehörte ganz seinen sportlichen Erfolgen – hier fanden sich Pokale, Urkunden, Medaillen und gut konservierte Zeitungsausschnitte und Fotos in zwei großen Glasschränken und an der Wand dazwischen. Offenbar war Bruijn in jungen Jahren ein veritabler Läufer gewesen. Nur wenige der Bilder waren farbig. Bastian konnte nicht genau erkennen, auf welche Wettbewerbe sich die Auszeichnungen bezogen und er verzichtete darauf, näher heranzutreten, obwohl seinen Gastgeber das sicher nicht gestört hätte. Der Rest des Wohnzimmers – die Wände, Schränke und Setzkästen sowie ein wuchtiges Bücherregal – gehörte den Reisen seines Bewohners. Reiseliteratur, Andenken und Mitbringsel aller Geschmackskategorien und großformatige Fotografien der verschiedensten bekannten und weniger bekannten Sehenswürdigkeiten. Ein ziemlich schlechtes Bild der Westminster Abbey bestärkte Bastian in der Annahme, dass die Fotos und Poster keine Fakes waren und dass Bruijn selbst an all diesen Orten gewesen war – er wusste aus eigener Erfahrung, wie schwer es war, die Kirche anständig aufs Bild zu bekommen. Unwillkürlich verglich er Bruijns Ausstellung mit den Fotos, die Judith auf Reisen zu machen pflegte und die sie manchmal auch auf größere Formate ziehen ließ und aufhängte. Judith wusste zu jedem dieser Bilder eine Geschichte zu erzählen – die meisten davon hatte Bastian mit ihr erlebt. Ihre Fotos erzählten ebenfalls davon, sie hatten Atmosphäre und Bedeutung. Bei Bruijns Fotografien war es anders. Sie sagten gar nichts, außer: „Ich war hier." Völlig verloren und deplatziert standen eine lederne Couchgarnitur und ein TV-Möbel samt Fernseher in dem Museum herum.

Im „Teezimmer", wie Bruijn den kleinen Raum mit Essecke nannte, in den er Bastian dann geleitete, glaubte Bastian sich zunächst in einer weiteren Abteilung der Reiseausstellung. Dann aber erkannte er den Unterschied. Die Bilder hier zeigten Menschen, hin und wieder Bruijn, immer aber mindestens eine Frau. Eine Frau am Strand, eine Frau am Rheinufer in Köln und eine andere am Themseufer in London und eine vierte am Ufer eines Flusses, den Bastian nicht identifizieren konnte, der Kleidung der Frau und der Passanten nach in einem heißen Land. Bruijn und eine Frau auf einem Gebirgspass – das war ein altes, schwarzweißes Foto. Bruijn mit einer weiteren Frau im Arm am Rande eines Karnevalszugs, beide als Clowns verkleidet, das mochte in den 70er Jahren gewesen sein. Bruijn im Arm wieder einer anderen auf einer Bank neben einem Wegkreuz. Kaum zwei der Bilder zeigten dieselbe Frau. Den Platz über der Essecke beherrschte ein großformatiges Bild offenbar jüngeren Datums, das Portrait einer lachenden braungebrannten Frau mit Sonnenhut. Bastian schätzte sie auf um die 50.

Bruijn wies auf die Essecke: „Lassen Sie uns doch unter meiner Susanne Platz nehmen, Herr Mohr."

„Ihre Frau?", fragte Bastian, während er sich im Stillen fragte, wie eine Frau beschaffen sein musste, die sich gefallen ließ, als neuestes Ausstellungsstück einer solchen Sammlung hinzugefügt zu werden.

„Meine Lebensgefährtin, ja", sagte Bruijn und betrachtete das Bild – zu Bastians Verblüffung – mit mehr Zuneigung als Besitzerstolz. „Sie lehrt in Düsseldorf, Medienwissenschaften. Ganz tolle Frau."

Dr. Norbert Bruijn, 83 Jahre alt, war ein kleiner, drahtiger Mann. Der kahle, runde Kopf und das runzelige Gesicht erinnerten Bastian an einen dieser kleinen Äpfel, die mit der Zeit zwar völlig verschrumpelten, aber stets knackig und schmackhaft blieben. Nichts an Bruijn erweckte den Eindruck, dass er sein hohes Alter verbergen wollte, dennoch wirkte er ausgesprochen vital und energiegeladen. Ein gelegentlicher Griff zur Hüfte und ein kaum merkliches Strecken des Oberkörpers hier und da waren die einzigen Indizien, die auf alterstypische Leiden deuteten.

Bastian setzte sich, legte das Diktiergerät auf den Tisch und die Rechercheunterlagen daneben. Den Notizblock legte er offen vor sich hin.

„Sie sind auch Läufer?", fragte Bruijn.

Bastian schaute ihn verwirrt an. „Ja", sagte er dann. „Aber eigentlich nur hobbymäßig."

„Na, na." Bruijn drohte ihm spielerisch mit dem Finger. „Ich habe mich ein wenig informiert, nachdem Sie mich angerufen haben. Leverkusener Halbmarathon, Talsperrenlauf, Röntgenlauf ... Sie bringen gute Ergebnisse für einen Mann Ihres Alters."

„Na, ja", meinte Bastian, gänzlich überrumpelt, „ich trainiere halt regelmäßig, und ..."

„Das ist es!", rief Bruijn und nickte heftig. „Ganz richtig, junger Mann, ganz richtig! Immer trainieren. Ich laufe ja auch noch, wenn es irgendwie geht, nur meine Hüfte ... aber lassen wir das. Der Anlass Ihres Besuches ... der tragische Tod des guten Herrn Deutschmann?"

„Ja“, sagte Bastian, glücklich, wieder in die Spur zurückzukommen. „Er hatte nicht lange vor seinem Tod einen Termin mit Ihnen und ich versuche, sein Leben kurz vor ... kurz vor dem Herzinfarkt zu rekonstruieren. Wissen Sie noch, worum es ging, bei diesem Gespräch?“

„Ja, sicher weiß ich das. Er erkundigte sich nach einem unserer ... ach sehen Sie, ich fühle mich immer noch so zur Firma gehörig ... also nach einem ehemaligen Mitarbeiter der LorenzMed aus den 70er- und 80er-Jahren. Damals hieß das natürlich noch nicht LorenzMed, sondern Chemische Fabriken Lorenz. Wir hatten ja in den 90er-Jahren diese Umfirmierung und dann später noch einmal die Umstrukturierung, unter dem jungen Herrn Dr. Lorenz.“

„Und“, fragte Bastian, „wie hieß dieser Mitarbeiter, nach dem er sich erkundigt hat? Wissen Sie das noch?“

„Ich bin nicht sicher“, sagte Bruijn und senkte unwillkürlich den Blick. Es war nicht einmal subtil, der Mann war ganz offensichtlich nicht gewohnt, zu lügen oder seine Lügen verbergen zu müssen. Und das war eine ganz klare und platte Lüge. Bastian ging in die Offensive.

„Kann es sein“, sagte er und simulierte einen Blick in seinen Notizblock, „dass es um jemanden namens Glaser ging? Einen A. Glaser?“

„Ja“, rief Bruijn mit schlecht gespielter Erleichterung. „Sehen Sie, man wird doch alt, nicht wahr. Ja, sicher, um den Herrn Dr. Glaser ging es. Ja, sicher.“

„Und – konnten Sie ihm etwas dazu sagen?“

„Wenig, ich habe ihn ja kaum gekannt, nicht wahr? Glaser war Leiter eines unserer ausländischen Forschungsbetriebe, als ich zu den Chemischen Fabriken kam. Junger Mann ... also viel jünger als ich damals, galt aber als sehr brillant. Tragische Geschichte.“

„Wieso, tragische Geschichte?“, fragte Bastian.

Bruijn sah ihn erstaunt an – ehrlich erstaunt diesmal. „Ja, wussten Sie das denn nicht? Da war doch der Brand. Das war ... lassen Sie mich nicht lügen ... 1984 war das. Da ist unsere Forschungseinrichtung abgebrannt. In Nordirland. Wir hatten eine ganze Insel gleichsam gemietet. Eine kleine Insel, aber immerhin ...“

„Little Rock?“, warf Bastian ein.

Bruijn schenkte ihm einen schnellen Seitenblick. „Ja, so hieß sie wohl. Little Rock. Ganz tragische Geschichte, all unsere Leute sind da gestorben. Also ... es waren nicht viele, fünf Leute, ein kleiner Betrieb eben. Aber eine schlimme Sache, trotzdem. Wir haben danach viele kleinere Betriebe geschlossen und zusammengefasst, wegen der neuen internen Sicherheitsbestimmungen, nicht wahr …“

„Und dieser Dr. Glaser – der ist auch bei dem Brand umgekommen?“, wollte Bastian wissen.

„Ja“, sagte Bruijn.

„Hm, hm ...“, machte Bastian. „Sie wissen nicht zufällig, worum es bei diesen Forschungen auf Little Rock ging, oder?“

„Nein“, sagte Bruijn. „Leider. Damals war ich ja noch nicht Gesamtleiter der Forschung, nicht wahr, und hatte meinen eigenen Bereich.“

„Dann haben Sie Herrn Dr. Glaser gut gekannt? Ich meine, so von Bereichsleiter zu Bereichsleiter?“

„Nein“, sagte Bruijn. „Gar nicht. Er war ja fast immer in Irland, nicht wahr?“

„Ja“, sagte Bastian, „so wird es wohl gewesen sein. Und deswegen war Herr Deutschmann bei Ihnen? Wegen des Brandes und der alten Geschichten und so?“

„Ja, genau.“ Bruijn nickte heftig. „Deswegen.“

„Gut“, sagte Bastian, „dann brauche ich noch ein wenig Hintergrundmaterial für meinen Text. Erzählen Sie mir ein wenig von sich.“

Bruijn begann, voller Enthusiasmus zu berichten und Bastian machte sich mechanisch Notizen, aber in Wirklichkeit hörte er kaum noch zu. Dennoch dauerte es fast eine Stunde, bis der alte Mann fertig war. Er geleitete Bastian nach draußen, schüttelte ihm mehrmals heftig die Hand, offensichtlich froh, einen so dankbaren Zuhörer gefunden zu haben, der all die Geschichten, die er zum Besten gegeben hatte, noch nicht kannte. Bastian ging zurück zu seinem Wagen, setzte sich hinein und dachte nach. Seine Kehle war trocken, „Teezimmer“ hin oder her, Bruijn hatte ihm keine Getränke angeboten und das Gespräch hatte Bastian durstig gemacht.

Aber das beschäftigte ihn nicht. Worüber Bastian grübelte, das waren Dr. Bruijns Lügen. Er hatte nicht nur in Bezug auf seine Erinnerung an Glasers Namen offensichtlich die Unwahrheit gesagt. Er hatte gelogen, als es um den Grund ging, aus dem Andreas Deutschmann bei ihm gewesen war, er hatte gelogen, was sein Wissen um die Forschung auf Little Rock betraf, er hatte gelogen, als er behauptet hatte, Glaser nicht gekannt zu haben – und er hatte gelogen, als er gesagt hatte, Glaser sei bei dem Brand auf der Insel umgekommen.

Ein ganzer Sack voller Lügen. Von einem Mann, der das Lügen ganz deutlich nicht gewohnt war.

Warum?

13

E-Mail von Bastian Mohr an Joseph Connor:

Hi Joe!

Long time no speak. ;-)

How are you? How is Sheelah and how are the boys?

Sorry for not writing so long and sorry if I go like a bull, but I need your help on a bit of research, concerning an incident on the island of „Little Rock“ in the 80s. Should be easy for you and would be very complicated for me. Can you spare some time? If so, send me a mail and I'll give you details.

If not, I'm STILL very interested in how you and the family are doing (Seamus doesn't tell me too much ;-))!

Thanxalot!

Bastian

14

Joe Connor war gerade dabei, das Büro zu verlassen, als Bastians Mail kam. Genau genommen war er schon so gut wie draußen, alle Lampen waren gelöscht, nur der Monitor warf noch sein blaues Licht über den Schreibtisch. Er freute sich auf einen ruhigen Restabend zu Hause, es war viel zu lange her, dass Sheelah und er mal wirklich Zeit gehabt hatten, sich zusammen an den Tisch zu setzen, ihren Abendkaffee zu trinken und die Woche zu bereden. Nichts über die Firma, keine Politik, einfach nur die Familie. Es würde nicht mehr lange dauern, dann würden sie den Tisch wieder ganz für sich alleine haben, wie vor langer, langer Zeit. Adrian war schon aus dem Haus und bei Mike würde es nicht mehr lange dauern. Er gab es weder den Jungs noch Sheelah gegenüber zu, aber er freute sich darauf. Er liebte die Jungs, aber sie waren eine Weile verdammt harte Arbeit gewesen, mit Mike war es immer noch nicht einfach. Und die Erfahrung mit Adrian hatte ihn gelehrt, dass es schlagartig besser wurde, wenn der alte Affe nicht jeden verdammten Tag gezwungen war, einem von den Jungen zu zeigen, wem der Felsen gehörte. Er telefonierte mindestens einmal die Woche mit seinem Ältesten, und inzwischen vermisste er diese Gespräche, wenn sie mal ausfielen. 400 Kilometer und die Irische See zwischen Vater und Sohn konnten dem familiären Frieden sehr zuträglich sein.

Daher fluchte er erst einmal, als der Computer den Eingang einer neuen Mail verkündete. Aber Joe Connor war ein sehr pflichtbewusster und disziplinierter Mensch, also schob er seinen großen Körper wieder in den Bürostuhl. Als er sah, wer ihm schrieb, zuckte er vor Überraschung zusammen. Bastian. Der verträumte kleine Deutsche. Wie alt war der jetzt? Obwohl Joe auch dieses Jahr pflichtschuldig einen Geburtstagsgruß geschickt hatte, musste er kurz rechnen. Fast vierzig, herrjeh. Na ja – für ihn selbst dräuten die Fünfzig am Horizont, noch entfernt, aber deutlich sichtbar. Bastian. Schöne Überraschung.

Er las die Mail schnell und lächelte. Unbewusst schaltete er die kleine Schreibtischlampe ein, die er sonst nie benutzte. Das Licht fiel auf die drei Bilder, die ihren Platz links neben der Arbeitsfläche hatten: Das Hochzeitsfoto, ein Bild von Sheelah und den Jungs, ein altes Portrait von Sheelah. Er hatte es 1988 aufgenommen, am Küchentisch ihrer Eltern. Joes Lächeln fror ein, sein Gesicht wurde hart, ohne dass er es merkte, und er dachte an eine Nacht Anfang der 90er. Er hatte den kleinen, verträumten Deutschen um Hilfe gebeten und der kleine verträumte Deutsche war gekommen, aus seinem wiedervereinigten, friedlichen Land, und er hatte ein Wunder vollbracht. Und hätte es dieses Wunder nicht gegeben, es gäbe schon lange keine Sheelah mehr und einen Mike hätte es nie gegeben. Sein wunderbarer, engstirniger Junge, mit dem er jeden zweiten Tag über irgendwelche Lächerlichkeiten in Krach geriet und den er so sehr liebte, weil er ihm so ähnlich war, wäre nie geboren worden. Ob er Bastian einen kleinen Gefallen tun würde? Joe lächelte wieder, warm jetzt.

Was für eine Frage.

15

Das Telefon ging – der interne Klingelton – und Bastian nahm ab.

„Marion?“

„Ja“, flötete sie. „Haben der Herr Zeit?“

„Was?“

„Denn wenn der Herr Zeit haben, dann möchte Madame Chefgattin ihn gerne sprechen.“

Bastian machte ein schnaubendes Geräusch, von dem er selbst nicht hätte sagen können, ob es Belustigung oder Verärgerung ausdrückte.

„Marion, nochmal: Lass sie in Frieden.“

„Oha. Spricht da der Redaktionsleiter höchst selbst?“ Marion wirkte tatsächlich indigniert. Es gab Hierarchien bei Kommunikation:Winterhagen, sehr klare Hierarchien, aber es galt als äußerst unfein, darauf hinzuweisen. Besonders von oben nach unten. Bastian atmete durch.

„Nein, hier spricht der Freund von Michael und Linda Winterhagen – Linda auch, verstehst Du – der außerdem Redaktionsleiter ist."

Marion lachte. „Tut mir leid, ich wollte nicht zickig sein. Aber Madame ..."

„Marion!"

Sie lachte erneut. „Ja, schon gut. Soll ich durchstellen?"

„Bitte."

Es klickte, dann hörte er Lindas Stimme.

„Boah, was habe ich denn Eurem Agenturbesen wieder getan?"

Bastian seufzte. „Wieso? Was war denn?"

„Nichts war, verdammt. Ich habe mich nur erdreistet, anzurufen. Und als sie mich zu Micha durchstellen wollte, habe ich gesagt, dass ich mit Dir sprechen möchte. War wohl wieder mal zu viel."

Innerlich verfluchte Bastian Marions Sturheit. Es hatte kurz nach Michaels und Lindas Hochzeit eine Reihe von Missverständnissen zwischen den beiden Frauen gegeben, die damit geendet hatte, dass Michael Marion in sein Büro zitiert und ein paar sehr klare Ansagen gemacht hatte. Klare und laute Ansagen. Danach hatte Linda ihr Möglichstes getan, freundlich und zuvorkommend zu der zutiefst beleidigten Marion zu sein. Bastian wusste, dass Linda niemals von Michael verlangt hatte, sich seine Bürokoordinatorin vorzuknöpfen, im Gegenteil, sie hatte ihn darum gebeten, das Ganze privat zu halten. Aber Michael war nun einmal vernarrt in seine Frau und mit einem starken Beschützerinstinkt geboren. Dummerweise war es so gekommen, wie es zu erwarten gewesen war: Marion hatte ihrem charmanten, liebenswerten Chef schnell verziehen, seiner vermeintlichen Petze von Ehefrau aber niemals.

„Sie ist, wie sie ist, Linda. Sei ihr nicht böse. Sie ist eine Seele von Mensch, echt."

„Du hast gut reden. Ihr ist schon klar, dass ich sie vor Michas Zorn beschütze, indem ich meinen Mund über ihr mieses Benehmen halte, oder?"

„Natürlich ist ihr das klar", sagte Bastian. „Aber sie wird es Dir kaum danken."

Linda lachte hart. „So sammele ich Karmapunkte, damit ich mein nächstes Leben nicht als Schaf verbringe. Mäh. Hallo Bastian."

Er grinste. „Hallo Linda. Was verschafft mir die Ehre?"

„Ich habe mir Carlas Traumtagebücher angesehen. Also – noch nicht alle durchgelesen, aber ich habe sie gestern Abend mal überflogen." Sie atmete zitternd ein. „Das war starker Tobak."

„Inwiefern?"

Linda schwieg eine Weile. Dann sagte sie. „Also ... ich möchte jetzt nicht auf die Details der Träume eingehen. Das war zum Teil echt grausam. Und sehr intim. Wenn ich sowas immer wieder träumen würde ... also, ich hätte auch Angst, schlafen zu gehen, das kannst Du mir glauben."

„Also bist Du sicher, dass die Träume der Grund für ihren Selbstmord waren?"

„Ja, absolut. Ich habe ... gestern noch mit Micha darüber gesprochen. Und er meinte, dass Carla ja immer sehr labil und oft traurig war, und da hat er auch Recht. Aber ich habe sie viel besser gekannt. Sie war oft down, ja, aber sie war ebenso oft fröhlich und eigentlich immer optimistisch. Sie hat das Leben buchstäblich geliebt, sie lebte gerne. Wenn man allerdings dieses Zeug gelesen hat ... daran wäre jeder verzweifelt. Ich bin ganz sicher, dass es der Grund war."

„Hm", machte Bastian nachdenklich. „Damit wäre das also geklärt. Bringt uns das denn irgendwie weiter?"

„Vielleicht", sagte Linda. „Zum einen erwähnt sie in ihrem Tagebuch auch mehrmals Lauren Parnell."

„Das ist interessant. In welchem Zusammenhang?"

Linda lachte bitter. „In keinem vernünftigen, es geht um Träume, Bastian. Aber sie hatte offenbar sehr starke Schuldgefühle in Bezug auf sie. Lauren Parnell taucht immer wieder in den Träumen auf, als eine Art Anklägerin."

„Und kein Hinweis, wer diese Lauren Parnell ist?", fragte Bastian.

„Nein. Nichts Direktes. Lauren Parnell ist ganz offensichtlich eine reale Person, jemand, den Carla kannte."

„Wir sollten sie dringend finden. Vielleicht kann sie uns etwas sagen."

„Ja, vielleicht." Linda zögerte. „Aber ich vermute, sie ist auch tot."

Bastian erschrak. „Was? Wieso?"

„Na ja ... sie ...", Linda suchte nach Worten. „Also in den Träumen erscheint sie als eine Art Geist. In den Notizen dazu schreibt Carla, Lauren sei zurückgekommen' ... es klingt alles so, als sei sie nicht mehr am Leben. Und als fühle sich Carla schuldig deswegen."

„Zurückgekommen kann auch heißen, dass sie verreist war."

Wieder Lindas bitteres Lachen. „Ja, aber nicht so, wie sie sie gesehen hat. Carla ... also, wenn ich das interpretieren müsste, würde ich sagen, sie hat nicht gewusst, wie Lauren Parnell genau gestorben ist. Aber ihr Unterbewusstsein hatte dazu einige Ideen. Was ihr da im Traum erschienen ist ... echt, Bastian, das ist dermaßen grausig ... ich kann nicht ..." sie verstummte.

Bastian hörte, dass Linda mehrmals hart schluckte.

„Ist schon gut, Linda. Ist okay. Gehen wir also davon aus, dass Lauren Parnell auch tot ist. Denken wir weiter. Was ist mit ‚zum anderen'?"

„Hä?"

„Na ja, Du hast gesagt zum einen und ich dachte ..."

„Ach so." Sie hatte sich wieder gefangen. „Ja, klar. Zum anderen sollten wir dringend mit Dr. von dem Berge sprechen. Er hat sich ganz engagiert um sie gekümmert. Er hat ihr nicht nur empfohlen, das Traumtagebuch zu führen, er hat sie auch behandelt. Regelmäßig, mit Medikamenten und Hypnose."

„Hypnose?"

„Ja", sagte Linda. „Kann er, hat auch was mit seiner Forschung zu tun. Und es sieht aus, als habe er ihr zu Anfang auch gut helfen können, alles wurde besser. Aber nur für eine Weile. Dann ist es umso schlimmer gewesen, immer dasselbe Muster. Nach den Sitzungen mit ihm ging es ihr besser – und dann, nach einer Weile, kamen die Träume zurück, schlimmer als je zuvor. Und die Abstände wurden immer kürzer."

„Also hat er ihr nicht helfen können", stellte Bastian fest.

„Nein", sagte Linda traurig. „Aber er hat es wirklich versucht. Sollen wir mal mit ihm sprechen?"

„Wir beide?"

„Ja, dachte ich. Du wegen Deutschmann, ich wegen Carla. Dass wir uns kennen, ist ja kein Geheimnis. Und wenn wir ihm sagen, dass wir zufällig darüber gesprochen haben, Du über meinen Chef, ich über meine Freundin. Und dass wir dann darüber gestolpert sind, dass beide seine Hilfe gesucht haben ... vielleicht kennt er noch Gemeinsamkeiten, von denen wir nichts wissen."

„Klingt gut", sagte Bastian. „Du rufst ihn an?"

„Gemacht. Und warst Du gestern bei Bruijn?"

„Allerdings."

„Und? Was Neues?", fragte sie.

Bastian überlegte und versuchte, seine Eindrücke zu ordnen. „Warst Du schon mal bei Bruijn?" fragte er schließlich. „Oder kennst Du ihn?"

„Kennen ist zu viel gesagt", meinte Linda. „Gesehen mal, ja. Und besucht habe ich ihn noch nie, warum auch."

„Total bizarr, das Haus von dem Typen. Und gelogen hat er, wie sonstwas. Und schlecht, sage ich Dir." Bastian erzählte die ganze Geschichte. Als er fertig war, schwieg Linda lange.

„Das ist echt komisch", sagte sie schließlich. „Glaubst Du denn, dass er irgendetwas damit zu tun hat? Also mit Carlas Tod? Und dem von Deutschmann?"

„Direkt?" Bastian dachte kurz nach, aber im Grunde hatte er den Gedanken schon lange verworfen. „Nein, direkt nicht. Kann ich mir nicht vorstellen. Ich meine ... der Mann ist über 80."

„Na ja", überlegte Linda. „Aber so jemand schaut auf ein Lebenswerk zurück. Und hat vielleicht irgendwelche Leichen im Keller."

„Trotzdem", Bastian schüttelte unwillkürlich den Kopf. „Er verheimlicht was, das ist klar, aber was die Tode betrifft ... er hat Carla ja nicht einmal gekannt. Und Andreas Deutschmann ist erst nach ihrem Tod mit ihm in Kontakt getreten."

„Stimmt", sagte sie nachdenklich. „Von Carla wusste er gar

nichts. Hm ..." Sie überlegte wieder. „Also ist von dem Berge der nächste Schritt."

„Ja, das als nächstes. Und ich habe Joe eine Mail geschickt. Er hat auch schon geantwortet, er wird sich mal umhören, was Little Rock angeht."

„Gut", sagte Linda. „Ich spreche mit von dem Berge." Sie seufzte schwer. „Ich bin so froh, dass Du mir hilfst."

Er lachte. „Ich helfe Dir? Ich dachte, ich mache meinen Job."

„Wenn Du meinst", sagte Linda sanft. „Aber ich sehe, dass Du mir hilfst, herauszufinden, was mit meiner liebsten Freundin passiert ist. Und darüber bin ich sehr glücklich."

„Dafür sind Freunde da, oder?"

„Genau", sagte sie. „Danke, Bastian." Damit beendete sie die Verbindung.

Bastian saß danach eine ganze Weile in seinem Büro und ließ das Gespräch nachhallen. Er half Linda? So hatte er es nie gesehen. Was ihn betraf, so hatte er ziemlich eigennützige Motive. Andererseits – was war daran schlecht, wenn er gleichzeitig einer guten Freundin half?

Er wandte sich wieder dem Artikel zu, an dem er gerade geschrieben hatte, als Marion angerufen hatte. Zunächst ging die Arbeit flott von der Hand, aber nach und nach stahl sich ein ungemütlicher Gedanke in sein Bewusstsein und setzte sich dort fest. Etwas, das Linda gesagt hatte. Über Carla. Und Lauren Parnell. Und wie diese unbekannte Frau die arme Carla heimgesucht hatte, in so vielen schrecklichen Gestalten. Bilder entstanden in Bastians Kopf, und er wurde sie nicht los. Und hinter den Bildern ein weiterer Gedanke – diese verrückte Idee, dass der Tod aus den Träumen selbst gekommen war. In welcher Gestalt? Ein Mann mit Klingen an den Fingern und einem Schlapphut? Oder doch eine tote Frau, die Rache suchte für ein Unrecht, dass ihr im Leben geschehen war? Und die wieder kam, bis sie diese Rache hatte. Wieder. Und wieder. Und wieder.

In dieser Nacht schlief Bastian schlecht.

16

Bastian kam erst spät in die Agentur. Er war den ganzen Vormittag und Mittag mit einer Fotografin im Ruhrgebiet unterwegs gewesen, sie hatte Motive für den Imageprospekt eines Abfallentsorgungsunternehmens fotografiert, er hatte sich währenddessen die jeweiligen Anlagen erklären lassen. In der Agentur rauschte er mit einem kurzen Gruß an Marion vorbei, verschwand in seinem Büro, schloss die Tür hinter sich und begann, die Ideen, die ihm im Auto gekommen waren, in den Computer zu hacken, bevor sie wieder verschwinden würden. Er hätte nicht sagen können, ob es eine halbe Stunde oder eine ganze war, seit er zu schreiben begonnen hatte, als es an der Tür klopfte und Michael den Kopf herein steckte.

„Hast Du gleich mal zehn Minuten?"

Bastian schaute auf und versuchte, sich aus der Welt der Müllentsorgung zu lösen.

„Was?"

Michael lächelte. „Ideensammlung? Für diese Müllgesellschaft?"

„Entsorgungsunion Ruhr, genannt EUR, ja." Bastian nickte. „Das ist 'ne hochinteressante Sache. Und diese Pressefrau von denen ist echt umgänglich."

„Höre ich gerne. *Let's make lots o' money.* Aber hast Du gleich mal eben Zeit?"

„Klar", sagte Bastian, etwas irritiert. „Sofort, wenn Du willst. Ich bin fast durch."

„Okay. Dann mache ich noch zwei Anrufe. Bis gleich."

Damit ging er, und Bastian schaute ihm einigermaßen verdutzt nach. So um ein Gespräch zu bitten war eigentlich gar nicht Michaels Art. Bastian wappnete sich also für schlechte Nachrichten, als er einige Minuten später über den Flur ging.

Michael saß in seiner Besprechungsecke, Bastian setzte sich dazu. Sein Freund ordnete einige Papiere, griff dann in die Minibar und schenkte ihnen beiden Wasser ein, plauderte dabei über Telefongespräche mit Kunden, von denen Bastian nur am Rande wusste. Manchmal war sein genauer Blick mehr Fluch als Segen. Er sah genau, dass Michael über ein Thema reden musste, das ihm nicht gefiel, und Bastian wünschte, er würde es nicht so hinauszögern.

„Was ist los, Michael?“, fragte er schließlich.

Michael seufzte, ließ sich in seinen Sessel sinken und schaute säuerlich drein. „Linda und Du, ihr habt einen Termin mit Dr. von dem Berge?“

„Kann sein“, sagte Bastian verwundert. „Ich habe mein Handy seit heute Mittag nicht mehr gecheckt, ich weiß nicht, ob sie mir eine Nachricht geschickt hat.“

„Wollte sie“, sagte Michael. Er beugte sich über den Tisch und sah Bastian direkt an. „Was macht Ihr da, Bastian?“

„Wie, machen?“

„Was hat denn von dem Berge mit dem Andenken von Deutschmann zu tun? Und was zur Hölle hat Linda damit zu schaffen? Ich dachte, sie hilft Dir mit irgendwelchen Personaldaten. Und jetzt erzählt sie mir etwas von Carla und Deutschmann und dass sie beide schlechte Träume hatten und dass von dem Berge sie behandelt hat ... was wird das?“

Bastian kämpfte den Drang nieder, scharf zu antworten. Er liebte es überhaupt nicht, wenn jemand seine Arbeit kontrollierte und Rechenschaft verlangte. Aber Michael war und blieb der Mann, der Bastian für seine Arbeit bezahlte. Und außerdem war er sein Freund. Und Lindas Mann.

„Es geht um die Art, wie Deutschmann gestorben ist“, erklärte Bastian. „Es hat damit angefangen, dass Frau Deutschmann mir erzählt hat, wie sehr es sie verletzt, dass alle ihr erzählen, was für einen schönen Tod ihr Mann doch gehabt habe. Für sie sah es so aus, als sei er ... also ... ziemlich qualvoll gestorben.“

„Hm“, machte Michael unbehaglich.

„Na ja, und ich dachte“, fuhr er fort, „wenn mir von dem Berge ... also … dass er Deutschmann wegen seiner Träume behandelt hat, hat Linda Dir gesagt, oder?“

„Ja“, antwortete Michael, „hat sie.“

„Also, wenn mir von dem Berge sagt, woran Deutschmann gelitten hat, dann könnte das eine nützliche Information sein. Auch wegen der Stiftung und der Spende, die wir vorgeschlagen haben ... vielleicht können wir seinen Namen mit einem neuen Zweig in der Traumforschung verbinden, oder so. Wenn das allerdings zu viele Interviews für das Budget werden ...“

Michael lachte hart. „Quatsch. Du hast das Budget doch selbst aufgestellt und gesehen, was ich da noch draufgepackt habe. Damit könnte ich Dich zu Deutschmanns Lieblingsurlaubsorten fliegen und dort jeden Kellner interviewen lassen. Nein, das Budget ist nicht das Problem. Aber was hat das mit Carla zu tun?“

„Na ja, die beiden kannten sich und hatten offenbar beide dieselbe Krankheit ...“ begann Bastian, aber Michael unterbrach ihn.

„Bastian“, sagte er nicht unfreundlich. „Du musst nicht so rumeiern. Linda und ich haben nicht viele Geheimnisse voreinander. Sie hat mir gesagt, dass sie vermutet, dass Deutschmann und Carla eine Affäre hatten. Und sie hat mir auch gesagt, dass sie Dir davon erzählt hat. Aber das könnt ihr doch, um Gottes Willen, jetzt nicht zum Anlass nehmen, gemeinsam bei von dem Berge aufzutauchen.“

„Nein, natürlich nicht!“, rief Bastian, während sich der kleine, gemeine Teil im Hintergrund seines Verstandes mit dem Fakt beschäftigte, dass Linda Michael entweder darüber im Unklaren gelassen hatte, dass sie sicher wusste, dass Carla und Deutschmann ein Paar gewesen waren, oder darüber, dass sie dieses Wissen mit Bastian teilte.

„Nein, wir wollten nur gemeinsam dahin ... na ja, um die Gesprächsatmosphäre etwas aufzulockern. Ich kenne von dem Berge ja nicht, Linda kennt ihn aber ganz gut. Also haben wir für von dem Berge diesen interessanten Zufall entdeckt, mit ihrer Freundin und meinem Auftrag, und beharken ihn zu zweit.“ Bastian grinste. „Ist doch Deine Lieblingsstrategie, oder?“

Michael grinste leicht gequält zurück. „Ja, wenn Du und ich das machen oder zwei Leute, die ich dafür bezahle. Wenn Linda jetzt als freie Interviewerin für die Agentur auftritt ... ich weiß nicht.“

„Sie macht es nicht für die Agentur. Und das weißt Du auch“, sagte Bastian.

„Ja, klar weiß ich das." Michael seufzte schwer und ließ sich wieder in seinen Sessel sinken. „Das mit Carla hat sie verdammt fertig gemacht. Aber diese Traumgeschichte gefällt mir nicht, jetzt noch weniger als je. Eine Affäre ... worin wühlt ihr da rum? Sie sind beide tot, ein Selbstmord, ein Unfall. Das ist tragisch, doppelt tragisch für Linda, weil es zwei Menschen waren, die sie mochte. Aber was davon geht uns etwas an?"

„Also, diese Affäre ... wenn es denn eine war ..." Bastian beobachtete Michael genau, aber der nickte nur. Er hatte offenbar keine Ahnung, was Linda und er schon herausgefunden hatten. „Diese Affäre geht uns natürlich einen Dreck an. Sowas würde ich nie irgendwo auch nur andeuten, das weißt Du, oder? Ich bin kein Idiot."

Michael nickte wieder.

„Aber was die Todesursache angeht", fuhr Bastian fort, „das ist was anderes. Im schlechtesten Fall kommt dabei nichts heraus, dann ist das eben eine Sackgasse. Alltagsgeschäft. Bestenfalls aber ist es so, wie ich eben gesagt habe – wir finden einen Ansatz, um Deutschmann menschlich plastischer zu machen, vielleicht sein Andenken mit etwas zusätzlich Positivem zu verknüpfen." Er zuckte mit den Schultern. „Die Maßnahmen in dem Konzept müssen alle noch ausgestaltet werden."

„Ja", stimmte Michael widerwillig zu. „Klingt schon logisch. Ich habe bloß ein wenig Bauchschmerzen, wenn ihr da Hobbydetektive spielt."

Bastian lachte. „Was soll dabei herauskommen? Du hast ja selbst gesagt – Freddy Krüger wird es nicht gewesen sein. Aber wenn es Linda dadurch etwas besser geht ... und vielleicht sogar Deutschmanns Witwe ... wir wollten doch anständige Geier sein, oder?"

Michael sah ihn lange nachdenklich an. „Ja", sagte er schließlich. „das wollten wir. Okay, Bastian, mach Dein Ding. Aber nochmal: Pass auf! Verrenn Dich nicht. Verrennt Euch nicht, ja?"

„Keine Sorge", sagte Bastian.

Wieder zurück in seinem Büro überprüfte er zuerst sein Handy. Stimmt, Linda hatte ihm eine Terminanfrage geschickt. Für übermorgen – Samstagvormittag. Freitagabend kam Judith zurück, sie hatten eigentlich vorgehabt, den Samstag gemeinsam zu verbringen. Dennoch bestätigte er den Termin.

Dann lehnte er sich zurück, sah aus dem Fenster und dachte über das Gespräch mit Michael nach. Es gefiel ihm nicht, was er getan hatte. Bastian hatte im Großen und Ganzen eine recht hohe Meinung von sich selbst. Aber eben, seinem besten Freund gegenüber, war er ein echtes Arschloch gewesen.

17

Linda holte Bastian um neun Uhr ab, er wartete an der Straße, damit sie nicht klingeln musste.

„Ist Judith gut zurückgekommen?", fragte sie, während sie den Wagen in der engen Straße wendete und Bastian sich anschnallte.

„Ja. Gestern spät, der blöde Flieger hatte auch noch Verspätung. Wir waren erst gegen eins zu Hause. Sie schläft noch. Waren wohl zwei harte Wochen."

Linda sah ihn an. „War sie sehr sauer, wegen des kaputten Samstags?"

Bastian zögerte. „Ging so. Etwas enttäuscht war sie, sicher. Aber viel zu müde, um sich groß aufzuregen. Mal sehen. Falls sie noch pennt, wenn ich zurückkomme, wäre das Problem gelöst, denke ich."

Linda nickte. „Micha war auch nicht allzu begeistert."

„Ich weiß. Er hat mich Donnerstag ins Gebet genommen. Dass wir uns nicht verrennen sollen, dass ich Dich nicht für die Agentur einspannen soll ..."

„Ja, hat er mir auch gesagt", entgegnete Linda. „Ich habe ihm nicht erzählt, wie tief wir schon da drin sind."

Sie sahen sich an, grinsend, halb verschwörerisch, halb schuldbewusst. Bastian hätte zu gerne etwas gesagt, aber er wusste nicht, was. Linda schien es ähnlich zu gehen. Er warf ihr einen verstohlenen Seitenblick zu, und sah, dass sie gerade dasselbe tat. Beide schauten schnell weg, die Stille im Wagen begann unangenehm zu werden. Dann fiel Bastian auf, dass Linda nicht etwa zur A3 fuhr, sondern in Richtung Rheindorf.

„Wo wollen wir eigentlich hin?“, fragte er.

Linda lachte. „Nach Düsseldorf. Der gute Doktor will uns in seinem Tennisclub treffen.“

„Was?“

Sie lachte wieder. „Ja, hat er gesagt. Grün-Weiß Zoo, die sitzen im Norden von Düsseldorf. Keine schlechte Adresse.“

„Meine Güte.“ Bastian schüttelte den Kopf. „Was will der uns denn beweisen?“

„Er hat gesagt, dass er da samstags immer ist und dass wir uns da ungestört unterhalten können“, beschwichtigte Linda.

Bastian knurrte etwas Undefinierbares und spann unfreundliche Vorerwartungen, während sie über die A59 zur Landeshauptstadt fuhren. Auf dem Parkplatz des Tennisclubs war Lindas Peugeot eindeutig eines der niedrigpreisigen Autos und nahm sich fast winzig aus, als sie ihn zwischen zwei überdimensionalen, grellweißen SUV parkte. Soweit fand Bastian seine Vorurteile bestätigt.

Von dem Berge selbst allerdings entsprach keinem davon. Bastian erinnerte sich an ihn in dem Moment, als er ihn sah. Selbstverständlich hatte er den Mann auf der Beerdigung gesehen, es war schwer gewesen, ihn nicht zu bemerken. Alfred von dem Berge war ein sportlicher Mittsechziger, groß, Bastian schätzte ihn auf mehr als 1,90 Meter. Das volle, weiße Haar trug er halblang, nach hinten frisiert, der ebenso weiße Vollbart war sauber gestutzt und lief unter dem Kinn spitz zu. Bastian hatte auf der Beerdigung gedacht, der Mann habe eine leichte Ähnlichkeit mit dem Schauspieler Donald Sutherland, ein Eindruck, den er nun, als von dem Berge lächelnd auf Linda und Bastian zu kam, bestätigt fand. Er trug Jeans und ein Polohemd, darüber ein offenes kariertes Holzfällerhemd, dem freundlichen Herbstwetter angemessen. Von dem Berge begrüßte Linda herzlich und wandte sich dann Bastian zu, dem die Verblüffung wohl etwas zu deutlich im Gesicht stand.

„Guten Tag Herr Mohr, ich ... ist was?“ Er schaute irritiert an sich herunter.

Bastian lachte und nahm die angebotene Hand. „Nein, gar nichts. Guten Tag, Herr Dr. von dem Berge. Ähm ... Sie sehen so gar nicht aus wie jemand, der gerade aus einem Tennisclub kommt. Tut mir leid, ich ...“

Auch von dem Berge lachte. „Ach so, keine Ursache. Ich hatte heute nicht vor, zu spielen, daher habe ich keine Sportsachen angezogen.“ Er zwinkerte Bastian zu: „Aber Sie werden sehen, das macht nicht jeder so.“

Er führte sie einen Kiesweg entlang zum Clubhaus. Dahinter hörte man das gelegentliche Ploppen von Tennisbällen und die Rufe der Spieler, die Courts selber waren durch eine hohe Hecke abgeteilt, so dass man sie nicht einsehen konnte. Als sie das Clubhaus betraten, fiel Bastian eine Bronzetafel auf: „Wir bitten die Clubmitglieder, das Clubhaus nur in Tennisbekleidung oder angemessener, sauberer Freizeitkleidung zu betreten. Gäste melden sich bitte an der Rezeption. Der Vorstand“

Von dem Berge führte Linda und Bastian durch ein Foyer, das gerne eine Lounge sein wollte, an der Rezeption vorbei, ohne auch nur die geringste Anstalt zu machen, die beiden „anzumelden“. Bastian vermutete, dass der Vorstand sich unter „angemessener Freizeitkleidung“ auch etwas anderes vorstellte, als das, was ihr Begleiter trug. Er fand seine Vermutung bestätigt, als sie ein Café-Restaurant namens „Player's Inn“ betraten, das sich links an das Foyer anschloss. Hier saßen in der Mehrheit Männer und Frauen um die 60, fast alle in blütenweißer Tenniskleidung, die meisten trugen dazu eine wärmende Strickjacke oder einen Pullunder – ebenfalls weiß, versteht sich. Die einzige Ausnahme bildeten zwei jüngere Paare am Tresen. Eine der Frauen trug ein blaues T-Shirt, die andere ein rotes Polohemd. Einer der Männer hatte eine sattgrüne Spur auf seiner weißen Tennishose, alle vier wirkten verschwitzt und etwas aufgekratzt – die hatten ganz offensichtlich wirklich gespielt. Viele andere Gäste des „Player's Inn“ hatten zwar ebenfalls Tennisschläger bei sich, aber die lagen verloren neben ihren Besitzern, ebenso nutzlos wie die nachgemachten Geländewagen auf dem Parkplatz, die niemals einen schlammigen Waldweg sehen würden.

Sie nahmen an einem runden Tisch in einer Ecke Platz. Von hier aus konnten sie über eine große Wiese schauen, die zu den Tenniscourts führte. Hin und wieder kamen Spielerinnen und Spieler über die Wiese, aber niemand kehrte im „Player's Inn“ ein. Die Paare an der Bar blieben die einzigen ihrer Art, und auch sie verließen das Lokal bald in Richtung Foyer und Parkplatz. Bastian nickte von dem Berge zu.

„Ich verstehe, was Sie meinen.“

Von dem Berge winkte mit einer Hand einer Kellnerin, während er sich Bastian zuwandte. „Was meine ich denn?“

„Als Sie sagten, das mache nicht jeder so wie Sie. Was die Kleidung betrifft.“ Bastian deutete mit dem Kopf in den Raum.

„Ach so. Ja.“ Er grinste. „Ich habe Narrenfreiheit. Meine Frau gehörte zu den Gründungsmitgliedern des Clubs, damals, als das noch eine nette Sache für Jugendliche und Studenten aus dem ... na, sagen wir mal: gehobenen Bürgertum war. Und ich habe für den Club ein paar hübsche dicke Pokale gewonnen, zu meiner Zeit. Das ist zwar inzwischen ein paar Jahrzehnte her ... und damals war ich natürlich auch schon Senior. Aber sie tolerieren mich immer noch.“

„Ich wusste gar nicht, dass Sie verheiratet sind“, sagte Linda.

„Verwitwet“, korrigierte von dem Berge beiläufig. Linda entschuldigte sich, aber er winkte ab. „Das ist auch schon so lange her. Ich bin nach dem Tod meiner Frau in den Club eingetreten, vorher fand ich Tennis eher albern.“ Er schaute nachdenklich aus dem Fenster. „Vielleicht habe ich es getan, um ihr Andenken zu ehren. Weil ich ihr etwas schuldete, denke ich. Und vor lauter Pietät und alter Ehrfurcht lassen sie mich hier rumlaufen, wie ich will. Aber!“, von dem Berge hob einen Finger, „Sie sollten mein Dress sehen, wenn ich spiele. Wie eine Schneeflocke.“ Sie lachten gemeinsam.

Die Kellnerin kam, Linda und Bastian orderten Kaffee, von dem Berge nahm Wasser.

„Aber Sie wollten nicht mit mir sprechen, weil ich mich so extravagant kleide, oder? Es ging um meine Forschung? Und um Herrn Deutschmann und Frau Herbst?“

Linda und Bastian tauschten einen kurzen Blick. „Ja", sagte Bastian. „Sie wissen ja vielleicht, dass Dr. Lorenz mich – beziehungsweise unsere Agentur – beauftragt hat, die Erinnerung an Herrn Deutschmann in der LorenzMed lebendig zu halten ..."

Von dem Berge nickte: „Ja, davon hat er erzählt."

„... und in diesem Zusammenhang habe ich auch mit Frau Deutschmann gesprochen", fuhr Bastian fort. Und sie sprach eben von den Umständen seines Todes, die ihr sehr zu schaffen machen. Und davon, dass er wegen seiner Albträume Ihre Hilfe gesucht hat."

„Und als ich davon gehört habe", schaltete Linda sich ein, „wurde ich natürlich hellhörig. Herr Mohr ist ein Mitarbeiter meines Mannes, wir sind persönlich befreundet, das wissen Sie sicher alles." Von dem Berge nickte wieder.

„So habe ich von der Geschichte mitbekommen, eigentlich nur am Rande, aber da Herr Deutschmann mein Chef war, war ich natürlich auch Ansprechpartnerin für Herrn Mohr im Unternehmen." Sie lächelte. „Wie sich Privates und Dienstliches manchmal so vermengt."

Ihr Gastgeber lachte. „Tja, wenn sich ausgerechnet der Chef unserer Werbeagentur in Sie verliebt."

Bastian zuckte und Linda grinste. „PR-Agentur, darauf legen die Herren allergrößten Wert."

„Von mir aus PR-Agentur." Er zwinkerte Linda zu. Sie zwinkerte zurück, wurde aber augenblicklich ernst. „Was Sie vielleicht nicht wissen, ist, dass Carla Herbst eine sehr enge Freundin von mir war. Und deshalb ... na ja, als wir entdeckten, dass beide bei Ihnen in Behandlung waren, dachten wir, wir sprechen Sie einfach mal an. Auch wenn mein Interesse eher privater Natur ist."

Von dem Berge schaute aus dem Fenster. „Welches Motiv könnte edler sein als die Sorge um Ihre Freundin", sagte er wie abwesend. Er wandte sich wieder den beiden zu und sah sie direkt an. Alle Aufgeräumtheit war aus seinem Blick verschwunden, er wirkte mit einem Male um Jahre gealtert. „Ich weiß sehr gut, dass Frau Herbst – Carla – dass Carla eine sehr enge Freundin von Ihnen war, Frau Winterhagen. Sie hat viel von Ihnen gesprochen, sehr viel, und sehr warm. Sie haben ihr sehr viel bedeutet und sie war Ihnen wirklich dankbar, für all Ihre Hilfe und all Ihre Freundlichkeit."

Linda schluckte. „Allzuviel helfen konnte ich ihr ja nicht."

„Nein, nein." Von dem Berge schüttelte den Kopf. „Es war alles mein Fehler." Er schaute wieder aus dem Fenster. „Alles mein Fehler", wiederholte er leise. Er nippte an seinem Wasser. „Wenn Sie nichts dagegen haben, erzähle ich Ihnen die ganze traurige Begebenheit, soweit ich betroffen war. Das schulde ich Ihnen", er nickte Linda zu, „vielleicht sogar, einfach, damit Ihnen klar wird, dass Sie sich nichts vorzuwerfen haben. Und für Sie und Ihren Auftrag, Herr Mohr, wird es sicher auch nützlich sein. Zögern Sie nicht, mir Fragen zu stellen."

Er überlegte kurz und begann dann: „Mein Fehler war, glaube ich, dass ich mich zu lange einfach als Wissenschaftler gesehen habe. Ich forsche, treibe meine Forschung voran, komme irgendwann zu einem Ergebnis ..." Er lächelte bitter. „Ich habe mich fast gefreut, als Carla zu mir kam. Sie war auf Andreas' – also, Herrn Deutschmanns – Empfehlung gekommen. Wir kannten uns lose, Carla und ich, aber Andreas und Carla waren wohl enger befreundet, jedenfalls hat er sie an mich verwiesen, wegen ihrer Albträume. Sie wissen vielleicht, dass ich im Bereich der ... ähm ... sagen wir, der Beeinflussung von Träumen forsche. Ursprünglich ging es auch bei meiner Forschung um Anästhetika, Ansatzpunkt war die psychotrope Wirkung, die manche Anästhetika haben – Ketamin und Midazolam zum Beispiel sind Ihnen sicher Begriffe." Bastian und Linda sahen sich an. Bastian hatte den Begriff „Ketamin" schon einmal gehört, im Zusammenhang mit psychedelischen Drogen, mehr aber nicht. Auch Linda machte nur eine vage Handbewegung. Aber sie unterbrachen von dem Berge nicht, der unbeirrt weitersprach.

„Nun ja, ich kann natürlich nicht zu sehr ins Detail gehen", er grinste, „sonst müsste ich Sie erschießen, die Firma verspricht sich sehr viel von meiner Arbeit. Aber ich kann Ihnen soviel sagen, dass es bei meiner Forschung um die Beeinflussung der Träume selbst geht. Wir wollen einerseits versuchen, die Stimmung der Träume zu beeinflussen, sie also möglichst positiv gestalten, das ist jetzt nicht so neu. Und wir wollen gleichzeitig dem Träumer die Möglichkeit geben, seine Träume selbst zu gestalten ... Sie wissen, was ein luzider Traum ist?“

„Ein Traum, den ich als Traum erkenne und den ich dann selbst beeinflussen kann?“, fragte Bastian. Von dem Berge nickte.

„Ja, so in etwa. Eines unserer Ziele ist, solche luziden Träume – und zwar rein positive luzide Träume – in der Anästhesie zielgerichtet zu erzeugen. Und wenn man dann über die Anästhesie hinausgeht ... die Potenziale einer solchen Idee sind sehr groß. Die Firma hat schon einmal in diese Richtung geforscht, in den 70er- und 80er-Jahren des vergangenen Jahrhunderts. Aber dann hat es ein Unglück in einer Forschungseinrichtung gegeben, eine Explosion oder ein Brand oder so etwas ...“

„Auf Little Rock?“, fragte Bastian. „In Nordirland?“

Von dem Berge lächelte ihn an. „Ja, genau, so hieß das. Als ich bei der LorenzMed angefangen habe, das war einige Jahre nach diesem Unglück, 1990, habe ich die entsprechenden Unterlagen gefunden und in manchen Punkten an die Forschung der Menschen angeknüpft, die damals auf dieser Insel gestorben sind.“ Er seufzte tief. „Ich dachte, auch ihrem Andenken zu dienen, indem ich das tue. Nun ja, wie Sie sehen, forsche ich nun schon sehr lange in diesem Bereich. Die Ergebnisse waren stets vielversprechend, einige der ...“, er lachte, „man könnte sagen, der Abfallprodukte aus unserer Forschung waren schon sehr lukrativ für LorenzMed, also haben sowohl der alte Herr Lorenz als auch der Junior mir mein Labor gelassen und mich nie sonderlich beschränkt. Aber es war eben reine Forschung, wenig Praxis. Und als dann Carla zu mir kam ...“ Er seufzte wieder tief. „Ich dachte plötzlich, nach all den Jahren hätte ich endlich die Möglichkeit, mal jemandem wirklich zu helfen. Sie müssen nicht glauben, dass ich sie als Versuchskaninchen einsetzte oder so, ich probierte keine Drogen an ihr aus, nichts dergleichen. Ich versuchte nur, einige bekannte Wirkstoffe in Zusammenhang mit einer Hypnosetherapie.“ Er lächelte traurig. „Ich habe auch hypnotisieren gelernt. Alles im Rahmen meiner Forschung.“

„Niemand macht Ihnen einen Vorwurf, Herr Dr. von dem Berge“, sagte Linda sanft.

Er schaute sie erstaunt an. „Aber sicher, meine Liebe. Ich mache mir Vorwürfe. Die allergrößten. Ich forsche ... also, wenn man nur meine Zeit bei LorenzMed nimmt, dann forsche ich seit über 20 Jahren daran, Menschen schöne Träume zu verursachen, grob gesprochen, und dann schaffe ich es nicht mal, eine arme Freundin von ihren Albträumen zu erlösen? Und kurz darauf versage ich gleich noch einmal? Denn bei Andreas war es ja nicht anders. Er hatte fürchterliche Albträume, er bat mich um Hilfe, ich habe versagt. Ich konnte beiden kurzzeitig Linderung verschaffen – und dann kam es zurück und brachte sie um.“

Bastian machte große Augen. Er schaute kurz zu Linda hinüber, die aber schwieg. „Sie meinen …“, begann er, „sie sind durch die Träume gestorben?“

„Nein, verstehen Sie mich nicht falsch“, sagte von dem Berge erschrocken. „Ich kenne diese Science-Fiction und Horrorfilme – gar nicht schlecht, besonders natürlich ‚Matrix‘ und die alten ‚Nightmare‘-Filme.“

Er unterbrach sich und lächelte, als er Bastians und Lindas erstaunte Blicke sah. „Na, meinen Sie denn, nur weil ich Wissenschaftler bin, geht sowas an mir vorbei? Ich hoffe, ich mache nicht den Eindruck einer solchen Laborkröte.“ Er schüttelte grinsend den Kopf, wurde aber sofort wieder ernst. „Also all dieses ‚wenn die Seele stirbt, stirbt auch der Körper‘ oder das Monster, das aus dem Schlaf in die Wirklichkeit kommt, das ist sicher spannende Literatur und mag auch philosophisch interessant sein, aber mit unserer nüchternen Forschung hat das nichts zu tun. Nein, ich meinte das viel banaler. Carla war am Ende so verzweifelt, dass sie sich umgebracht hat. Ich hatte ihr zu einer Psychotherapie geraten, aber ich habe selbst nicht erkannt, wie schlimm es wirklich um sie stand. Und Andreas hat einen Herzinfarkt im Schlaf erlitten. Das muss nicht mit seinen Träumen zusammenhängen. Aber wenn man ein wenig mehr von dem weiß, wie er gelitten hat ...“ Er atmete tief durch. „Ich kann mir schlecht vorstellen, dass es eine andere Ursache hatte.“

„Aber“, wollte Linda wissen, „was war denn die Ursache dieser Albträume?“

Von dem Berge machte eine ausladende Geste. „Das war ja das Problem, meine Liebe. Wenn ich das gewusst hätte ... Vielleicht hätte ich den beiden doch helfen können. Es kam bei beiden urplötzlich. Zu den Inhalten der Träume möchte ich jetzt nichts sagen, das verstehen Sie sicher, das ist sehr privat ...“

Linda nickte. „Ein wenig weiß ich auch davon. Carla ist immer wieder eine Studentin erschienen, von der sie dachte, sie sei tot.“

„Ja“, sagte von dem Berge. „Die arme Lauren. Wobei ich bezweifle, dass sie wirklich tot ist, aber Carla war davon überzeugt. Leider.“ Er seufzte.

Bastian war perplex. „Sie kannten Lauren Parnell?“

Von dem Berge sah ihn an, ebenfalls erstaunt. „Ja, sicher. Sie war in einem Praktikum bei uns, ich habe sie betreut. Carla hat sie vor etwa zwei Jahren an mich vermittelt, weil sie sich besonders für diesen Bereich der Anästhetika interessierte. Sie hatte natürlich keinen Einblick in die Geheimnisse, trotzdem. Tüchtiges Mädchen, aus Irland, wenn ich mich richtig erinnere. Sprach aber sehr gut Deutsch. Manchmal etwas zu verbissen ... ja, und dann war sie plötzlich verschwunden.“

„Wie, verschwunden?“, fragte Bastian.

Von dem Berge zuckte mit den Schultern. „Verschwunden eben, Genaueres weiß ich da auch nicht. Die Polizei war einmal bei mir, hat ein paar Fragen gestellt, aber ich kannte sie ja kaum. Alles, was ich weiß, ist, dass sie gemeinsam mit ihrem Freund verschwunden ist. Einem Oliver, Nachname kenne ich nicht. Vermutlich sind die beiden durchgebrannt, oder? Mitten in Deutschland verschwindet doch nicht einfach so ein Paar. Aber Carla dachte wohl, sie sei tot. Leider.“

Sie schwiegen eine Weile, alle drei. Von dem Berge hing schweren Erinnerungen nach, Linda und Bastian verdauten diese neue Wendung. Schließlich fragte Bastian: „Ist es denn üblich ... oder kommt es öfter vor, dass Menschen so schnell hintereinander an Albträumen sterben? Wie Carla und Herr Deutschmann, meine ich.“

„Halt, halt. Es ist naturgemäß schwer zu sagen, ob und wann Menschen überhaupt an Albträumen sterben“, sagte von dem Berge. „Wenn jemand davon in den Selbstmord getrieben wird, sicher, dann erfährt man das. Ist aber sehr selten, öfter kommt es vor, dass Menschen sich in Folge von Halluzinationen oder unter Drogeneinfluss spontan selbst umbringen. Und bei Andreas vermuten wir ja nur, dass es an den Träumen lag. Wir wissen also auch nicht, wie viele Menschen vor ihrem Tod einen Albtraum haben. Aber dass zwei Menschen, die so ...“, er warf den beiden einen schnellen Blick zu, „die sich so gut kennen, direkt nacheinander so etwas durchmachen müssen ...“ Er schaute wieder betrübt aus dem Fenster. „Natürlich gibt es ansteckende Psychosen, und sicher auch eine Art Ansteckung bei Träumen, aber so dicht und in der Form? Nein, davon habe ich noch nie gehört.“ Er seufzte wieder und nahm einen tiefen Schluck aus seinem Wasserglas. „Ich habe in den letzten Monaten sehr bitter lernen müssen, wie viel ich nicht weiß, das können Sie mir glauben.“

„Aber Sie wollten ihnen helfen“, sagte Linda.

„Ja, das schon. Aber sehen Sie, normalerweise, wenn etwas nicht funktioniert, wenn ich mich irre, dann versuche ich den nächsten Ansatz ... irgendwann stimmt es. Ich bin gewohnt, dass es irgendwann stimmt. Und nun muss ich feststellen, dass ich mich irre – und es gibt keine zweite Chance. Carla ist tot, Andreas ist tot – und vielleicht könnten sie beide noch leben, wenn ich etwas anderes versucht hätte, wenn ich anders gedacht, mich nicht geirrt hätte.“

„Vielleicht“, meinte Linda. „Vielleicht auch nicht. Immerhin haben sie es versucht.“

„Es freut mich, dass Sie es so sehen“, sagte von dem Berge. Er dachte einen Moment nach und fragte: „Erlauben Sie, dass ich Ihnen auch eine Frage stelle?“

„Klar“, sagte Bastian. Linda nickte.

„Sie haben mich jetzt mehrmals nach einem Zusammenhang gefragt ... oder angedeutet, dass da einer sein könnte. Vermuten Sie etwas Bestimmtes?“

Bastian grinste. „Erwischt“, sagte er. „Wir haben uns tatsächlich gewundert, über die ganzen auffälligen Ähnlichkeiten bei beiden Todesfällen. Und da ich beruflich recherchieren muss und Linda und Carla befreundet waren, und da Carla und Herr Deutschmann sich ... kannten ..., haben wir gedacht, wir schauen mal. Ob wir gemeinsam mehr darüber herausfinden. Wissen Sie ... ich habe Frau Deutschmann gesprochen und ich würde mich sehr freuen, wenn ich ihr mehr Klarheit über den Tod ihres Mannes verschaffen könnte, von aller PR mal abgesehen. Und nun auch noch der Zusammenhang mit Lauren Parnell ... wir hatten den Namen auch schon gehört, wussten aber noch nicht, wer sie war und dass sie verschwunden ist."

„Hm", machte von dem Berge. „Das muss ja nicht viel bedeuten. Wie gesagt, in ihrem Fall weiß ich nichts von Albträumen oder etwas Derartigem. Und dass Carla nun ausgerechnet Lauren zu ihrer Nemesis erkoren hat ..." Er hob die Hände in einer hilflosen Geste. „Träume gehen sehr seltsame Wege, die auch ich oft nicht verstehe."

Linda hob die Schultern. „Mag sein. Komisch ist es trotzdem."

„Ja", sagte der Wissenschaftler, „da haben Sie nicht unrecht." Er lächelte. „Habe ich Ihnen denn jetzt helfen können?"

„Allerdings", sagte Bastian. „Und wenn es nur ist, dass wir nun wissen, dass auch Sie meinen, die Träume hätten die Todesfälle verursacht. Und dass selbst ein Fachmann wie Sie nicht helfen konnte." Er überlegte kurz und fragte dann: „Mal ein ganz abwegiger Gedanke: Meinen Sie, dass jemand diese Träume verursacht haben könnte? Von außen, mit Absicht."

Von dem Berge atmete tief durch. „Puh. Das ist ein Gedanke ... ich weiß es nicht. Ich glaube es eigentlich nicht. Dieser Jemand müsste sehr viel von der Manipulation von Träumen verstehen, von entsprechenden Drogen ... und er müsste gleichsam gegen mich gearbeitet haben, ohne dass ich es gemerkt hätte. Das ist natürlich nicht unmöglich, aber ... nein, ich glaube es nicht. Er müsste im Grunde das Gegenteil von dem tun, was ich zu tun versuche, er müsste gezielt negative Träume schaffen, luzide Träume, die aber nicht vom Träumer, sondern von außen zu beeinflussen sind. Ich sage nicht, dass das unmöglich ist, aber jemand, der dazu in der Lage ist, den müsste ich kennen. Ich bin mal so eitel zu behaupten: Das kann niemand."

„Kennen Sie Professor Bruijn?", fragte Bastian. Linda warf ihm einen warnenden Seitenblick zu.

„Ja, sicher, was für eine Frage. Herr Professor Bruijn war jahrelang mein Chef und hat mich seinerzeit eingestellt. Ich habe ihm viel zu verdanken, wirklich. Woher kennen Sie ihn?"

„Ich habe ihn im Rahmen meiner Recherche besucht", sagte Bastian.

Von dem Berge lachte. „Und ich wette, er hat sie durch sein Museum geführt. Beileid. Aber Sie wollen doch Norbert Bruijn nicht allen Ernstes zwei Traum-Morde unterstellen?"

Bastian hob abwehrend die Hände. „Ich will gar nichts unterstellen. Ich überlege nur, wer das nötige Wissen haben könnte."

Von dem Berge schaute ihn freundlich an. „Ohne Ihnen zu nahe treten zu wollen, Herr Mohr – ich glaube, das kann ich besser beurteilen. Und ich weiß niemanden. Norbert ... also Professor Bruijn … ist sicherlich ein erstklassiger Chemiker, immer noch eine Legende in der Branche, aber in meinem kleinen Spezialgebiet ... das alles war für ihn nur eine Nische. Eine interessante Nische, aber nicht seine."

Bastian hakte nach. „Was ist mit Dr. Glaser?"

„Wer ist Dr. Glaser?", fragte von dem Berge irritiert.

„Professor Bruijn sagte, er habe das Labor in Nordirland geleitet. Das abgebrannt ist."

„Ach ja." Er schaute immer noch verwirrt. „Aber der ist doch tot, oder?"

„Ja", sagte Bastian. „Das ist er wohl. Aber wenn er noch leben würde – oder wenn er sein Wissen weitergegeben hätte – könnte er dann etwas in dieser Art?"

Von dem Berge dachte lange nach. „Im Grunde hat er sein Wissen ja weitergegeben", sagte er schließlich. „Wenn Sie sagen, dass er der Leiter des Labors auf Little Rock war, habe ich lange vor allem auf der Basis seiner Forschung gearbeitet. Nur seltsam, dass ich mich jetzt gar nicht erinnern kann, den Namen in den Unterlagen gefunden zu haben. Aber wie gesagt – ich arbeite seit

20 Jahren daran, und ich selbst könnte das noch nicht. Er konnte es damals definitiv nicht. Und auch, wenn er noch leben würde ... kaum. Er bräuchte ein gut ausgestattetes Labor, er bräuchte ein Team, ein kleines wenigstens. Zumindest die wissenschaftliche Community müsste ihn kennen.“

„Ist auch egal“, sagte Bastian. „War nur so ein Gedanke. Danke jedenfalls für Ihre Zeit.“

Von dem Berge erhob sich. „Nein, nein, Sie haben ganz recht, solchen Gedanken nachzugehen.“ Er sah die beiden ernst an. „Wenn Sie noch irgendwelche Fragen haben, wenn ich Ihnen auf irgendeine Weise helfen kann – fragen Sie. Lassen Sie mich in Ihrem Bunde der Dritte sein. Ich möchte da helfen, wo ich nur kann, das ist mir ein persönliches Anliegen.“

„Sehr gerne“, sagte Linda. „Und vielen Dank, Sie haben uns sehr geholfen.“

Von dem Berge brachte sie vor die Tür, wo er sich freundlich verabschiedete und sie noch einmal bat, ihn mithelfen zu lassen, wenn es möglich war. Dann verschwand er wieder im Clubhaus, während Linda und Bastian zum Parkplatz gingen.

18

Glaser beobachtete, wie der PR-Mann und die Personalfrau zurück zu dem Peugeot gingen, wie sie einstiegen und vom Parkplatz des Tennisclubs fuhren. Sie hatten lange da drin gesessen und mit von dem Berge gesprochen. Glaser wusste nun, dass er sehr vorsichtig sein musste. Es war klug gewesen, den PR-Mann im Auge zu behalten. Aus der Ferne, im Verborgenen, das war nicht schwer gewesen. Denn Glaser war ja unsichtbar.

Mohr hatte tief gegraben, gemeinsam mit Linda Winterhagen. Zu tief, für Glasers Geschmack. Aber das war zu erwarten gewesen. Die Steine rollten und rollten, weiter und weiter, und er hatte die Hoffnung, sie stoppen zu können, inzwischen fast aufgegeben. Darum ging es nicht mehr. Es ging jetzt um Zeit. Er brauchte nicht mehr viel Zeit.

Glaser beschloss, sich um die beiden zu kümmern.

Dann kam ihm eine Idee, und er schaute noch einmal sehr nachdenklich auf den leeren Platz zwischen den beiden primitiven Geltungstriebwagen. Dort hatte der Wagen gestanden, mit dem sie gekommen waren. Gemeinsam. In diesem Moment waren sie sicher auf der Autobahn und sprachen über das, was von dem Berge ihnen erzählt hatte. Gemeinsam. Glaser strich sich nachdenklich über das Kinn. Eine Idee. Vielleicht würden die beiden ihm sogar helfen können. Die eifrigen Ermittler.

Glaser lächelte.

Ja, er würde sich um sie kümmern.

19

Judith lachte. „Da lässt man Dich mal zwei Wochen alleine, und Du mutierst zu Justus Jonas."

Bastian grinste zurück. „Ich fand Bob Andrews immer am besten."

Sie imitierte eine quäkende Jugendstimme. „Und in den Herbstferien löse ich wieder einen spannenden Fall."

Als Bastian nach Hause gekommen war, hatte Judith gerade unter der Dusche gestanden. Er hatte sich dazugesellt und sie hatten ausgiebig nachgeholt, wozu sie am Abend zuvor beide zu müde gewesen waren. Jetzt lagen sie nebeneinander im Bett, Bastian hatte eben von seinem Vormittag erzählt. Er wurde ernst.

„Mir ist das schon recht wichtig, Judith. Ich finde die Sache immer noch spannend."

„Hm", sie wog skeptisch den Kopf. „Das kann spannend sein, da hast Du recht, das kann hochinteressant sein, aber hast Du schon einmal darüber nachgedacht, wo das enden kann?"

„Wie meinst Du das?"

„Na ja." Judith überlegte kurz. „Was glaubst Du denn, was für einer Geschichte Du da auf der Spur bist?"

Bastian dachte nach. Die Frage stellte er sich eigentlich permanent, aber die Antwort war bisher stets eine Wolke aus Möglichkeiten gewesen, mit der er sich zufrieden gab. Er versuchte, zu präzisieren: „Also, schlimmstenfalls – oder bestenfalls – sind das wirklich alles nur Zufälle. Dann gibt es gar keine Geschichte. Ich halte es auch immer noch für möglich, dass es keine Zufälle sind. Dass jemand sie ermordet hat, oder in den Tod getrieben, auch wenn von dem Berge das nicht glaubt. Oder ...“ Er verstummte verlegen.

„Oder was?“

Bastian hüstelte. „‚A Nightmare on Elm Street‘? Ich weiß, das ist Quatsch, aber ich dachte, ich bin mal möglichst *open minded* ...“

Judith lachte laut. Bastian war beleidigt. „Ich weiß, wie das klingt“, sagte er. Sie nahm ihn in den Arm, drückte ihn zärtlich und küsste ihn.

„Egal. Einer der Gründe, aus denen ich Dich liebe, Bastian Mohr, ist der, dass Du verrückt sein kannst. Ehrlich verrückt, so wie es die ganzen Leute, die von sich sagen, sie wären ‚ein bisschen verrückt‘ gerne wären. Ich halte das für völligen Blödsinn, aber selbst wenn nicht – wenn das stimmen würde, hättest Du keine Geschichte, sondern ein Problem, oder?“

Er sah sie erstaunt an. „Wieso?“

Judith lächelte schief. „Na ja, was passiert denn mit den ganzen neugierigen Leuten in Deinen Horrorfilmen, Liebster? Wenn Du die Sache schon ernst nimmst, dann bitte ganz ernst, ja?“

„Oh“, machte Bastian. So hatte er es noch nicht betrachtet.

„Aber“, sagte Judith und sah ihn sehr ernst an, „das meinte ich nicht. Nehmen wir mal Möglichkeit Nummer zwei. Jemand hat Carla und Deutschmann umgebracht, zu Tode gehetzt oder was auch immer. Das wäre natürlich eine hochinteressante Sache. Aber Dir ist auch klar, was das außerdem bedeutet, oder?“

„Ja“, sagte Bastian, „darüber habe ich mit Linda auch schon gesprochen. Wir machen ja im Grunde dasselbe wie Deutschmann. Er hat Carlas Tod nachgeforscht, wir gehen seinem und Carlas nach. Und er ist nun tot.“

„Und?“, fragte sie.

„Na ja – ein bisschen gruselig ist das ja schon.“

Judith starrte ihn verständnislos an. „Ein bisschen gruselig? Das ist alles? Mach Dir mal eins klar: Falls das stimmt, falls an der Nummer etwas dran ist, dann läuft da jemand frei herum, der Leute umbringt. Und Linda und Du, ihr versucht, ihm in die Suppe zu spucken. Das ist nicht ein bisschen gruselig, das ist ganz massiv gefährlich. Wie naiv kann man denn sein?"

„Aber das weiß er ja nicht", versuchte Bastian zu beschwichtigen. „Wenn wir wissen, wer es ist ... also, ob überhaupt ... also, wenn wir irgendeinen handfesten Hinweis haben, dann gehen wir natürlich zur Polizei. Oder ..."

Er verstummte verwirrt, als er ihren Blick sah. Judith seufzte. „Ich glaube, Du bist schon viel zu lange in der PR, weißt Du das? Entweder Du willst der Polizei helfen und einen Fall lösen – Marke ‚Drei Fragezeichen', ‚TKKG', ‚Kalle Blomquist' und so weiter. Dann suchst Du Hinweise und gehst damit zur Polizei. Aber vergiss nicht, was in diesen Kindergeschichten immer passiert. Die jugendlichen Detektive werden beim Hinweisesammeln erwischt, der böse Verbrecher fesselt sie, sperrt sie in den Keller, von wo sie sich befreien können und den Dorfpolizisten alarmieren. Bis zum Fesseln halte ich das für halbwegs realistisch. Euer böser Verbrecher allerdings hält sich mit Fesseln und Einsperren nicht auf, oder?"

Bastian sagte nichts.

„Oder aber", fuhr sie fort, „Du willst eine Geschichte schreiben. Dann darf ich Dich aber noch einmal daran erinnern, wie wir echten Journalisten – sorry – arbeiten. Wir recherchieren eine Geschichte aus. So, dass man sie schreiben kann. Komplett. Und dann sagen wir vielleicht der Polizei Bescheid. Vielleicht! Und ohne unsere Informanten ans Messer zu liefern. Verstehst Du?"

Bastian nickte langsam. „Ja, ich ..."

„Und was Dir außerdem nicht klar ist", unterbrach sie ihn, „ist offenbar, wo all Deine Spuren, wenn man sie so nennen will, zusammenlaufen. Wer womöglich hinter der Geschichte steckt."

Er sah sie perplex an. „Du hast eine Idee? Also, ich dachte an Bruijn, aber von dem Berge sagte ja ..."

„Bastian!", rief Judith und schlug sich an die Stirn. „Mann, denk doch mal nach! Wer hat in einem Labor geheime Forschungen betrieben, bis es abgefackelt ist? Wer kennt sich mit Narkotika aus? Für wen haben die Opfer direkt oder indirekt gearbeitet? Und wer hat womöglich ein Interesse daran, etwas zu vertuschen? Die LorenzMed! Euer Kunde. Lindas Arbeitgeber. Wie blind stochert Ihr da eigentlich rum, ihr zwei? Das wäre ja fast niedlich, wenn es nicht so beschissen gefährlich wäre."

Bastian war erschrocken. Er hatte in den vergangenen Wochen nicht einmal das in Erwägung gezogen, was Judith offensichtlich vollkommen klar war. „Aber Lorenz-Junior wirkte echt fertig, weil Deutschmann tot ist."

„Oh Bastian." Sie seufzte und küsste ihn. „Natürlich kann es sein, dass er fertig war. Es ist sogar äußerst wahrscheinlich, dass er einfach ehrlich geschockt und traurig war, das wollen wir mal nicht vergessen. Aber wenn wir annehmen, dass das Morde waren ... vielleicht kann er sich einfach nur gut verstellen. Oder vielleicht hat er auch ein sehr schlechtes Gewissen. So richtig mit sich im Reinen sind Mörder selten, weißt Du."

Er streichelte sie. „Du kennst Dich da aus, oder?"

„Ein bisschen", sagte sie düster. „Das weißt Du."

„Ja", sagte er. „Ich weiß."

Sie schwiegen eine lange Weile. Bastian dachte über Judiths Argumente nach. Sie hatte Recht. Linda und er waren ungeheuer naiv an die Sache herangegangen. Natürlich war es möglich, dass die LorenzMed in die Sache verwickelt war. Andererseits – er kannte sich mit Menschen aus. Selbstverständlich konnte er sich irren, aber das kam selten vor. Lorenz-Junior war ehrlich gewesen, ebenso wie von dem Berge. Fast.

Von dem Berge hatte an zwei Punkten sichtbar die Unwahrheit gesagt. Der eine war der gewesen, an dem er das Ziel seiner Forschung beschrieben hatte – da hatte er etwas verheimlicht. Aber das war nur natürlich, es wäre mehr als seltsam gewesen, wenn er Bastian und Linda gegenüber sein ganzes Forschungsprogramm offengelegt hätte. Auch an manchen anderen Stellen im Gespräch hatte Bastian den Eindruck gehabt, von dem Berge weiche aus oder halte etwas zurück, aber alles in allem war er nach

Bastians Eindruck so ehrlich gewesen, wie man es in seiner Position Fremden gegenüber nur sein kann. Vielleicht sogar noch etwas ehrlicher. Nur: Ganz sicher gelogen hatte er, als er von Glaser sprach. Im Gegensatz zu dem, was er behauptet hatte, war er nicht sicher, dass Glaser tot war. Und dort traf sich von dem Berge mit Bruijn, der am Streifen gelogen hatte, auch in diesem Punkt. Glaser war vielleicht nicht tot. Wenn er aber noch lebte, war er seit Little Rock verschwunden.

Es passte zu Judith, dass sie zuerst die Firma verdächtigte, sie war eine Kreuzritterin. Bastian glaubte nicht an diese Lösung. Ein ganz anderer Gedanke ließ ihn nicht los. Glaser war verschwunden, ja. Aber nicht nur er.

„Willst Du mir helfen?", fragte er.

„Was?" Judith schreckte aus ihren Gedanken hoch.

„Weil Du eben von Deiner Arbeit gesprochen hast ... also von den Mordfällen. Ich dachte, Du könntest mal mit Deinen Freunden bei der Polizei sprechen."

„Sie sind nicht meine Freunde", sagte sie automatisch.

„Was ist mit Sabrina und Erkan?"

Judith grinste. „Sie sind nicht meine Freunde, mit zwei Ausnahmen."

„Also, würdest Du mir helfen?"

Sie seufzte. „Du willst also echt weiter machen? Obwohl Du weißt, wo das hinführen kann?"

„Judith, sei nicht böse, aber ..."

„Nein, nein." Sie nahm seine Hand. „Ich bin nicht böse. Willkommen in meiner Welt. Was kann ich denn für Dich tun."

„Von dem Berge hat gesagt, diese Studentin – Lauren Parnell – sei verschwunden, gemeinsam mit ihrem Freund. Er glaubt, sie seien durchgebrannt, aber ich glaube das nicht. Durchgebrannt ... das ist irgendwie ein Wort aus den 80ern, oder? Oder noch älter. Wer brennt denn heute noch durch, immerhin reden wir hier von Studenten. Vielleicht gab es da mal eine Ermittlung, und Deine Freun ... sorry, Deine Kontakte, wissen etwas darüber."

Sie nickte. „Das dürfte nicht schwer rauszufinden sein. Lauren Parnell sagst Du ... eine Irin, oder?"

„Ja, Studentin in Köln. Chemie. Praktikantin bei LorenzMed. Und ihr Freund hieß Oliver. Vielleicht. Mehr weiß ich nicht."

Judith schüttelte den Kopf. „Egal, das sollte reichen. So viele Laurens, die mit einem Oliver verschwunden sind, wird es nicht geben."

Er küsste sie. „Danke."

Sie lachte. „Das kostet Dich, mein Freund. Wuppertaler Zoo. Jetzt! Und danach Kino. Und dann will ich zum Essen eingeladen werden, von meinem reichen Lover."

Bastian lachte. „Sehr zu Diensten."

20

Und dann passierte eine Woche lang gar nichts. Nicht, dass die Welt still gestanden hätte. Bastian und Judith fuhren nach Wuppertal, gingen in den Zoo, kletterten zu den Löwen hinauf und standen fasziniert eine halbe Stunde lang im Wassertunnel und schauten den Pinguinen zu. Dann gingen sie ins Kino und nachher spendierte Bastian Judith ein Abendessen beim Spanier in Opladen. Den darauf folgenden Sonntag verbrachten sie größtenteils im Bett. Sie schliefen lange, frühstückten ausgiebig im Bett und es folgten Stunden in stetigem Wechsel von langen Unterhaltungen und mehr oder minder langem Sex. Gegen Abend bestellte Judith Pizza für beide, während Bastian seine alte Playstation2 aus dem Schrank zog. Sie verlegten ihr Lager aufs Sofa, vertilgten die Pizza und spielten so lange ‚Gran Tourismo', bis sie beide zu müde dafür waren. Dann schliefen sie Hand in Hand ein. Es war ein fast perfektes Wochenende, unbeschwert, und in der Rückschau sollte Bastian noch lange daran zurückdenken. War das eine letzte Gnade gewesen? Oder hätte es ihm eine Warnung sein sollen?

Montags im Büro war Michael zunächst immer noch ein wenig eingeschnappt wegen Bastians und Lindas Treffen mit von dem Berge. Aber als Bastian auf das Thema Träume gar nicht weiter einging, sondern sich auf gewohnt pflichtbewusste Weise seiner

Arbeit und den Montagsrunden widmete, besserte sich Michaels Laune schnell. Den gesamten Dienstag über bereiteten sie gemeinsam ein schwieriges Pitching vor und die Spannung zwischen den Freunden hatte sich in Nichts aufgelöst. Am Mittag des Donnerstages schneite Linda herein. Sie hatte einen halben Tag Gleitzeit genommen und wollte Michael einen Überraschungsbesuch abstatten. Da ihr Mann aber ebenso überraschend zu einem Kunden aufgebrochen war, ging sie stattdessen mit Bastian Sushi essen, und da es ein kalter und sonniger Herbsttag war, von der Sorte, wie sie beide ihn liebten, schlossen sie noch einen Spaziergang über die Ringe an. Sie redeten nicht über ihre Ermittlungen, sondern vor allem über die Science-Fiction-, Horror- und Fantasy-Filme, die für die nächsten Wochen angekündigt waren.

Den Abend des Samstags dann verbrachte Bastian mit einer Pokerrunde, die vor einigen Jahren aus einem Seminar über Online-PR hervorgegangen war. Bastian verlor viel, denn er konzentrierte sich schlecht. Seine Gedanken waren beim nächsten Tag – dem 70. Geburtstag von Judiths Vater. Bastian hasste Familienfeiern.

21

Das Mittagsbuffet war abgeräumt und die Kaffeetafel wurde gerade eingedeckt, als Bastians Handy klingelte. Es war der neutrale Klingelton und Judith warf ihm einen strafenden Blick zu. Bastian zuckte mit den Schultern, schenkte ihr ein entschuldigendes Grinsen und verließ den Raum. Judiths Vater hatte den Gesellschaftsraum eines großen Landgasthofes außerhalb von Solingen gemietet. Während Bastian durch den Flur vor dem Gastraum ging, zog er das Handy aus der Tasche. Die Nummer kannte er nicht. Internationale Vorwahl + 44. England? Nordirland! Das war Joseph! Er nahm das Gespräch an, während er das Haus verließ.

„Joe! Man! Pleasure! How are you, how's Sheela and the boys?"

„Lassen wir uns lieber Deutsch sprechen", sagte Joe. Sein Irischer Akzent war dick wie immer, aber sein Deutsch fast einwandfrei. „Ich habe ein paar ... hm ... Freunde im Haus. Es muss nicht jeder verstehen, was ich rede.“ Er lachte. „Der Familie geht es gut, mir geht es gut. Und wie geht es Dir?“

„Danke, super. Mann ist das schön, mal wieder mit Dir zu sprechen.“

„My pleasure, Bastian, my pleasure.“ Er lachte wieder. „Und? Bist Du immer noch mit dieser sympathischen Brünetten von den Fotos befreundet? Judith?“

„Ja.“ Auch Bastian lachte. „Wir feiern gerade den 70. Geburtstag ihres Vaters. Du hast mich gerettet.“

„Ist es so schlimm?“

„Nein“, sagte Bastian, „nicht schlimm. Aber das Mittagessen ist vorbei und der Kaffee noch nicht aufgetragen, jetzt kommen die Reden und Darbietungen.“

„Reden und ... was?“

„Schlecht gespielte kleine Theaterstücke, alberne Ratespielchen, geheuchelte Lobpreisungen des Geburtstagskindes ... sowas.“

„Okay, dann musst Du mir echt verdammt dankbar sein.“ Bastian hörte, dass sein Freund grinste. Dann aber wurde er schlagartig ernst. Diese plötzlichen Stimmungsumschwünge waren eine von Joes Spezialitäten. Es gab Menschen, die sie sehr fürchteten.

„Ein anderes Thema, alter Freund. In was bist Du da hinein geraten?“

„Wie meinst Du das?“, fragte Bastian. Ihm war klar, dass Joe über Little Rock sprach. Aber Bastian hatte ihn nur gebeten, sich ein wenig über das Labor dort und die Vorgänge um die „Chemischen Fabriken Lorenz“, wie die Firma damals geheißen hatte, zu erkundigen.

„Little Rock“, sagte Joe. „Weißt Du überhaupt, was damals dort geschehen ist?“

„Ich weiß, dass das Labor abgebrannt ist und dass alle Menschen auf der Insel dabei umgekommen sind. Muss ein sehr schlimmer Unfall gewesen sein.“

„Ja“, meinte Joe gedehnt, „kann sein, ich bin da nicht ganz sicher. Manche sagen so, manche sagen so. Ich bin nicht sicher, ob das wirklich ein Unfall war und ich bin auch nicht sicher, ob wirklich alle gestorben sind. Aber das meine ich gar nicht. Weißt Du, was Little Rock war? Was die dort erforscht haben?“

„Soviel ich weiß, haben die Narkosemittel erforscht. Und Träume.“ Bastian war verwirrt. Kein Unfall? Und was meinte Joe damit, dass nicht alle tot waren? Ein weiterer Hinweis darauf, dass Glaser verschwunden war?

„Mit den Narcotics liegst Du richtig“, sagte Joe. „Aber ich habe ein bisschen herumgefragt. Ein wenig telefoniert, einen alten Freund besucht ... was man so macht. Die Insel hat bei den Leuten da oben einen sehr schlechten Namen. Bis heute.“

„Inwiefern?“

„Niemand kann etwas Genaues sagen. Es sind alles ... wie sagt man ... Gerüchte. Aber sie ergeben ein Bild, und das ist ein sehr hässliches Bild. Ich muss Dir nicht sagen, was das für eine Zeit war, damals. Du weißt das gut. Und viele Menschen waren verzweifelt, gerade viele von uns.“ Joe zögerte. „Unsere Leute konnten manchmal nicht so helfen, wie wir wollten. Viele waren arm.“

Dass Joe am Telefon so von seiner Vergangenheit sprach, und sei es auch nur in Andeutungen, war mehr als ungewöhnlich. Bastian spürte, dass es ihm wichtig war.

„Das weiß ich, Joe. Aber was hat das mit Little Rock zu tun? Meinst Du, der Brand ...“

„Nein, nein“, sagte Joe schnell. „Der hatte nichts mit dem Krieg zu tun. Manche denken, dass es ... ähm … ein gestifteter Brand war, aber davon weiß ich noch nicht genug. Jedenfalls keine ... wie sagt man ... keine Aktion aus dem Krieg. Nein, ich meine die Forschung selbst. Manche sagen ... viele sagen, die haben dort Versuche an Menschen gemacht. Freiwillige, ja, aber damals konntest Du viele Freiwillige finden, wenn Du Geld geboten hast. Aber sie haben nicht viele genommen. Nur wenige, und dann einsame Leute oder Waisen oder so. Verstehst Du, was ich meine?“

„Menschen ohne Anbindung, ohne Familie? Nach denen keiner fragt?“

„Genau. In was bist Du da nur geraten? Es ist gefährlich.“ Joe wirkte ehrlich besorgt.

„Mach Dir keine Sorgen", sagte Bastian „Ich untersuche nur ein paar Umstände im Zusammenhang mit dem Tod eines Kunden. Kein Mord oder so, Herzinfarkt. Er hat sich für Little Rock interessiert, deshalb interessiere ich mich auch dafür."

„Er hat sich für Little Rock interessiert, und nun ist er tot? Mann, Bastian ..."

„Es war ein Herzinfarkt. Stroke ..."

„Ich weiß, was Herzinfarkt ist, so gut kann ich Deutsch. Das Herz stoppt zu schlagen. Blöderweise tut es das am Ende immer, wenn jemand stirbt." Joe seufzte. „Pass gut auf Dich auf."

„Mache ich, versprochen", sagte Bastian. „Aber was meintest Du mit Menschenversuchen?"

„Ich weiß nicht viel, leider", sagte Joe. „Noch nicht. Aber was ich weiß, reicht mir schon. Drogen. Einsame Menschen als Versuchs ... äh ..."

„Kaninchen?"

„Versuchskaninchen, ja. Ein Brand, der alles vernichtet, Menschen und Spuren ... Da ist etwas sehr Schlimmes passiert, würde ich sagen, und jemand wollte sehr gut aufräumen."

„Aber das ist eine alte Geschichte", sagte Bastian. „Das ist fast 30 Jahre her."

Joe schnaubte hörbar. „30 Jahre. Was sind schon 30 Jahre. Und es gibt keine alten Geschichten, glaube mir."

„Ich werde vorsichtig sein", versprach Bastian.

„Ja", sagte Joe. „Sei das wirklich. Und ich höre mal weiter herum."

„Vielen Dank, Joe, ehrlich."

„Keine Ursache. Tschüss Bastian."

„Bis bald, Joe. Grüß die Familie."

Nachdenklich ging Bastian zurück in den Gasthof. Im Festsaal saß Judiths Vater auf einem Stuhl, einen Lorbeerkranz aus Plastik im Haar, je drei Männer und Frauen tanzten im Kreis um ihn herum und sangen schlecht ein offenbar selbst gedichtetes Loblied mit der Melodie von „Sailing". Judith sah Bastian und zog ihn direkt wieder aus dem Raum.

„Lass uns eine Runde gehen."

„So schlimm?“

„Grauenvoll. Gleich wollen sie ein Pärchenquiz veranstalten, da will ich aus der Schusslinie sein.“

Bastian küsste sie. „Kluge Frau.“

Sie verließen den Gasthof und gingen Hand in Hand neben der Landstraße.

„Wer war das?“, fragte Judith.

„Hm?“

„Auf dem Handy.“

„Ach so“, Bastian zögerte, „das war Joe. Mein Freund aus Nordirland.“

„Der Große? Mit der kleinen Frau?“

„Ja, das ist Sheelah. Sie haben auch zwei Söhne. Die müssten schon erwachsen sein.“ Bastian dachte ein wenig nach. „Ist auch schon wieder lange her, dass wir uns gesehen haben. Ihr kennt Euch gar nicht.“

„Von Fotos“, sagte Judith. „Und er schreibt lustige Weihnachtskarten.“

„Ja, stimmt“, sagte Bastian lächelnd.

„Warum hat er angerufen?“

„Nur so. Wir haben ein wenig gemailt, in letzter Zeit.“

Judith sah ihn zweifelnd von der Seite an, sagte aber nichts. Bastian bemerkte es nicht. In Gedanken war er bei seinem Freund in Nordirland. Seinem Freund, der ihn eindringlich warnte. Weil es keine alten Geschichten gab.

22

„In was bist Du da hinein geraten?“, fragte Judith und Bastian fröstelte. Joe hatte ihn dasselbe gefragt und nach allem, was Judith ihm gerade erzählt hatte, glaubte er langsam selbst, dass diese Geschichte mehr von ihm verlangen würde, als endlich mal seine alten journalistischen Eitelkeiten zu befriedigen. In was war er da hinein geraten?

Es war spät am Dienstagabend, eigentlich schon Mittwochmorgen. Judith war nach der Geburtstagsfeier ihres Vaters wieder mit zu Bastian gefahren und bis Montagmorgen geblieben. Danach waren sie eigentlich erst fürs Wochenende wieder verabredet gewesen, aber heute hatte sie in der Agentur angerufen und ihn gebeten, sich unbedingt noch am selben Abend mit ihr zu treffen. Im Büro war es spät geworden, und so war er erst kurz nach neun Uhr bei ihr angekommen.

Judith stand in der Küche, als Bastian hereinkam.

„Hi!“, rief er. „Sorry, ist was später geworden.“

„Macht nichts“, rief sie zurück. „Nudeln mit Krabben und Frischkäsesoße?“

Er ging in die Küche und küsste sie. Judith hatte gerade erst begonnen, die Nudeln zu kochen.

„Gerne. Resteessen?“

„Yep.“ Sie nickte und würzte das Nudelwasser. „Bin gestern und heute nicht zum Einkaufen gekommen. Der Kühlschrank ist fast leer.“

„Du hättest nicht extra kochen müssen“, sagte Bastian. „Mir hätte auch ein Brot gereicht.“

„Ich hatte auch noch nichts“, antwortete sie. „Nichts Richtiges. Habe den ganzen Tag mit Erkan verbracht, erst in seinem Büro, dann im Café am Neumarkt.“

Bastian grinste. „Die Dame hat ja ein feines Leben. Erkan von der Polizei?“

„Erkan von der Polizei“, bestätigte Judith. „Und komm mir nicht mit feines Leben. Ein Großteil der Zeit haben wir über Dich und Deine Detektivspiele gesprochen.“

„Erkan hat den ganzen Tag Zeit?“

„Erkan arbeitet Schicht, mein Freund. Willkommen im wirklichen Leben.“

„Hey!“ Bastian hob beide Arme. „Ich komme auch gerade erst von der Arbeit.“

Judith lachte und gab ihm einen Kuss. „Lass Dich nicht ärgern von der bösen Frau.“

Bastian grinste. „So böse ist die gar nicht. Und? Zu welchem Ergebnis seid Ihr gekommen?“

Judiths Gesichtsausdruck hatte sich verdüstert. „Zu keinem, das mir gefällt. Aber lass uns da gleich in Ruhe drüber reden, ja? Ich habe Hunger."

Nach dem Essen räumte Bastian das Geschirr in die Spülmaschine, während Judith ihre Arbeitstasche holte, eine olivfarbene Kuriertasche aus robustem Stoff. Sie packte ihren Laptop aus, stellte ihn auf den Esstisch, schaltete ihn ein und rief einige Programme auf. Dann holte sie ein paar eng beschriebene Blätter aus der Tasche und legte sie dazu. Notizzettel. Bastian setzte sich neben sie und wartete.

„Erkan hatte ganz offensichtlich Bauchschmerzen mit dem Fall, obwohl es nicht seiner war", sagte Judith, während sie sich im Internet in eine Suchmaschine einloggte, die Bastian nicht kannte, und Suchworte eingab. „Das sei so eine Sache, hat er gesagt, bei der jeder Polizist wisse, dass ein Verbrechen passiert sei, er aber keinerlei Möglichkeit habe, irgendetwas zu beweisen. Er konnte mir natürlich keine Akten überlassen, aber er hat mir ein paar Tipps gegeben ... mit einer Vermisstensuchmaschine ... ah, hier."

Sie drehte den Bildschirm, so dass Bastian die Bilder darauf sehen konnte. Da war das Portrait einer schlanken jungen Frau mit langen, schwarzen Haaren, sie hatte sie zu einem strengen Pferdeschwanz zurückgebunden. Das Gesicht war mit Sommersprossen übersät, das Mädchen lachte fröhlich in die Kamera. Im Hintergrund waren verschwommen grüne Blätter zu erkennen. Daneben, im zweiten Bild, das füllige Gesicht eines jungen Mannes mit Brille, mühsam zu einem Scheitel gebändigte blonde Haare, ein unsicheres Grinsen im Gesicht. Er trug Anzug und Krawatte, der Hintergrund war neutral dunkelrot. Bastian zeigte auf die Frau.

„Lauren Parnell?"

„Ja." Judith nickte. „Und der Junge ist Oliver Bressler, ihr Freund. Beide im Oktober verschwunden, vorletztes Jahr."

„Und?"

„Nichts und", sagte Judith. „Sie sind einfach weg. Das ist ungewöhnlich, sagt Erkan. Es ist zwar absolut nicht ungewöhnlich, dass ein junges Pärchen verschwindet, die beiden sind – oder waren – erwachsen, die können gehen, wohin sie wollen. Aber irgendwann tauchen die Leute normalerweise wieder auf, bestenfalls lebendig und guter Dinge, manchmal pleite und gestrandet oder auf einer Polizeistation, weil sie Mist gebaut haben, manchmal in irgendeinem Krankenhaus, weil sie einen Unfall hatten und ihre Identität nicht festgestellt werden konnte. Und schlimmstenfalls tot, Opfer eines Unglücks oder eines Verbrechens. Aber dass Leute einfach so verschwinden ... das gibt es schon, aber das kommt nicht oft vor."

Und die beiden sind verschwunden?"

„Ja, spurlos, bis heute. Und Erkan sagt, seine Kollegen haben sich ein Bein ausgerissen, um die beiden zu finden, gemeinsam mit den Iren. Aber der Grund, Bastian, aus dem Erkans Kollegen so hinter der Sache her waren, lag nicht darin, dass die Parnell so hübsche Augen hat. Pass mal auf."

Sie rief eine Datenbank für Journalisten auf und gab ein paar Daten ein. Drei weitere Bilder erschienen, eine Frau und zwei Männer, alle im Alter von Lauren Parnell und ihrem Freund.

„Sophie Schwindt, Paul Klaczek, Maximilian Herrling. Chemiestudenten, Kommilitonen und enge Freunde von Parnell und Bressler. Starben gemeinsam bei einem misslungenen Experiment zu Hause – Cyanidvergiftung. Du hast vielleicht davon gelesen. Vorletzten Dezember."

Bastian schluckte und nickte. Er hatte davon gehört. Die Geschichte war einige Tage durch die Kölner Lokalmedien gegangen. Ein paar Studenten der Chemie hatten sich offenbar überschätzt und zu Hause weiter forschen wollen. Billige alte Geräte, und sie hatten angeblich auch nicht sorgfältig genug gearbeitet.

„Und das", sagte Judith und öffnete ein weiteres Bild, „ist Anna-Maria Maier, die Freundin von Paul Klaczek. Ebenfalls Studentin, Lehramt auf Primarstufe in Wuppertal. Starb drei Tage nach ihrem Freund, als sie mit dem Fahrrad unterwegs war, zwischen Remscheid und Wermelskirchen. Jemand hat sie von der Straße gestoßen und zwar mit sehr hohem Tempo. Fahrerflucht."

Bastian sagte nichts.

„Erkan war ziemlich aufgebracht. Es sei sehr wahrscheinlich, sagt er, dass es da einen Zusammenhang gibt, dass Parnell und Bressler nicht einfach verschwunden sind, sondern dass jemand sie weggeschafft hat. Dass die drei in Köln keinem Unfall zum Opfer gefallen sind. Aber nur das Mädchen aus Remscheid ist ganz klar Opfer eines Verbrechens geworden." Judith seufzte wieder. „Sie hat ihrem Bruder wohl gesagt, dass sie Angst habe, aber sie hat nicht gesagt, warum."

„Aber", begann Bastian, „warum hat die Polizei da denn nicht genauer ermittelt? Hat denn die Spurensicherung ... ich meine, haben die nichts gefunden?"

Judith lachte gallig. „Wir sind hier nicht bei CSI:Köln. Natürlich haben die ermittelt, die haben sogar extrem genau ermittelt, davon darfst Du ausgehen. Meinst Du, die lassen sich gerne verarschen? Aber die Ermittlungen haben eben nur ergeben: Zwei Leute sind verschwunden, drei sind bei einem Unfall umgekommen, der vielleicht – aber nur vielleicht – kein Unfall war, und eine Frau ist hinter Remscheid tot gefahren worden. Die identische Hautschuppe an allen drei Tatorten, die den Mörder überführt, gibt es eben meist nur im Fernsehen. Offiziell sind es drei verschiedene Geschehnisse, die zufällig dieselbe Studentenclique betreffen."

„Seltsame Zufälle", meinte Bastian.

„Ja", sagte Judith. „Oder um es mit Erkan zu sagen: Zu viele Zufälle."

„Er glaubt also an einen Zusammenhang?"

„Absolut. Aber ...", sie sah ihn eindringlich an, „die haben den Zusammenhang nicht gefunden, Bastian. Und die sind Profis. Sie haben mit allen gesprochen – zum Beispiel auch mit Carla und von dem Berge – und alles, was dabei herauskam, war, dass Parnell und Bressler in letzter Zeit oft geheimnisvoll taten. Und die vier anderen auch. Aber das taten sie wohl öfter, und worum es diesmal ging, weiß keiner. Die waren ein ziemlich verschworenes Grüppchen, echt enge Freunde. "

„Was ist mit Aufzeichnungen?", wandte Bastian ein, „Computerdateien oder so. Haben sie die ..."

„Ja, haben sie“, sagte Judith traurig. „Das hier ist kein blöder Krimi mit depperten Polizisten, die die Hilfe eines – sei mir nicht böse – cleveren Hobbydetektives brauchen. Es gibt keine Aufzeichnungen. Und die Laptops von Lauren Parnell und ihrem Freund sind mit ihnen verschwunden.“

„Keine Backups, irgendwelche USB-Sticks ...“

„Bastian! Bitte.“

„Okay, okay.“ Er lächelte. „Ich wollte Deinen Kumpel nicht beleidigen.“

„Das hat nichts mit beleidigen zu tun“, sagte sie. „Erkan sagt, sie haben gründlich gearbeitet und ich glaube ihm das. Aber nicht, weil ich ihn mag, sondern, weil ich die Truppe kenne. Fehler werden überall gemacht, klar, aber wenn die sich reinhängen, dann übersehen sie keinen USB-Stick, auf dem das Opfer zufällig die Lösung des Falls gespeichert hat.“

„Ja“, sagte Bastian. „Du hast wahrscheinlich recht.“ Er grübelte eine Weile. „Ich weiß noch nicht genau, wie ich das mit den restlichen Punkten übereinbringen kann, mal sehen ...“

Judith starrte ihn zornig an. „Übereinbringen? Mann! Lauren Parnell ist verschwunden, wahrscheinlich tot. Ihr Freund auch. Ihre vier besten Freunde sind tot. Carla, die sich für Lauren irgendwie interessierte, ist tot. Deutschmann, der sich ebenfalls für sie interessierte, und der wissen wollte, warum Carla sich umgebracht hat, ist tot. Das sind acht Menschen!“

Du vergisst die Toten auf Little Rock, dachte Bastian. Laut sagte er: „Aber mit einer Ausnahme sind es alles keine Verbrechen, oder? Selbstmord, Herzinfarkt, Unfall, Verschwinden. Selbst Dein Freund von der Polizei sieht keinen echten Zusammenhang.“

„Doch, Bastian, er sieht einen Zusammenhang, zumindest bei den Ersten“, sagte Judith eindringlich. „Er kann nur keinen nachweisen. Aber verstehst Du nicht? Wenn es einen Zusammenhang gibt, dann stirbt jeder, jeder, der mit Lauren Parnell zu tun hat oder sich für sie interessiert. Das ist verdammt gefährlich, ich habe Angst. In was bist Du da hinein geraten?“

„Ich weiß nicht“, sagte Bastian, aber zum ersten Mal fühlte er wirkliches Unbehagen. Er würde Linda warnen müssen, dringend.

„Sag doch der Polizei Bescheid, was Du bisher herausgefunden hast. Dann können die da weiter machen“, bat sie.

„Na ja“, meinte Bastian ausweichend. „So viel weiß ich ja noch gar nicht. Wenn ich was Handfestes habe, dann gehe ich zur Polizei.“

„Du willst Deine Geschichte, oder?“, seufzte Judith traurig.

„Darum geht es gar nicht.“

„Doch, klar geht es darum.“ Sie sog zitternd die Luft ein. „Ich würde Dir jetzt zu gerne eine Szene machen, aber mir ist klar, dass ich damit riesengroße Steine aus dem Glashaus werfen würde. Trotzdem …“, Judith atmete wieder durch, „ich weiß, wenn ich mich in Gefahr begebe, wie ich da wieder raus komme. Du stocherst nur im Dunkeln rum. Pass bitte gut auf Dich auf. Sehr gut.“

„Klar“, versprach Bastian, während er in Gedanken versuchte, die neuen Informationen mit den alten in Einklang zu bringen.

Judith kuschelte sich an ihn. „Ich liebe Dich.“

„Ich Dich auch“, sagte er abwesend.

23

Aber nach und nach begriff Bastian, in welcher Lage er sich befand. Vielleicht befand, sagte er sich immer wieder, es konnte sich auch immer noch um eine groteske Reihe von Zufällen handeln. Wie oft er auch von allen möglichen Menschen hörte, dass sie nicht an Zufälle glaubten – es gab sie, und sie regierten den Großteil des Lebens. In jeder Minute trifft jeder Mensch eine ganze Reihe von Entscheidungen, bewusst oder unbewusst, und die meisten davon zufällig. Der Zufall ist mächtig.

Aber wenn es nun keine Zufälle waren? Dann war er in Gefahr und dann war vor allem auch Linda in Gefahr. Er rief sie am Mittwoch vom Büro aus an und erzählte, was Joe und Judith berichtet hatten. Sie sprachen lange, doch das Ergebnis war, dass sie weiter machen würden. Es war Bastian nicht wohl dabei, aber sie waren schon zu weit gegangen, um umzukehren. Mit diesem Wissen einfach wieder zur Tagesordnung überzugehen, das war unmöglich.

Doch Bastian war nicht mehr sehr wohl bei der Sache, und als Marion ihm am nächsten Vormittag einen Anruf von Dr. von dem Berge anmeldete, hatte er zuerst den dringenden Impuls, ihn abzuwimmeln. Aber er nahm ihn an und meldete sich.

„Ja, guten Tag, Herr Mohr." Von dem Berge wirkte unsicher. „Ich wollte wissen ... also, wegen unseres Gesprächs vom Samstag ... ob wir uns wohl noch einmal treffen könnten? Wir beide und Frau Winterhagen?"

„Sicher", sagte Bastian, einigermaßen erstaunt. „Warum denn?"

„Nun ja", von dem Berge wand sich hörbar. „Ich glaube, ich bin am Samstag nicht in allen Punkten ganz ehrlich zu Ihnen gewesen. Und ich dachte ... wissen Sie, Carla war ja nun eine Freundin von Frau Winterhagen, und es schien ihr so nahe zu gehen ... ich habe sehr lange darüber nachgedacht. Ich kann irgendwie schlecht damit leben, nicht hundertprozentig aufrichtig zu sein."

„Das ehrt sie", Bastian rief gleichzeitig seinen Terminkalender auf, „natürlich, wir können gerne nochmal sprechen. Wann wäre es Ihnen denn recht?"

„Hätten Sie heute Nachmittag Zeit? In meinem Labor?"

Im Terminkalender stand ein Kundentermin für den frühen Nachmittag. Bastian rechnete kurz. „Ja, aber nicht vor 17 Uhr. Eher 17 Uhr 30."

„Ja, das passt mir", sagte von dem Berge. „Ich erreiche Frau Winterhagen nicht im Büro ... könnten Sie fragen, ob es ihr auch recht ist?"

„Ja, mache ich", antwortete Bastian. „Wenn Sie nichts mehr von mir hören, bleibt es bei 17 Uhr 30?"

„Sehr gut. Dann bis später, Herr Mohr. Wiederhören."

Bastian rief Linda auf dem Handy an.

„Hallo Süßer", rief sie fröhlich ins Telefon.

Bastian stockte kurz irritiert. „Hallo Süße", sagte er dann.

„Bastian?", fragte Linda, jetzt offenbar ebenfalls verwirrt.

„Ja, Süße", antwortete er, grinsend nun.

„Huch! Sorry, ich dachte, es wäre Micha. Habe nur Eure Büronummer gesehen und nicht auf die letzte Zahl geachtet."

„Oh, keine Ursache, wir können gerne so weitermachen. Schätzchen."

Sie lachte. „Du bist doof. Was ist denn?"

„Bist Du unterwegs?"

„Ich bin gerade im Auto, in Wuppertal. Freisprechanlage, bin auf dem Weg zurück nach Leverkusen. Warum?"

Bastian erzählte von von dem Berges Anruf und seinem Terminvorschlag. Linda schwieg eine Weile.

„Das ist interessant", sagte sie schließlich. „Dann stimmt also, was Du vermutet hast. Er hat gelogen. Und Bruijn wahrscheinlich auch. Nur, dass Bruijn nicht nach ein paar Tagen von seinem Gewissen eingeholt wurde."

„Genau." Bastian nickte aufgeregt, ungeachtet der Tatsache, dass sie ihn nicht sehen konnte. „Ich bin echt gespannt, was der uns erzählen will. Vielleicht kommen wir ein ganzes Stück weiter. Bist Du dabei?"

„Klar bin ich dabei", sagte Linda. „Halb sechs in seinem Labor? Da muss ich ja quasi nur einmal über den Hof gehen."

„Ist das in dem Gebäude Drei?", fragte Bastian.

„Nein, Gebäude Zwei. Das kleine, flache zwischen Drei und unserem Verwaltungstrakt. Bist Du sicher schon oft dran vorbeigelaufen."

Bastian erinnerte sich. „Ja, stimmt. Ich dachte, das wäre ein Materiallager oder sowas."

Sie lachte. „Ja, von außen sieht es nach nichts aus, das soll auch so sein. Es sind drei Labore drin, unsere Spezialforscher eben. Du wirst staunen."

Bastian geriet ins Staunen, als von dem Berge ihn durch die kurzen Flure des Laborgebäudes zu seinem Büro führte. Ihr Gastgeber trug wieder Jeans, diesmal aber ein hellblaues Hemd dazu und darüber einen offenen, weißen Laborkittel. Es war kurz vor halb sechs, er hatte Linda im Verwaltungsgebäude abgeholt, dann waren sie gemeinsam zu „Gebäude Nummer 2" hinübergegangen. Im Inneren des flachen Baus sah es aus wie in einem Science-Fiction-Film aus den 70er-Jahren. Die Wände waren mit weißem Kunststoff verblendet, so dass es keine Ecken und Kanten gab, nur sanfte, weiße Rundungen überall. Die Beschriftungen und Wegweiser an den Wänden waren in großen, schablonenhaften Buchstaben gehalten, je nach Flur und Richtung in orange, grün oder hellblau.

„Da hat aber jemand sehr gerne ‚2001' gesehen", raunte Bastian Linda zu. Von dem Berge hörte es und lachte.

„Das ist noch die original Innenarchitektur aus der Zeit, als das Labor gebaut wurde", wusste er zu berichten. „Die Labore sind natürlich auf dem neuesten Stand und die Technik hinter den Wandverkleidungen ..." Er lachte wieder. „Aber wir mögen es hier gerne nostalgisch. Verschrobene Wissenschaftler, Sie verstehen. Alle paar Jahre gibt es neue Möbel, aber die Firma lässt uns den alten Stil beibehalten. So, da sind wir schon."

Er öffnete eine der weißen Türen, die fast nahtlos in die Wand eingepasst waren. Das Büro dahinter war sehr viel kleiner, als Bastian erwartet hatte. Eine geschlossene Schrankwand, ein Schreibtisch und eine Sitzecke. Durch ein Fenster in der Außenwand, neben dem Schreibtisch, fiel Licht herein und erhellte den Raum. Ein weiteres Fenster befand sich in einer der inneren Wände, neben der Schrankwand. Es war mit einer Jalousie verhängt. Alles war so sauber und aufgeräumt, als wäre dieser Raum lange nicht wirklich genutzt worden. Von dem Berge schien Bastians Gedanken zu erraten: „Ich arbeite nicht oft hier, meistens bin ich an meinem Arbeitsplatz im Labor." Er deutete auf das verhängte Fenster. „Wenn Sie sich setzen möchten, Frau Winterhagen ..."

Er zog einen Sessel der Sitzecke für Linda zurecht, Bastian setzte sich neben sie. Der Wissenschaftler wirkte verlegen, die Rolle des Gastgebers, hier, in seinem Büro, war offenbar ungewohnt für ihn. „Ja, jetzt hab ich ganz vergessen ... die Getränke ..."

Linda lachte. „Ist doch nicht nötig."

Von dem Berge grinste. „Oh doch, das ist nötig. Sie sollen nicht darunter leiden, dass ich normalerweise so autistisch vor mich hin forsche. Was darf es sein, Frau Winterhagen? Kaffee?"

„Gerne“, sagte Linda.

„Wie trinken Sie ihn? Schwarz, oder?“

„Schwarz, ja.“

„Ah ja, wie im Club neulich.“ In der Art, wie er nickte, lag etwas wie Anerkennung. „Und Sie, Herr Mohr? Auch einen Kaffee?“

„Nein, ich hatte heute schon vier“, sagte Bastian wahrheitsgemäß. „Wenn Sie ein Wasser hätten?“

Von dem Berge verzog das Gesicht. „Ist alle, leider. Die Firma kommt ... morgen wieder, oder?“

„Übermorgen“, korrigierte Linda. „Wenn's dieselbe ist wie bei uns.“

„Ja, wird wohl so sein.“ Er sah Bastian bedauernd an. „Wir haben aber Apfelsaft, Cola, Limonade ...“

„Dann nehme ich eine Limo, danke.“

Von dem Berge nickte zufrieden. Bastian hatte erwartet, dass er nach einer Sekretärin oder einer Laborhilfe rufen würde, aber er zog selbst los und holte die Getränke. Es dauerte eine ganze Weile, so dass Linda und Bastian schon begannen, Witze zu machen, dann aber kam er zurück, verteilte die Gläser und Tassen und setzte sich zu ihnen.

„Tut mir leid“, sagte er, „ich erfülle heute jedes blöde Wissenschaftlerklischee, glaube ich. Finde mich in unserer eigenen Küche nicht zurecht.“

Bastian trank einen Schluck und grinste. „Passiert mir bei mir zu Hause auch. Wenn meine Freundin mehr als zwei Tage da war.“

Von dem Berge zwinkerte ihm zu. „Genau, schieben wir es einfach auf die anderen.“ Dann wurde er ernst und sammelte sich einen Moment, bevor er weitersprach.

„Wie gesagt, ich habe Ihnen vorletzten Samstag im Tennisclub nicht die ganze Wahrheit gesagt. Ich dachte, es sei nicht so wichtig, glaube das auch immer noch, aber wissen Sie, meine Liebe“, er sah Linda freundlich an, „ich mochte Carla auch sehr gerne. Andreas auch, was das betrifft, aber Carla war eben Ihre Freundin und ich habe gesehen, wie nahe Ihnen ihr Tod geht. Da schaffe ich es einfach nicht, unaufrichtig zu sein.“

Linda schaute ihn erstaunt an. „Das ist sehr nett. Aber hat das, was Sie ... also, wo Sie, wie Sie sagen, unaufrichtig waren, denn etwas mit Carla zu tun?“

Er schüttelte den Kopf. „Nein, nein. Nur, Sie wollen sich ja ein Gesamtbild machen, nicht wahr?“

Bastian und Linda nickten synchron.

„Sehen Sie? Also, wo fange ich an ...“ Er strich sich kurz über seinen Bart. „Nun, zunächst einmal habe ich ja so getan, als wisse ich nicht, wer Dr. Glaser war, nicht wahr? Natürlich weiß ich das, es ist ja immerhin ein guter Teil seiner Arbeit, auf der ich aufbaue. Aber das werden Sie geahnt haben. Ich war nur im Club ein wenig verwirrt, weil Sie, Herr Mohr, ja die Vermutung geäußert hatten, er könnte das Wissen haben, das man braucht, um Träume zu manipulieren, damit sie so schreckliche Ausmaße annehmen wie bei Carla und Andreas.“

„Aber er kann es ja nicht gewesen sein“, überlegte Bastian. „Er ist ja tot, oder?“ Er beobachtete von dem Berge genau. Der atmete tief durch.

„Ja, das ist die erste Sache, die ich Ihnen beichten wollte. Alles spricht dafür, dass er tot ist, nur ... seine Leiche wurde nie gefunden. Eigentlich gilt er als verschollen.“

Bastian war überrascht von der Offenheit des Wissenschaftlers. Auch Linda schien einigermaßen perplex, aber sie fing sich schneller.

„Was bedeutet das jetzt – verschollen?“

„Nun ja“, er lächelte, „genau weiß ich das wirklich nicht. Was es eben allgemein bedeutet. Er war nach dem Unfall verschwunden. Es spricht wirklich alles dafür, dass er tot ist, vermutlich hat er versucht, ins Wasser zu flüchten. Wenn, dann war er nicht der einzige. Zwei Männer sind ertrunken, eine Frau ist an den Felsen zerschmettert worden, das war wohl ...“, er hustete, „... das war wohl eine raue Nacht damals. Ja.“ Er schaute einen Moment aus dem Fenster, als sammele er seine Gedanken. „Jedenfalls – im Gegensatz zu den anderen ist Glasers Leiche nie gefunden worden.“

Bastian erinnerte sich an etwas, das Joe gesagt hatte. „Aber die anderen waren alle tot? Keine Überlebenden?“

Von dem Berge sah ihn erstaunt an. „Nein. Nicht, dass ich wüsste. Es heißt immer, alle seien tot."

„Es kann also sein", nahm Linda den Faden wieder auf, „sehr theoretisch, aber es kann sein, dass Glaser noch lebt?"

Von dem Berge nickte. „Ja. Aber bitte: Sehr theoretisch. Er müsste dem Feuer entkommen sein und der Explosion, müsste es von der Insel ans Festland geschafft haben und danach in einem fremden Land untergetaucht sein. Bis heute." Er lachte unfroh. „Das ist etwas für Agentenfilme, aber nicht unbedingt das alltägliche Geschäft eines Chemikers. Es spricht alles dafür, dass er wirklich umgekommen ist, damals."

„Ja", sagte Bastian nachdenklich. „Klingt logisch. Und der andere Punkt?"

„Tja", ihr Gastgeber machte eine entschuldigende Geste, „da war ich wohl etwas zu sehr darauf bedacht, die Firma zu schützen. Ich habe dann noch einmal in den Archiven nachgesehen. Die LorenzMed – beziehungsweise damals noch die Chemischen Fabriken – haben schon direkt nach dem Unglück gesagt, dass Glaser auf Little Rock seinen Auftrag weit überschritten hat. Er hat auf eigene Faust gearbeitet, und auch mit sehr unsauberen Mitteln. Das wollte ich Ihnen verschweigen. Das Ganze ist ja auch nie groß an die Öffentlichkeit gekommen, aber intern war man da sehr offen. Deshalb kann ich Ihnen auch reinen Wein einschenken." Er grinste. „Irgendwann finden Sie es vermutlich sowieso heraus."

„Was denn?", fragte Bastian.

„Nun, zum einen hatte er sich wohl sehr, sehr hohe Ziele gesetzt. Unrealistisch hohe Ziele, würde ich sagen."

„Inwiefern?"

„Nun ja – ich habe Ihnen ja gesagt, woran ich forsche, nicht wahr? Schöne Träume, luzide Träume ... Dr. Glaser wollte noch mehr. Er wollte den kollektiven Luzidtraum schaffen. Verstehen Sie, was ich meine?"

Linda und Bastian sahen sich an. „Nein", gab Linda zu.

„Hm, wie erkläre ich das ... Also am besten ganz einfach: Er wollte einen gesteuerten Traum mit festgelegter Stimmung und so weiter, ähnlich wie bei mir – aber für mehrere Personen. Mehrere Personen sollten gleichzeitig denselben Traum träumen und ihn auch beeinflussen können."

„Also wie in ‚Inception'?", fragte Bastian.

Von dem Berge lachte. „Nein, nein, das ist wirklich Science-Fiction. Sehr gut und unterhaltsam, und vielleicht, eines Tages, wenn wir das menschliche Bewusstsein genau erforscht haben, dann mag so etwas möglich sein. Aber Glaser hat nur mit Drogen gearbeitet und wohl auch mit elektrischen Impulsen. Ich arbeite mit Drogen, Hypnose und manchmal mit gezielten äußeren Reizen, bei uns klappen keine Straßenzüge hoch und unsere Träumer stürmen auch keine Bergfestungen." Er lachte wieder.

„Wie muss ich es mir dann vorstellen?", fragte Bastian. Plötzlich fühlte er sich müde, die Arbeit der letzten Tage schien hier, in diesem retro-futuristischen Gebäude und bei diesem surrealen Gespräch, mit einem Mal auf ihn nieder zu sinken. Er gähnte. Linda gähnte ebenfalls, offensichtlich von ihm angesteckt.

Von dem Berge sah die beiden erstaunt an. „Soll ich das Fenster öffnen? Es ist etwas stickig hier."

„Nein", sagte Bastian und lachte. „Ist schon in Ordnung. Ich schlafe in letzter Zeit zu wenig."

„Ich auch", ergänzte Linda und zwinkerte ihm zu.

Von dem Berge sah besorgt aus. „Keine Albträume, hoffe ich?"

„Nein, nein", wiegelte Bastian ab. „Nur viel Arbeit. Wie war das jetzt mit Ihrer Arbeit und ‚Inception'?"

„Also", begann von dem Berge lächelnd, „ich kann Ihnen erklären, was ich erreichen will. Die Methode natürlich nicht und ich muss Sie natürlich um Stillschweigen bitten. Aber das kennen Sie ja, oder?"

„Klar", sagte Bastian. Linda nickte.

„Also, stellen Sie sich vor, Sie haben eine Operation vor sich, vielleicht am Knie oder so. Ich bin ja kein Mediziner. Aber eine Operation, bei der es wichtig ist, dass Sie sehr entspannt sind. Nun, dann würde sich der Anästhesist eine Situation schildern lassen, die Sie als entspannend empfinden. Vielleicht einen Strandspaziergang mit Ihrer Freundin?"

Bastian nickte lächelnd. „Das wäre entspannend, ja."

„Nun, dann würde er sie nach meiner Methode hypnotisieren und Ihnen während der Narkose eine zu diesen Emotionen passende Drogenmischung verabreichen. Vielleicht bekämen Sie noch einen Kopfhörer auf, über den Meeresrauschen eingespielt wird oder etwas in der Art. Und wenn der Traum luzid wäre, könnten Sie auch selbst bestimmen, ob Sie zum Beispiel eher am oder im Wasser gehen, ob Sie sich in ein Strandcafé setzen ... solche Dinge. Wie der Strand aber aussieht, ob es ein Café gibt oder nicht, das kann niemand von außen steuern. Das machen Ihr Vorstellungsvermögen und Ihre Erinnerung. So weit klar?"

„Mir schon", sagte Linda. Bastian nickte. „Mir auch."

„Glasers Ehrgeiz ging, wenn ich das den Unterlagen richtig entnehme, weiter", fuhr von dem Berge fort. „Er wollte, um im Beispiel zu bleiben, dass Sie und Ihre Freundin gemeinsam träumen. Sie lägen also auf zwei Liegen nebeneinander und hätten denselben Traum: Einen Spaziergang am Strand. Sie könnten sogar interagieren, miteinander sprechen, sich berühren. Aber", er grinste, „um gleich alle Science Fiction raus zu nehmen: Es wäre nicht derselbe Strand. Sie sähen Ihren Strand und Ihre Freundin vermutlich einen anderen. Es könnte aber sein, dass, wenn Sie zum Beispiel vorschlagen, sich ins Strandcafé zu setzen, Ihre Freundin das Café erst in diesem Moment sieht. Sie beeinflussen sich gegenseitig."

Bastian schaute skeptisch. „Und das soll funktionieren?"

Von dem Berge zuckte mit den Schultern. „Es hat bei Glaser ganz offensichtlich nicht funktioniert. Aber unmöglich ist es auch nicht. Es kann sein, dass das sogar mehr unserem alltäglichen Erleben entspricht, als wir selbst wissen. Schauen Sie", er klopfte auf die Tischplatte, „dieser Tisch ist weiß, oder?"

Bastian und Linda nickten. „Sicher", sagte Linda.

Von dem Berge lächelte listig. „Nun, wer sagt uns aber, dass wir ihn nicht völlig unterschiedlich wahrnehmen? Vielleicht sehen Sie ihn in einer Farbe, die ich als Rot bezeichnen würde. Da wir aber alle für diese Farbe von Kind an den Begriff Weiß erlernt haben, werden wir nie feststellen können, ob wir wirklich dasselbe sehen. Und das ist nur ein sehr einfaches Beispiel. Wir kommunizieren über Begriffe, ob diese Begriffe aber für uns alle dieselbe Wirklichkeitswahrnehmung bezeichnen, das können wir nicht feststellen. Es ist also gar nicht so abwegig, wenn Herr Mohr und seine Freundin beide träumen, am Strand zu sein, sich über Sand, Meer, Wellen, Café und so weiter einig sind, in Wirklichkeit aber ganz verschiedene Dinge sehen. Und da unsere Erinnerung sich sowieso stets unserer aktuellen Wirklichkeitswahrnehmung anpasst ..." Er lächelte. „Es ist schwer, zu schwer, glaube ich. Aber Glaser hat daran geglaubt. Und es ist nicht völlig utopisch."

„Hm", machte Bastian nachdenklich. „Klingt einleuchtend, wenn auch sehr theoretisch. Aber ich hätte eine andere Frage."

„Nur zu", sagte von dem Berge.

„Nochmal zurück zu Ihrer Forschung. Sie lassen mich also mit Judith – meiner Freundin – am Strand entlangspazieren. Damit ich entspannt bin. Was aber, wenn wir im Traum anfangen zu streiten? Dann ist die Entspannung doch hin."

Der Wissenschaftler lächelte. „Das können Sie ja nicht."

„Warum nicht?"

„Vergessen Sie nicht – Hauptziel meiner Forschung ist, die Emotionen zu steuern. Wenn ich also will, dass Sie glücklich und zufrieden sind, dann sind Sie es. Es geht ja sogar noch weiter. Ich könnte Ihnen suggerieren, dass Sie mit einer ganz anderen Frau spazieren gehen, für diese aber ähnlich empfinden. Empathie, Sympathie, sexuelles Verlangen ... Das wären vielleicht nicht exakt dieselben Gefühle wie für Ihre reale Freundin in der realen Welt, aber die Grundzutaten sind doch im Grunde immer dieselben, auch biochemisch, nicht wahr?"

„Na ja", sagte Bastian unbehaglich. Der Gedanke gefiel ihm nicht wirklich.

Von dem Berge lachte. „Ich weiß, das hört sich gruselig an, aber vergessen Sie nicht – es geht um einen begrenzten Traum in einer begrenzten Zeit. Wir reden hier nicht von Mind-Control. Das ist alles viel harmloser, als es sich anhört."

Er schlug kurz die Augen nieder und Bastian dachte: Das

glaubst Du doch selber nicht. Andererseits verstand er, dass von dem Berge wohl wirklich nur die besten Absichten hatte. Aber er war in dem Dilemma aller Wissenschaftler: Was aus den Ergebnissen seiner Forschung würde, wenn sie erst einmal in der Welt wären, das würde er nicht mehr kontrollieren können. Und Bastian war sicher, dass von dem Berge das wusste.

Der Wissenschaftler schaute jetzt düster. „Und wenn ich schon ganz ehrlich sein will – da ist noch etwas."

„Was denn?", fragte Linda.

„Es sieht so aus ... und bitte, dafür gibt es keine Beweise, aber ich interpretiere einige Dokumente so ... es sieht so aus, als ob in Little Rock an Menschen geforscht worden sei. Das machen wir zwar auch, aber bei uns ist das ganz alltäglich, die Experimente werden beantragt, genehmigt, genau dokumentiert, die Freiwilligen – meist sind das Studenten – werden über alle Risiken aufgeklärt. Doch es sieht so aus, als habe Glaser sich da, vorsichtig gesagt, ein paar Freiheiten genommen."

„Mit welchen Folgen?", wollte Bastian wissen.

„Das weiß ich nicht", antwortete von dem Berge. „Und ich weiß auch nicht, was und wie genau – und ob überhaupt. Aber es sieht so aus. Das scheint ja sowieso ein ziemliches Tollhaus gewesen zu sein, da. Sonst passieren auch solche Unfälle nicht. Tja ...", er schaute wieder aus dem Fenster. „Das war es, was ich Ihnen sagen wollte. Ich hoffe, Sie sind mir nicht böse, dass ich bei unserem letzten Gespräch so viel verheimlicht habe."

„Ich finde es großartig, wie offen Sie jetzt waren", sagte Linda. „Vielen Dank dafür."

„Und außerdem haben Sie schon Recht", ergänzte Bastian. „Das ist zwar als Hintergrund hochinteressant – aber für meine Arbeit an der Würdigung von Herrn Deutschmann wäre es nicht schlimm gewesen, hätte ich es nicht gewusst." Er grinste. „Erzählen kann ich davon ja nichts."

Von dem Berge lachte. „Nein, das sollten Sie besser nicht tun."

Das Gespräch war beendet, Sie standen auf und Bastian und Linda verabschiedeten sich, nicht ohne von dem Berge noch einmal für seine Offenheit zu danken. Als sie wieder vor dem Gebäude standen, schaute Linda ihn an: „Gehen wir noch ein Stück durch den Park?"

Bastian nickte und sie machten sich auf den Weg. Unterwegs zog Linda ihr Handy aus der Tasche, schaute drauf und stutzte.

„Wow. Weißt Du, wie lange wir mit ihm gesprochen haben?"

„Keine Ahnung", sagte Bastian. „Ich trage ja keine Uhr. Stunde?"

„Fast zwei." Sie hielt ihm das Handy hin, Bastian schaute drauf. Es zeigte 19.27 Uhr. Ungläubig zückte er sein eigenes Mobiltelefon. Die Zeit stimmte. *„Time flies, when you're having fun"*, meinte er kopfschüttelnd.

„War aber wirklich interessant, was er erzählt hat, oder?"

„Was meinst Du? Dass ich davon träumen kann, mit einer Wildfremden romantische Strandspaziergänge zu machen, wenn ich nur den richtigen Drogencocktail bekomme? Bisschen creepy, oder?" Bastian runzelte die Stirn.

Linda lachte. „Träume sind Schäume. Oder träumst Du immer nur von Judith?"

„Das nicht", sagte er. „Aber das ist dann irgendwelcher Müll, aus dem mein Unterbewusstsein eine Geschichte strickt. Das hat nicht jemand mit Absicht gemacht."

„Na ja, aber er hat schon Recht – die Zutaten sind dieselben. Aber das meinte ich nicht. Ich dachte eher an das, was er über Glaser gesagt hat. Dass er noch leben könnte."

„Glaubst Du daran?"

Linda überlegte. „Alle Argumente, die von dem Berge gebracht hat, sind einleuchtend. Fliehen, schwimmen, in den Untergrund gehen ... das klingt alles nicht sehr nach einem Forscher und Wissenschaftler. Aber wenn er seine Flucht vorbereitet hat ... Dein Freund sagte doch, es gäbe Leute, die behaupten, es sei kein Unfall gewesen."

„Ja", gab Bastian zu. „Aber solche Leute gibt es immer. Keine Katastrophe ohne Verschwörungstheorie."

„Trotzdem", sagte Linda, „spinnen wir das mal weiter. Wenn ich, sagen wir mal, Druck bekomme. Von meiner Firma, weil ich seltsame Forschungen betreibe. Oder von den örtlichen Behörden. Oder ... ich meine, damals war da doch Bürgerkrieg. Wenn ich aus Versehen an der falschen Person verbotene Versuche mache ... also, wenn ich plötzlich von der Bildfläche verschwinden muss. Dann ist so ein Unfall doch die ideale Tarnung, oder?"

„Ja", sagte Bastian, und ihn fröstelte wieder. „Beunruhigender Gedanke."

Linda blieb stehen. „Das sagen wir in letzter Zeit ziemlich oft, oder? Langsam bekomme ich echt Angst."

Bastian nickte und schaute sie an. „Ich auch."

Linda rückte unwillkürlich ein wenig näher an ihn, Bastian legte den Arm um ihre Schulter.

„Was sollen wir tun?", fragte er.

„Ich weiß auch nicht", sagte Linda. „Ich würde jetzt gerne zur Polizei gehen, aber womit denn?"

„Vielleicht sollten wir uns weniger auf die Träume konzentrieren", überlegte Bastian, „sondern mehr auf die Frage, ob Glaser noch lebt. Wenn wir dafür richtige Anhaltspunkte hätten, dann wäre das für die Polizei auf jeden Fall interessant. Und dann müssten wir nicht Geschichten erzählen, von Morden via Traum, die sowieso keiner glaubt. Aber wenn wir einen Mann finden, der vor Jahren Menschenversuche gemacht hat und womöglich Leute umgebracht hat, damals, auf Little Rock, und der für tot gilt – dann müssen wir uns über Carlas und Deutschmanns Tod gar keine Gedanken mehr machen. Dann wird die Geschichte quasi nebenbei mit gelöst."

„Wenn es Glaser war", gab Linda zu bedenken.

„Im Moment sieht es danach aus, oder?"

„Ich weiß nicht", sagte sie nachdenklich. „Bisher hat nur von dem Berge gesagt, dass er möglicherweise noch lebt."

„Joe hat die Möglichkeit ebenfalls angedeutet. Und Bruijn glaubt es auch, darauf verwette ich einen Arm. Nur, dass er uns nicht im Nachhinein noch aufgeklärt hat, wie unser Freund aus Gebäude Zwei."

„Aber wenn das stimmt", sagte Linda leise, „dann sind wir hinter einem echten Menschen her. Einem verdammt gefährlichen Menschen. Und wir wissen nicht einmal, wie er aussieht."

„Ja“, gab Bastian zu, „aber wir haben auch einen Vorteil: Er weiß nicht, dass wir ihm auf der Spur sind. Wenn es ihn denn wirklich noch gibt.“

„Das haben Carla und Deutschmann vermutlich auch gedacht.“

„Also müssen wir umso vorsichtiger sein“, sagte Bastian. „Wenn das, was wir annehmen, stimmt, dann war Carla vermutlich irgendwo zu unvorsichtig. Dadurch ist er auf sie aufmerksam geworden – und dann auf Deutschmann. Wer weiß davon?“

Linda überlegte. „Nur Michael und Judith wissen in etwa, was wir wirklich vorhaben. Dein Freund Joe ist teilweise eingeweiht, ebenso dieser Erkan von der Polizei. Bruijn, Carlas Bruder, Frau Deutschmann, von dem Berge ... na ja, was die wissen, weiß theoretisch unser ganzes Unternehmen und Eure ganze Agentur – dass Du über Deutschmann recherchierst und dass ich Dir helfe.“

„Wir sollten es dabei belassen“, meinte Bastian. „Wir sollten auch Judith und Michael nicht mehr erzählen, als sie bisher wissen. Ich will sie nicht in Gefahr bringen.“

Linda nickte unglücklich. „Und noch etwas. Wir sollten uns beeilen. Wenn Glaser wirklich noch lebt, sollten wir ihn schnell finden. Bevor er merkt, dass wir ihn suchen.“

24

Als Bastian seine Wohnung betrat, brummte ihm immer noch der Schädel. Er war vom ChemPark aus wie in Trance nach Hause gefahren, von dem Berges Erklärungen mischten sich in seinem Kopf mit Lindas sorgenvollen Worten, Judiths und Joes Warnungen kamen hinzu, und sein Unterbewusstsein, das gerne mal seinen Alltag mit eigenen Bildern illustrierte, zeigte ihm immer wieder ein gewaltiges, verwittertes Haus unter einem bleigrauen Himmel. Ohne es zu merken nahm Bastian nicht den üblichen Weg nach Hause, der über die Stadtautobahn und die Kölner Straße am Opladener Marktplatz vorbei führte, sondern fand sich stattdessen auf der Opladener Stadtumgehung in Richtung Quettingen wieder.

Er fragte sich kurz, was zum Teufel er hier mache, dann fiel es ihm ein. Sein Unterbewusstsein hatte ihm nicht nur gruselige Häuser gezeigt, sondern auch praktische Intelligenz bewiesen: Bastian musste dringend seinen Wocheneinkauf erledigen, er hatte es gestern und vorgestern vergessen, ebenso wie in der Mittagspause. Nun befand er sich auf dem Weg zum Edeka-Markt in Quettingen – einem der wenigen Geschäfte, die auch nach 20 Uhr noch geöffnet waren. Inzwischen war es ganz dunkel und ein penetranter Nieselregen hatte eingesetzt.

Der vordere Teil des Parkplatzes war wie immer voll besetzt, also musste er auf dem Brachland neben dem Supermarkt parken. Als er das Geschäft betrat, hatte der dichte Niesel ihn durchnässt, seine Schuhe waren verschlammt. Bastian merkte es kaum, ging wie mechanisch durch den Laden. Sein Wocheneinkauf war eine Routineangelegenheit, seit Jahren, und er erledigte ihn immer in einem von drei Geschäften. Der Edeka gehörte dazu, er kannte die Wege und die Regale, kalkulierte automatisch Judiths Besuche ein und versorgte sich, ohne es zu merken, mit einem Überfluss an Kaffee und Schokolade, weil die ihm, aufgeweicht wie er gerade war, besonders verlockend vorkamen. Einmal stolperte Bastian und hatte das Gefühl, der Boden bewege sich unter ihm.

‚Ich muss nach Hause', dachte er. Schwindel, wie lange hatte er denn daran schon nicht mehr gelitten? Hoffentlich war da nichts im Anflug, krank zu werden war jetzt das Letzte, das er sich leisten konnte. Wie eigentlich immer.

Zu Hause angekommen stellte er die Taschen mit den Einkäufen in die Küche. Er zog sich um, ging ins Wohnzimmer und setzte sich erst einmal aufs Sofa. Der Schwindel war fort und auch sein Kopf wurde langsam klarer.

„Ich brauche echt mal Urlaub", sagte er laut. Eigentlich war ihm nur danach, die Taschen auszuräumen, sich ein Abendessen zu machen und danach vor dem Fernseher abzuschalten. Donnerstag. Was lief denn donnerstags? Irgendein CSI, BAU, NCIS, SVU oder Ähnliches würde sich schon seiner annehmen. Aber vor dem Vergnügen stand die Arbeit. Er musste zwei Telefonate erledigen, und je eher, desto besser.

Zuerst rief er Heike Deutschmann an. Sie war zu Hause, er entschuldigte sich für die späte Störung, aber sie war nicht ungehalten. Im Gegenteil, offenbar hatte sie seinen Besuch in angenehmer Erinnerung. Bastian berichtete kurz von seinen Fortschritten bei der Arbeit am Denkmal ihres Mannes, erfragte noch ein paar private Details und kam dann zum eigentlichen Grund seines Anrufs.

„Frau Deutschmann, hat Ihr Mann je den Namen Glaser erwähnt? Dr. Alfred Glaser?"

Sie überlegte einen Moment. „Nein", sagte sie schließlich. „Nein, nicht, dass ich wüsste. Wer ist denn das?"

„Ein ehemaliger Laborleiter bei LorenzMed. Noch aus der Zeit der Chemischen Fabriken, lange bevor Ihr Mann dort anfing. Er hat ihn in ein paar Dokumenten erwähnt, deshalb dachte ich, er sei vielleicht wichtig."

„Ich kann mich nicht daran erinnern", sagte sie. „Aber wissen Sie was? Ich frage mal meine Tochter. Mein Mann hat oft mit ihr über die Firma gesprochen." Bastian hörte, dass sie lächelte. „Mit mir natürlich auch, aber er hat gewusst, dass Vanessa sich mehr dafür interessiert hat."

Sie machten noch ein paar Minuten Smalltalk, dann verabschiedeten sie sich und Bastian wählte die nächste Nummer an.

„Bastian", sagte Joe.

„Was kann ich für Dich tun?", fuhr er auf Deutsch fort.

„Hi. Ich hätte zwei Namen für Dich. Würdest Du Dich ein wenig erkundigen?"

„Ein wenig erkundigen", murmelte Joe und lachte leise, aber es klang nicht fröhlich. „Immer noch dieses Little-Rock-Ding?"

„Ja."

Joe schwieg eine Weile. „Ich würde viel für Dich tun, Bastian", sagte er schließlich.

„Du musst nicht ...", begann Bastian, aber sein Freund unterbrach ihn.

„Ich weiß, dass ich das nicht muss. Aber ich freue mich über jeden ... über jede Hilfe, die ich Dir geben kann. Und einige Anrufe und ein oder zwei Ausflüge an die Küste machen wirklich nichts aus. Aber ich sorge mich um Dich. Hast Du wirklich verstanden, wie gefährlich das sein kann, was Du da tust?"

„Ich denke schon", sagte Bastian. „Ich glaube, inzwischen ist mir das wirklich klar. Und deshalb ist es wichtig, dass ich schnell bin, damit ich der Polizei etwas geben kann und selbst aus der Nummer raus komme."

„Polizei?", fragte Joe.

„Denen gebe ich nur die Fakten, wenn ich welche habe, keine Sorge. Ich bin Journalist, ich muss meine Quellen nicht aufdecken."

„Okay", sagte der Ire gedehnt, „dann sag mir mal Deine Namen."

„Der eine ist Alfred Glaser. Dr. Alfred Glaser, er war ..."

„ ...der Chef von diesem Labor, ja, das weiß ich schon."

„Ach", sagte Bastian einigermaßen verblüfft. „Gut, ähm ... ja, Du sagtest ja, dass es Gerüchte gibt, nach denen nicht alle umgekommen sind, bei dem Unfall. Ich habe nun den Verdacht, dass Glaser überlebt hat und eventuell heute noch lebt. Könntest Du dem nachgehen?"

„Sehr gerne", sagte Joe grimmig. „Wenn er noch lebt, dann kenne ich inzwischen auch ein oder zwei Leute, die gerne einmal mit ihm reden würden. Würdest Du mir einen Gefallen tun? Wenn Du ihn findest?"

„Klar", sagte Bastian. „Welchen?"

„Sag es zuerst mir. Es interessiert mich. Nimm diese eine Mailadresse."

„Du meinst, die alte, die ...", begann Bastian.

„Genau die", unterbrach ihn Joe. „Und der andere Name?"

„Lauren Parnell."

„Wer ist sie?"

„Eher: Wer war sie", sagte Bastian. „Wahrscheinlich lebt sie nicht mehr. Sie war Irin, hat in Köln studiert, Chemie. Vor etwa zwei Jahren ist sie verschwunden, ebenso wie ihr Freund, ein Deutscher, Oliver Bressler. Da war sie 25 Jahre alt. Sie hat ein Praktikum bei LorenzMed gemacht, kurz danach verschwand sie. Und ihre vier besten Freunde sind ebenfalls tot, drei bei einem Chemieunfall, eine bei einem Verkehrsunfall mit Fahrerflucht."

Joe sog zischend die Luft ein. „Scheiße, Bastian, das klingt schlecht. Das klingt sehr schlecht."

„Das ist mir klar", sagte Bastian säuerlich. „Ich weiß auch, wonach das aussieht. Deshalb muss ich dringend mehr über Lauren Parnell wissen. Wer war sie? Hat sie irgendjemandem etwas erzählt? Oder ist sie vielleicht gar nicht tot, sondern nur abgetaucht?"

„Für zwei Jahre untertauchen?" Joe klang skeptisch.

„Das geht doch", meinte Bastian.

Joe lachte hart. „Natürlich geht das. Aber Du sprichst von einer normalen Studentin. Wo war sie denn her? Aus dem Süden oder von hier?"

„Ich glaube aus dem Süden", sagte Bastian. „Weiß ich aber nicht genau."

„Eine verschwundene Studentin aus dem Süden", murmelte Joe und Bastian hatte vor Augen, wie er den Kopf schüttelte. „Hatte sie Verbindungen zu Little Rock?"

„Weiß ich auch nicht", sagte Bastian. „Kann aber sein."

„Du weißt ja nicht viel", meinte Joe nicht unfreundlich.

Bastian grinste. „Ich weiß, wen ich fragen muss."

Joe lachte. „Wir werden sehen."

„Danke", sagte Bastian. „Mal was anderes: Wie alt sind Deine Jungs jetzt eigentlich?"

25

Als Bastian erwachte, wusste er nicht, wo er war. Er hatte mit Frau Deutschmann und mit Joe telefoniert, dann war er in die Küche gegangen und hatte seinen Wocheneinkauf in die Schränke und den Kühlschrank sortiert. Dann hatte er sich aufs Sofa gesetzt, den Fernseher eingeschaltet – und war fast augenblicklich eingeschlafen. Seine Augen waren noch geschlossen, er lag immer noch auf seinem Sofa. Er fühlte den rauen Stoff, beruhigend unter seinen Händen und seiner Wange. Das Sofa im Wohnzimmer. Was auch sonst. Bastian schlug die Augen auf.

Unerwartete Helligkeit stach ihn, aber das war nur für einen Moment. Es war nicht wirklich hell, eher dämmerig – aber er hatte die Dunkelheit seines nächtlichen Wohnzimmers erwartet. War die Nacht schon vorbei? Hatte er so lange geschlafen?

Immer noch müde stand Bastian auf und ging zur Terrassentür. Irgendwas stimmte dabei nicht. Er hatte nämlich gar keine Terrasse. Er wohnte ja auch nicht zu ebener Erde. Dennoch – da war eine gläserne Tür, wo sonst sein großes Wohnzimmerfenster war. Verwirrt drehte Bastian sich um und sah in den Raum. Ja, das war ohne Zweifel sein Wohnzimmer, das Sofa, die Säulen, dort die Treppe nach oben und darüber die Galerie – alles, wie es sich gehörte. Er drehte sich wieder um. Und dort war diese Terrassentür, die da absolut nichts zu suchen hatte.

Der Boden bebte.

Bastian pendelte die Bewegung aus. Immer noch schwindelig, dachte er wirr. Dann trat er durch die unwirkliche Tür.

Er stand auf einer Terrasse vor einem Garten, Wiese mit altem Baumbestand, links ein niedriges Holzgebäude, eine Sauna. Und überall auf der Terrasse und auf der Wiese lagen Decken über verstörend vertrauten Silhouetten, denn darunter ... Nun, er konnte ahnen, was unter den Decken war, oder?

Der Boden bebte.

Ein starker Wind kam auf, raschelte in den Bäumen, Bastian fröstelte. Er sah zum Himmel, und der war so grau und wild und dunkel, dass von Rechts wegen ein gewaltiger Regen hätte niedergehen müssen, begleitet von Donner und Blitzen. Doch nichts donnerte und kein Tropfen fiel, nur der Wind blies stetig und immer stärker, die Bäume neigten sich.

Und der Boden bebte.

Diesmal konnte er es sehen. Etwas wölbte die Wiese im Garten auf wie einen Teppich, wohl einen halben Meter hoch und fast auf der ganzen Länge von der Terrasse bis zur Sauna. Da schrie Bastian zum ersten Mal.

Er wollte in sein Wohnzimmer zurück, aber ein Instinkt ließ ihn in die andere Richtung fliehen, durch den Garten hindurch und an einem Schuppen vorbei. Daraus klang Gemurmel, und der

Schuppen schüttelte sich, als sei er lebendig. Bastian floh weiter, einen schmalen Weg zwischen den Bäumen hindurch. Hinter ihm, im Garten, brach etwas aus dem Boden, aber er drehte sich nicht hin, um zu sehen, was es war. Er rannte weiter und erwartete irgendwie, an ein Ufer zu gelangen, an einen See oder eine Meeresbucht, stattdessen stand er auf einem sandigen Streifen, der vielleicht einmal ein Ufer gewesen war. Nun aber befand sich jenseits davon – das Haus. Das gewaltige, verwitterte Gebäude mit dem quadratischen Grundriss, das er zuvor gesehen hatte (Wann? Wo?). Es stand dort, gewaltig, überragte die Bäume und es sah aus, als sei es nicht gebaut worden, sondern gewachsen wie sie.

Der Boden bebte.Und aus dem Boden brach etwas, dass Bastian fast den Verstand raubte. Es waren Würmer oder eher Maden, riesige Maden, deren Körper aus weißen, feucht schimmernden Segmenten bestanden. Ihre Köpfe waren glänzende, schwarze Ellipsen, augenlos, aber mit gewaltigen Kieferzangen, die auf und zu schnappten, während die unbegreiflichen Wesen ihre Köpfe blind suchend hin und her warfen. Hinter Bastian erklang Gesang, er drehte sich um – und die Blumen, die am Rande der Bäume wuchsen, hatten Münder, und sie sangen hoch und durchdringend.

Ich werde wahnsinnig, dachte Bastian völlig klar, während er schreiend und kreischend auf das Haus zu rannte, weg von den Würmern (Nein, es sind Larven, und was wird aus ihnen werden, was wird aus ihnen werden?) und den singenden Blumen. Das KANN nicht real sein, auf gar keinen Fall, das DARF nicht real sein. „Sie wühlen an den Wurzeln, wusstest Du das?“

Die Stimme kam Bastian bekannt vor, er hatte sie schon einmal gehört. Er hatte das Haus schon fast erreicht, als sie zu ihm sprach. Hinter ihm sangen die Blumen, er hörte die Kieferzangen der Maden klicken und knirschen, laut! Aber ganz am Rande seines Sichtfeldes sah er etwas anderes. Eine große dunkle Gestalt, wie ein Schatten, nur aus den Augenwinkeln zu sehen. Bastian versuchte, sie anzusehen, aber ebenso schnell wie er sich umwandte, entzog sich der Schatten seinem Blick.

„Nein, nein“, sagte er. „Ich bin unsichtbar. Aber hier ist jemand für Dich.“

In der Wand des Hauses befand sich eine kleine Tür. Sie sah nicht aus wie eine Tür, die er dort erwartet hätte, eher wie eine Zimmertür in einer billigen Wohnung, weiß und schmucklos mit einer stumpfgrauen Metallklinke. Die Tür öffnete sich und jemand kam aus dem Haus.

Es war Linda. Und sie war nackt. Bastian schluckte. Er hatte sie schon ein paarmal im Badeanzug gesehen, sie hatte eine gute Figur, schlank, aber nicht dünn, kleine Brüste und einen fast völlig flachen Bauch, breite Hüften und ihre Beine ... die Beine hatten ihm immer am besten gefallen. Nun sah er, dass die Höfe um ihre Brustwarzen groß waren und hellrot, dass da zwei Muttermale neben ihrem Bauchnabel waren, ein großes und ein kleines, direkt übereinander, wie das Bild eines kleinen Planeten und seines noch kleineren Mondes. Ihr Schamhaar war zu einem Streifen gestutzt und dunkel, wie ihre Augenbrauen. Eine Woge aus Begierde überschwemmte Bastian, er wollte sie. Jetzt. Und egal, was daraus folgen würde. Irgendwo sangen die Blumen und die Maden knirschten mit den Kiefern.

Und der Boden bebte.

„Hübsch“, sagte der Schatten.

Linda sah ihn an und lächelte. „Bis bald, Liebster“, sagte sie.

„Nein“, keuchte Bastian mit einem letzten Rest von Selbstbeherrschung. „Nein.“

Und Linda kreischte.

Mit einem Mal stand sie ihn Flammen, brannte, wie kein Mensch brennen kann, das rasende Feuer fraß ihr Haar und ihre Haut und das Fleisch darunter begann zu kochen und zu verkohlen und Bastian fühlte die Hitze, roch den Brand, schrie mit ihr gemeinsam, und sie sah ihn an, verzweifelt und gequält, und er wusste, dass sie es spürte, jede einzelne Flamme, jede Faser ihres Körpers, die das Feuer verzehrte, und er wusste, dass es seine Schuld war, er verstand nur nicht, warum, und sie weinte und schrie und der Boden bebte und die Blumen sangen und die Kiefer der Maden knackten und der Schatten lachte und Bastian brüllte, brüllte sein Entsetzen heraus und ...

... erwachte.

26

Eineinhalb Stunden später saß Bastian im Wohnzimmer – nicht auf dem Sofa, sondern in einem der Sessel – und sah fern. Er hatte aus seiner DVD-Sammlung das Ungruseligste herausgesucht, das er sich vorstellen konnte: ‚American Pie'. Jetzt ging der Film auf die Zielgeraden, Heather hob gerade an, Jim diese eine Episode aus dem Ferienlager zu erzählen, mit der er absolut nicht rechnete, Bastian war von Tee auf Whisky umgestiegen, nippte an seinem Laphroaig und fühlte sich kein bisschen ruhiger. Wann immer ihm der Gesang oder dieses Kiefergeräusch in den Sinn kamen, begann er zu zittern, als wäre die Zimmertemperatur schlagartig auf Null gesunken. Es war kurz nach vier Uhr morgens, und Bastian, der sich sonst nur äußerst schwer an den Traum von vor zwei Minuten erinnern konnte, hatte nichts vergessen. Kein Detail.

Er war in seinem Bett aufgewacht, nicht auf dem Sofa, zitternd und mit einem Schrei in der Kehle, den er gerade noch schlucken konnte. Einige Minuten hatte er nur dagesessen, mit weit aufgerissenen Augen, keuchend, und darauf gewartet, dass die Vision der verbrennenden Linda verschwinden würde. Sie verblasste, aber sehr, sehr langsam, das Bild hatte sich buchstäblich in sein Gehirn gebrannt. Als er seinen zitternden Beinen wieder zugetraut hatte, ihn nach unten zu tragen, war er aufgestanden und nach unten in die Küche gegangen. Das hatte so weit auch ganz gut funktioniert, abgesehen von dem Moment auf der Treppe, als seine weichen Knie ihm einen Streich spielen wollten und er fast hinuntergefallen wäre. Es hatte sich angefühlt, als bebe der Boden.

Während er sich einen Tee kochte und dabei bemüht war, die Blumen, die Judith neulich auf seinen Küchentisch gestellt hatte, nicht anzusehen, kam ihm die Idee mit dem Film. Das war gut, das würde helfen. Humor auf dem Niveau von Steve Stiffler war ein 1a-Mittel gegen jede Art von Angst. Vor allem war der Film schön laut und hell, das betäubte die eigenen Gedanken, die sadistischerweise immer wieder zurück wollten zu dem Garten und dem Haus und dem Gesang und dem Knirschen und Linda, Linda, die brannte und weinte und schrie und ... der Film betäubte leidlich. Aber nicht komplett. Bastian war fürchterlich erschöpft, aber an Schlaf war gar nicht zu denken. Und er fühlte sich so einsam wie noch nie. Wenn doch nur Judith hier wäre. Aber sie war nicht da, sie lag, hoffentlich, friedlich schlummernd in ihrer Wohnung in Köln. Also sah er sich den Film an, und an den besten Stellen konnte er sogar lachen. Und langsam begann er zu verstehen, dass er wartete. Ihm war nur nicht ganz klar, worauf. Das wusste er erst, als sein Handy ertönte.

„Hallo Linda."

„Hi Bastian." Sie sprach zitternd, kurzatmig. „Tut mir leid, wenn ich Dich wecke."

„Du hast mich nicht geweckt", sagte er, während auf dem Bildschirm Paul „Shitbreak" Finch den Reizen von Stifflers Mum erlag.

„Oh. Gut." Linda atmete unsicher durch und sprach leise weiter. „Ich ... ich ... habe gerade den grässlichsten Albtraum meines Lebens gehabt."

Bastian schluckte. „Willkommen im Club", sagte er und hörte irgendwo, weit entfernt, die Blumen singen.

„Du auch?", fragte sie nach einer langen Pause.

„Ja."

„Oh nein", hauchte Linda. „Warum ... ich meine ... was hast Du denn geträumt?"

„Das willst Du nicht wissen", sagte Bastian.

„Hast Du ... entschuldige die Frage, das hört sich vielleicht blöd an, aber – hast Du von mir geträumt?"

Er zögerte.

„Also ja."

„Ja."

Er hörte, dass sie wieder tief durchatmete, zitternd. „Ich auch von Dir."

„Nichts Schönes, vermute ich", sagte Bastian und wunderte sich, dass er jetzt sarkastisch sein konnte. Andererseits – dieses Talent hatte ihn noch nie verlassen.

„Nein", bestätigte Linda. „Nichts Schönes."

Sie schwiegen beide.
„Und jetzt?", fragte Bastian nach einer langen Weile.
Linda lachte unfroh. „Keine Ahnung. Ich bin in der ganz beschissenen Situation, Bastian, dass Micha, mein Mann, zwei Zimmer weiter schläft und ein bisschen schnarcht, wie immer, so ... so friedlich, während ich hier sitze, in mein Handy flüstere und mir wünsche, bei Dir zu sein. Versteh das nicht falsch. Aber ich habe das Gefühl, mein Leben kippt gerade und der einzige, der mich verstehen kann, bist Du. Was haben wir da gemacht? Geht das jetzt bei uns auch los?"
„Lass uns keine voreiligen Schlüsse ziehen", entgegnete Bastian unbehaglich. „Wir haben beide einen Albtraum gehabt. Nachdem wir einen Vortrag über Träume und Traummanipulation gehört haben ... unter anderen Umständen würde jeder das für ganz normal halten."
„Glaubst Du wirklich daran?"
„Ein bisschen", sagte Bastian zögernd. „Ich versuche, mir klar zu machen, dass es immer noch eine rationale Erklärung gibt, sogar eine große Wahrscheinlichkeit, dass ... dass es nicht so ist wie bei Carla und Deutschmann."
Linda seufzte schwer. „Wenn Du wüsstest, was ich geträumt habe ..."
„Ich kann es mir vorstellen", sagte Bastian. „Zumindest die Art."
„Ja", sagte sie. Dann, nach einer Pause. „Wir sehen uns morgen nicht, oder?"
„Nein. Es sei denn, Du kommst ins Büro. Aber wenn Du möchtest – wenn Du darüber reden willst – die Zeit kann ich mir nehmen."
„Nein, besser nicht." Sie lachte wieder ohne Humor. „Da gibt es einige Dinge, die wir Micha nicht unbedingt erklären müssen."
„Warum weckst Du ihn nicht einfach. Ich meine – wenn Judith schlecht geträumt hat, und wir zusammen sind, dann weckt sie mich auch. Er kann Dich trösten."
„Normal schon", sagte sie traurig. „Aber Träume sind im Moment nicht so ein gutes Thema."
„Ich verstehe."

„Kannst Du noch schlafen?“, fragte Linda.

„Ich werd’s versuchen. Ich bin vor anderthalb Stunden oder so aufgewacht. Hab mir ’nen Film angesehen, um runter zu kommen.“

„Welchen denn?“

„‚American Pie‘. Erster Teil.“

Diesmal war Lindas Lachen echt. „Gute Wahl. Für sowas.“

Bastian lächelte. „Wir werden sehen. Ich gehe jetzt wieder ins Bett.“ Der Gedanke daran behagte ihm überhaupt nicht.

Auch Linda musste sich hörbar zusammenreißen. „Ja. Ich denke, das mache ich auch. Ich bin ja wenigstens nicht alleine. Geht das denn ... für Dich, meine ich. Judith ist nicht da, oder?“

„Nein, sie ist in Köln“, sagte Bastian. „Muss wohl so gehen. Notfalls habe ich auch noch den zweiten Teil da. Vielleicht schlafe ich dann im Sessel ein.“

„Okay. Dann gute Nacht. Schlaf gut.“

„Du auch.“

Sie trennten sich. Der Film war inzwischen auch zu Ende. Bastian nahm die Fernbedienung und zappte ziellos durch die Programme, bis die Erschöpfung und der Whisky das ihre taten und er einschlief. Im Sessel, wie er gesagt hatte. Den Mut, zurück ins Bett zu gehen, fand er in dieser Nacht nicht.

27

Den folgenden Vormittag nahm Bastian nur durch einen Nebel wahr. Er hatte den vagen Eindruck, dass ihm die Kolleginnen und Kollegen besorgte Blicke zuwarfen, und die Tatsache, dass Marion ihm Kaffee ins Büro brachte, war auch mehr als ungewöhnlich, aber er murmelte nur einen Dank und tat dann weiter so, als schreibe er. Wirklich im Stande war er dazu nicht. Er hatte zweimal angesetzt, einmal mit einem Text zur Abfallwirtschaft, einmal mit einem zu Schäden bei falscher Verklebung von Parkett, beide Versuche waren schon nach zwei Absätzen im Desaster geendet. Dann hatte er angefangen zu einem dritten Thema zu recherchieren. Das ging besser. Er brauchte zwar drei Anläufe, um auch nur den simpelsten Einstiegstext in der Wikipedia zu verstehen, aber immerhin verstand er ihn. Zumindest hatte er den Eindruck.

Währenddessen ging ihm die letzte Nacht nicht aus dem Kopf, die Traumbilder und das Telefonat mit Linda und der Film und die Geräusche aus dem Traum. Er war schon nach Nächten mit weniger Schlaf im Büro gewesen, er pflegte sich zuweilen so krank in die Agentur zu schleppen, dass Marion Michael befahl, ihn wieder nach Hause zu schicken, aber so fertig und zerschlagen wie heute hatte er sich noch nie gefühlt. Gegen Mittag kam Michael in sein Büro und betrachtete ihn eine Weile, als wäre er im Zoo. Bastian merkte es verspätet und sah seinen Freund aus trüben Augen an. Michaels Gesichtsausdruck war eine komische Mischung aus echter Besorgnis und etwas, das aussah wie Misstrauen.

„Gehen wir was essen?“, fragte er.

Bastian hatte keinen Hunger. Im Grunde fühlte er sich so abgekoppelt von seinem Körper, dass er es wahrscheinlich nicht einmal gemerkt hätte, wenn jemand seine Füße angezündet hätte. Apropos angezündet ... er schob den Gedanken gewaltsam beiseite. Essen war bestimmt keine schlechte Idee. Außerdem hatte er das vage Gefühl, dass die Frage nicht wirklich eine Frage gewesen war.

„Klar“, sagte er daher. „Essen klingt gut. Wo gehen wir hin?“

„Beraterpommes?“, schlug Michael vor.

Sushi also. Sushi klang gut. Kleine Häppchen, und vorher vielleicht eine heiße Miso-Suppe. Bastian stand auf und griff nach seiner Brieftasche, die er auf dem Schreibtisch abgelegt hatte.

„Die brauchst Du nicht, ich lade Dich ein“, sagte Michael. Und dann, mit einem fast schmerzhaften Ausdruck in der Stimme: „Aber Bastian, tust Du mir einen Gefallen?“

Bastian sah ihn erstaunt an. „Welchen?“

„Steck Dir bitte das Hemd in die Hose, ja? Da, an der Seite. Und wasch Dir mal eben durchs Gesicht.“ Er schüttelte den Kopf. „Mann, Du siehst total beschissen aus.“

„Frag mal, wie ich mich fühle“, murmelte Bastian, nahm sein

Jackett, steckte sein Handy ein und trollte sich in Richtung Toilette. Sie gingen schweigend durch den Mediapark. Der Himmel war grau, aber nicht regnerisch, ein kalter Herbstwind wehte. Normalerweise war das ein Wetter, das Bastian liebte. Heute nicht. Sie überquerten die Maybachstraße, betraten das Sushi-Restaurant und setzten sich an einen der Tische am Fenster. Während Bastian sich von seiner Miso-Suppe ein wenig beleben ließ, stocherte Michael in seinen gemischten Sashimi herum. Die Stille zwischen den Freunden war unangenehm – zum ersten Mal überhaupt, seit sie sich kannten.

„Harte Nacht gehabt?", erkundigte sich Michael schließlich und warf Bastian einen lauernden Blick zu. Bastian nickte.

„Ich habe mies geschlafen. Hatte 'nen Albtraum – Albtraum deluxe – und bin danach nicht mehr richtig zum Schlafen gekommen. Ich krieg die Bilder nicht aus dem Kopf."

„War das bevor oder nachdem Linda Dich angerufen hat?", fragte Michael.

Bastian war so überrumpelt, dass er einfach sagte: „Vorher." Michael seufzte.

„Sie hat ihr Handy heute Morgen zu Hause vergessen. Ist vor mir raus und hat es auf dem Küchentisch liegen lassen, und der Anruf bei Dir war im Display. Mitten in der Nacht. Also, Bastian: Was läuft da?"

„Sie hatte auch einen Albtraum", sagte Bastian.

„Und dann ruft sie Dich an? Während ich neben ihr penne? Verarsch mich nicht!"

Bastian erschrak. Er war so benebelt gewesen, dass er erst jetzt verstand, worauf das hier hinaus lief. „Ich verarsche Dich nicht. Michael, ich würde nie ... und Linda würde nie ... das ..." Er verstummte verwirrt und versuchte, seine Gedanken zu ordnen.

Michael lehnte sich zurück und verschränkte die Arme vor der Brust. „Was willst Du mir erzählen? Dass ihr synchrone Albträume habt und sie Dich deshalb mitten in der Nacht anruft? Mann ..."

„Das war ein Zufall", unterbrach ihn Bastian. „Das mit den Träumen. Und sie hat mich angerufen, weil ... na ja, weil sie

Angst hat, dass das jetzt bei ihr los geht wie bei Carla. Und weil wir doch zusammen daran gearbeitet haben, hat sie mich eben angerufen.“ Er sah Michael hilflos an.

„Sie hat Angst, dass es bei ihr los geht wie bei Carla und dann ruft sie Dich an? Ihr müsst aber so richtig gute Freunde geworden sein, inzwischen. Und warum redet sie nicht mit mir?“, fragte er betont langsam.

„Das musst Du sie fragen“, antwortete Bastian und verfluchte sich sofort dafür. Durch Michaels Körper ging ein Zucken, als halte er sich mit Mühe davon ab, aufzuspringen. Er war blass geworden.

„Das werde ich, mach Dir darum mal keine Sorgen“, sagte er sehr leise. „Jetzt will ich es aber von Dir wissen.“

Bastian riss sich zusammen. Das hier war von existenzieller Bedeutung. „Mann“, sagte er nun eindringlich, „Du sprichst mit mir. Und über Linda. Was glaubst Du denn? Wir arbeiten an dieser Geschichte mit Carla und Deutschmann. Dieser Albtraumgeschichte, wie Du gesagt hast. Na, ja, wir haben uns vielleicht ein wenig darein verrannt, Sie hat ja auch angedeutet, dass Du genervt bist deswegen.“ Er lächelte. „Ist ja auch logisch.“

Michael nickte, er war sichtlich bemüht sich zu beruhigen. „Okay, und weiter?“

„Nichts weiter. Wir waren gestern nochmal bei von dem Berge. Er hat uns unter anderem erklärt, was er macht, wie er arbeitet und so. Und das hat uns offenbar beide verfolgt, wir haben beide schlecht geträumt, und weil sie Dir nicht auf den Geist gehen wollte, hat sie eben mich angerufen. Wir sind gute Freunde, das weißt Du. Gute. Freunde. Wie Du und Judith. Und wenn es um gruselige Geschichten geht ... na ja, das ist eben unser Thema.“

Michael sah ihn eine Weile ausdruckslos an. Dann atmete er tief durch und nickte. „Sorry“, sagte er schließlich. „Ich habe wohl ein wenig ... egal. Aber weißt Du, wie das aussieht?“

Bastian sah zerknirscht drein. „Klar. Seltsam.“

„Seltsam ist gar kein Ausdruck.“ Er schüttelte den Kopf. „Sie sollte eigentlich wissen, dass sie mit sowas zu mir kommen kann.“

„Weiß sie doch", unterstrich Bastian. „Nur bei der Sache ... Na ja, ich merke ja auch, dass Dich das nervt. Judith nervt es übrigens auch."

Michael winkte ab. „Ehrlich, das ist mir eigentlich egal. Ich hatte am Anfang Sorge, dass Du da komische Sachen beim Kunden anrichtest, aber ich hätte wissen sollen, dass Du dafür zu erfahren bist. Und Linda hat eben Spaß an solchen Sachen. Genau wie Du." Er sah Bastian prüfend an. „Wenn die Geschichte aber dazu führt, dass sie sich nicht mehr traut, zu mir zu kommen, wenn sie schlecht träumt und Du zur reitenden Leiche wirst, dann solltet Ihr das nochmal überdenken. Ich hätte gerne einen funktionsfähigen Redaktionsleiter und eine Frau, die mir vertraut."

„Sie vertraut Dir", sagte Bastian, „mach Dir keine Sorgen. Und was den Redaktionsleiter betrifft – eine Nacht ohne blöde Träume, und er ist wieder da. Recherchieren kann ich immerhin noch. Nur schreiben geht heute nicht so."

Michael grinste. „Mach es wie ich – verschieb es auf morgen. Worum ging es eigentlich in Deinem Traum?"

Vor Bastians geistigem Auge tauchte die Terrasse wieder auf, und der Garten und das Haus. Er erinnerte sich, wie Linda aus der kleinen weißen Tür getreten war. Und wie sehr er sie gewollt hatte, in diesem Traummoment, mit welch bedingungslosem Verlangen. Bastian sah seinen Freund an und spürte einen Stich.

„Glaub mir", sagte er mit belegter Stimme. „Das willst Du nicht wissen."

28

„Sie?", fragte Professor Bruijn verblüfft.

„Ja", sagte Glaser und lächelte. „Ich muss etwas mit Ihnen besprechen." Er streckte den Blumenstrauß vor und linste an Bruijn vorbei in die Wohnung. „Für die Dame des Hauses. Wo ist sie denn?"

„Susanne ist übers Wochenende auf einer Tagung", sagte Bruijn, nahm Glaser die Blumen ab und ging ins Haus.

Glaser folgte ihm. „Immer fleißig, die Gute“, sagte er aufgeräumt. Selbstverständlich hatte er gewusst, dass Bruijns aktuelles Ausstellungsstück nicht zu Hause war. Das war auch der Hauptgrund, aus dem er den heutigen Tag überhaupt für seinen Besuch ausgewählt hatte. Eile war vonnöten, aber aus Eile unvorsichtig zu werden, das wäre das Dümmste, was er hätte tun können.

„Ja“, sagte Bruijn mit diesem schmierigen Stolz, den Glaser so an ihm hasste, „tolle Frau, nicht wahr? Was verschafft mir denn die Ehre Ihres Besuchs, mein Lieber?“

Er stellte die Blumen in eine Vase und führte Glaser zu der Essecke im Teezimmer, wo sie sich setzten. Bruijn bot seinem Gast nichts zu trinken an, und Glaser fragte sich zum wiederholten Male, ob das Vorsicht war oder einfach nur schlechtes Benehmen. Er kam zu demselben Ergebnis wie immer – Bruijn war einfach ein mieser Gastgeber. Er war dermaßen von sich eingenommen, dass er die tieferen Hintergründe ihrer Vereinbarung niemals hinterfragt hatte. Und woher hätte er wissen sollen, nach all der Zeit, dass gerade heute Vorsicht besonders angebracht gewesen wäre.

„Worum geht es denn?“, fragte Bruijn.

„Dieser PR-Mensch ...“ Glaser tat, als suche er nach dem Namen. „Schwarz oder so ähnlich.“

„Mohr“, korrigierte sein Gastgeber ihn mit selbstgefälligem Lächeln. „Er heißt Bastian Mohr, nicht wahr?“

„Ja, nicht wahr?“, sagte Glaser lächelnd. „Ich habe gehört, er hat Sie besucht. Und da war ich natürlich ein wenig beunruhigt. Unser Arrangement ...“

Bruijn beugte sich über den Tisch und tätschelte Glaser freundschaftlich den Arm. „Aber, aber, mein Lieber. Was denken Sie denn von mir? Er hat sehr eifrig seine Fragen gestellt, der Herr Mohr, nicht wahr, hat nach Deutschmann gefragt und nach Ihnen und nach dieser dummen Geschichte in Nordirland, die ihnen so viel Kummer bereitet hat, nicht wahr. Ich habe ihm gesagt, was alle wissen. Glaser ist tot – nichts für Ungut, mein Lieber – gestorben auf Little Rock.“ Er seufzte. „So tragisch die Geschichte mit dem armen Herrn Deutschmann ist, uns hat sie vielleicht ein paar Probleme erspart, nicht wahr.“

„Meinen Sie?“, fragte Glaser. „Ich fand es sehr traurig. So ein junger Mann, und wir alten Herren erfreuen uns weiter bester Gesundheit. Manchmal ist es doch sehr ungerecht. Ich glaube nicht, dass er für uns zum Problem geworden wäre, er hätte gewiss mit sich reden lassen. Stand sich mit allen gut, dem jungen Lorenz, von dem Berge, allen. Er hätte uns nicht schaden wollen. Tragische Geschichte.“

„Ja, ja, da haben Sie recht“, sagte Bruijn mit einem abwesenden Lächeln. „Wollen wir hoffen, dass wir noch lange verschont bleiben. Aber man hält sich ja auch fit, nicht wahr. Deutschmann hatte einen Herzinfarkt. Dem beuge ich ja zum Beispiel vor, so gut ich kann.“

„Klug von Ihnen“, sagte Glaser. „Und Sie glauben, dass dieser Mohr nichts wusste von unserer kleinen Vereinbarung?“

„Nein“, meinte Bruijn überzeugt, „danach hätte er ja gewiss gefragt, nicht wahr?“

„Gewiss“, bekräftigte Glaser. Dann gähnte er plötzlich heftig, hielt sich die Hand vor den Mund und riss im nächsten Moment erschrocken die Augen auf. „Mein Gott, ich hatte ja keine Ahnung ... das tut mir leid, Herr Professor, das spanische Essen gestern Abend, der ganze Knoblauch ...“ Er holte ein Fläschchen Odol-Spray aus der Tasche und zog die Kappe ab.

„Aber, aber, mein lieber Freund“, jovial lächelnd beugte sich Bruijn vor, nicht zu weit allerdings, er schien den Knoblauchgeruch doch zu fürchten. Glaser, die Hand immer noch vor Mund und Nase, kam ihm entgegen, hielt ihm das Sprayfläschchen mit einer schnellen Bewegung direkt vors Gesicht und drückte zweimal ab. Der völlig überrumpelte Bruijn atmete einen guten Teil des Aerosols ein, hatte noch Zeit, ein erstauntes Gesicht zu machen und sank dann betäubt an seinem Stuhl herunter. Glaser achtete darauf, dass Bruijn sich nicht den Kopf anschlug, alles, was nach Gewalt oder Kampf aussah, würde nur unpassende Neugier bei den falschen Leuten wecken.

Er fing den alten Mann sanft auf, bettete ihn auf den Boden und betrachtete sein Werk zufrieden. Dann zog er ein Paar dünner weißer Handschuhe aus der Hosentasche und legte sie an. Er öffnete Bruijns Manschettenknöpfe, rollte die Ärmel hoch und untersuchte die Ellenbeugen. Er hatte auf frische Einstiche gehofft, bei der Frequenz, mit der der Professor Sportärzte, Ernährungsspezialisten, Heilpraktiker und ähnliche Gurus aufsuchte, war die Chance groß, dass ihm gerade mal wieder jemand Blut abgenommen hatte. Dem war aber nicht so – alles, was Glaser fand, war eine Einstichstelle, deren Alter er auf mindestens drei Wochen schätzte. Immerhin war sie schlecht abgeheilt, das musste reichen.

Aus der Innentasche seiner Jacke, die er über den Stuhl gehängt hatte, nahm Glaser eine Mehrwegspritze und eine Kanüle, aus der Brusttasche ein Fläschchen ohne Beschriftung, in dem sich eine klare Flüssigkeit befand. Er zog die Spritze auf, steckte das nun leere Fläschchen zurück in die Tasche und kniete sich neben Bruijn. Die Vene des alten Mannes war nicht schwer zu finden. Ruhig und routiniert setzte er die Kanüle in die alte Wunde und injizierte die Flüssigkeit. Dann trat er schnell einen Schritt zurück.

Die Wirkung ließ nicht lange auf sich warten. Bruijns Augen flogen auf, der Oberkörper des Professors schnellte nach oben, Glaser vermutete, dass der Mann aufgesprungen wäre, wäre er ein paar Jahre jünger gewesen. Mit flatternden Lidern starrte Bruijn ihn an, öffnete den Mund, vielleicht für einen Schrei, vielleicht für eine Anklage, aber der völlig überlastete Körper brachte keine Energie für Worte auf. Ein Gurgeln entrang sich der Kehle des Professors, während er die rechte Hand um seine Brust krampfte und die Linke um die Rechte. Glaser sah mit Sorge, dass etwas Blut den Handrücken hinunterlief, beruhigte sich dann aber. Das würde den Eindruck, den er erwecken wollte, nur erhärten, kein Grund zur Sorge.

„Tut mir leid“, sagte er zu Bruijn. „Es ist gleich vorbei.“

Das stimmte. Bruijn brach zusammen, zitternd, wälzte sich kurz über den Boden und blieb liegen. Glaser wartete eine Weile, dann ging er zu seinem Opfer und untersuchte es. Professor Norbert Bruijn war tot. Glaser versicherte sich, dass die Einstichstelle am Arm nicht mehr blutete, zog dann die Ärmel wieder hinunter und verschloss sie mit den Manschettenknöpfen. Er sorgte dafür, dass ein paar Blutspritzer von der aufgekratzten rechten Hand auch auf der Manschette des Hemdes waren, dann wischte er sorgfältig alle Flächen ab, auf denen sich seine Fingerabdrücke befinden konnten. Im Grunde hielt er das für überflüssig – wenn alles so lief, wie er es sich vorstellte, würde Susanne ihren Lebensgefährten am Montag finden und viel zu spät einen Arzt rufen. Es gab keinen vernünftigen Grund an einem Herzinfarkt zu zweifeln. Dennoch war Glaser gerne gründlich.

‚Susanne sollte mir dankbar sein', dachte er, während er den Rand des Tisches abwischte und ihr Bild betrachtete. Bevor er aus der Tür trat, vergewisserte sich Glaser, dass niemand auf der Straße oder auf einem der wenigen Balkone ringsum stand. Dann schlenderte er die Straße hinab zu seinem Auto, das er in einiger Entfernung geparkt hatte.

So weit, so gut.

29

Sie hat sich verändert, war Bastians erster Gedanke. Er erkannte Vanessa Deutschmann sofort, obwohl er sie bisher nur auf den Fotos im Haus ihrer Eltern gesehen hatte, und auf der Beerdigung von weitem. Aber die hellblauen, fast grauen Augen unter den dichten schwarzen Haaren waren unverkennbar. Auch heute war sie ganz in schwarz gekleidet, Rollkragenpullover über Jeans, aber ob das ein Zeichen der andauernden Trauer war oder einfach ihr Stil, hätte Bastian nicht zu sagen gewusst. Sie war groß für eine Frau, 1,75 Meter bestimmt, nur etwas kleiner als Bastian selbst und sehr schlank. Sie sah nicht krank aus, nicht zu mager, aber viel schlanker als auf den Bildern, das fiel ihm als erstes auf. Und aus dem unbekümmerten Mädchen war offenbar in kürzester Zeit eine Frau geworden, die einiges vom Leben mitbekommen hatte, sie hatte ein paar scharfe Linien zu viel in ihrem jungen Gesicht. Das Haar, das auf dem Portrait über der Treppe offen um ihr Gesicht gespielt hatte, war straff zu einem Pferdeschwanz zurückgebunden, der Pony endete wie mit dem Laser geschnitten wenige Zentimeter über ihren Augenbrauen. Sie war ihm auf den ersten Blick sympathisch.

Sie hatte am Freitagnachmittag im Büro angerufen, kurz nachdem Michael und er von ihrem wenig erfreulichen Gespräch im Sushi-Restaurant zurückgekehrt waren. Bastian war verwirrter gewesen, als er es sich hatte anmerken lassen. Er hatte das Gefühl, Michael hintergangen zu haben und ihm war nicht klar, warum. Selbstverständlich hatte er seinem besten Freund nicht erzählt, dass Linda ihm nackt im Traum erschienen war und dass ihn das dermaßen scharf gemacht hatte, dass er es immer noch vermied, daran zu denken – wie überhaupt an den ganzen Traum. Aber das war es eben gewesen – ein Traum, mehr nicht. Ansonsten war er aufrichtig gewesen, so weit es eben ging, besonders als er gemerkt hatte, welchen Verdacht Michael nicht aussprach. Und dennoch kam er sich verlogen und gemein vor. Warum nur?

Während er noch gegrübelt hatte, hatte das Telefon geläutet – mit dem externen Klingelton, der besagte, dass jemand ihn direkt von außen anrief, ohne über Marion gehen zu müssen. Die entsprechende Durchwahl hatten nur wenige seiner wichtigsten Kunden, Informanten und Freelancer, außerdem Judith. Also war er einigermaßen verblüfft, dass die angezeigte Nummer ihm nichts sagte. Bastian nahm den Hörer auf. „Kommunikation: Winterhagen, Redaktion. Ich bin Bastian Mohr, guten Tag."

„Herr Mohr, hier ist Vanessa Deutschmann. Die Tochter von Andreas Deutschmann."

Bastian nahm unwillkürlich die Füße von seinem Schreibtisch und setzte sich gerade.

„Frau Deutschmann, hallo. Was kann ich für Sie tun?"

„Vielleicht kann ich etwas für Sie tun", antwortete sie. „Sie haben meine Mutter gestern nach einem Dr. Alfred Glaser gefragt?"

„Ja, aber sie sagte ..."

„Sie weiß nichts davon. Es gab ein paar Sachen, die mein Vater lieber mit mir besprochen hat. Wann haben Sie Zeit?"

„Von mir aus sofort.“

Sie lachte. „Wohl nicht, ich bin in Münster. Wie wäre es mit Sonntag?“

„Gerne.“

„Gut. Sie wohnen in Opladen, oder?“

Bastian bestätigte, Vanessa Deutschmann überlegte kurz. „Kennen Sie den Kölner Hof?“, fragte sie dann.

„Diese Kneipe in dem blau-weißen Haus an der Kölner Straße? Ja, kenne ich.“

„Die haben ein gutes Frühstück. Sonntag um 12 Uhr?“

„Frühstück um 12 Uhr?“

Sie lachte wieder. „Ich bin Studentin. Also, bis Sonntag?“

„Bis Sonntag.“

Von Samstag auf Sonntag hatte Bastian wieder schlecht geträumt. Diesmal war er in dem großen quadratischen Haus gewesen, er war durch dunkle Flure geflohen, mal schmal und beengend, mal so groß, dass seine Schritte darin widerhallten. Und ein Schlurfen und Schleifen hinter ihm, das schnell näher kam. Aber stets hatte er nur Schemen erkennen können, einmal einen Strick, der von der Decke hing, dann ein gewaltiges Schachspiel mit mannshohen Figuren. Plötzlich war er auf einen Balkon getreten. Von weitem hatte er das Singen der Blumen gehört, und den Lärm, den die Maden machten. Das Geräusch hinter ihm war näher gekommen, und er hatte über die Balkonbrüstung nach unten geschaut. Unten hatte sich die kleine Tür geöffnet, wieder war Linda herausgekommen, bekleidet diesmal, ganz normal, mit einem schlichten, hellgrauen Kostüm. An seinem Verlangen hatte das nichts geändert, er hatte sich gesehen, eine Vision im Traum, wie er ihren Rock hochschob, während sie sich zu ihm drängte und ... das Geräusch hinter ihm war näher gekommen, jetzt war es schon an der Balkontür. Er hatte sich nicht getraut, sich umzuwenden. Linda hatte nach oben geschaut und ihn direkt angesehen.

„Komm doch“, hatte sie gesagt. „Bitte komm, Bastian.“

Und er war gesprungen, und gefallen und gefallen und gefallen, sehr lange Zeit, die Blumen hatten gesungen und es war kalt geworden, immer kälter und kälter, und schließlich war er …

… aufgewacht. Er hatte gezittert, obwohl das Fenster geschlossen war. Peinlich berührt hatte er bemerkt, dass er außerdem und trotz der gefühlten Kälte eine ziemlich ausgewachsene Erektion hatte. Jetzt erst war ihm bewusst geworden, dass er in Judiths Bett in ihrer Wohnung lag. Er hatte sich aus dem Zimmer geschlichen, um sie nicht zu wecken, war ins Bad gegangen und hatte eine heiße Dusche genommen. Das war entspannend gewesen, in jeder Hinsicht.

Gerne hätte er sich wieder einen Film angesehen, „American Pie 2" zum Beispiel. Aber den hatte Judith nicht und auch sonst nichts, das belanglos genug war, also war er ins Schlafzimmer zurückgegangen. Als er ins Bett gekrochen war, war Judith aufgewacht.

„Wasnlos?"

„Nichts", hatte er gesagt. „Mieser Traum."

„Armer Schatz", hatte sie gemurmelt, ihn in die Arme geschlossen und sanft gestreichelt, so lange, bis er tatsächlich ruhig genug gewesen war, um wieder einzuschlafen.

Am Morgen hatte er sich einigermaßen zerschlagen gefühlt. Er hatte mit Judith gefrühstückt. Sie hatte ihn nach seinem Traum gefragt, er hatte ihn erzählt, den Teil mit Linda allerdings ausgelassen. Judith war ziemlich entsetzt gewesen, hatte wieder begonnen, ihn zu trösten, aus dem Trost war Zärtlichkeit geworden, immer leidenschaftlicher und ausgelassener und als sie sich endlich voneinander lösten, lange schon wieder im Bett, erschöpft und aufgekratzt, da hatten sie beide gelacht.

„Mehr Albträume", hatte Judith jappsend gesagt. „Du musst unbedingt mehr Albträume haben. Das war der beste Morgen ..."

„Auf jeden Fall", unterbrach Bastian sie. „Aber trotzdem – mehr Albträume brauche ich echt nicht."

„Oooooch", machte sie.

„Echt, Judith ... das ist übel. Ich kann das nicht richtig beschreiben, es ist ... es ist ..."

Sie schloss ihn in die Arme. „Schhh, armer Liebster. Das war nur ein Witz. Ich will nicht, dass Du schlecht träumst."

„Apropos Morgen …", Bastian löste sich sanft von Judith und

angelte nach seiner Armbanduhr, „ist wohl eher Vormittag. Zehn Uhr durch. Um Zwölf bin ich im Hof verabredet.“

„Schaffst Du doch.“

„Ja“, er stand auf, „aber ich muss nochmal duschen. Das dritte Mal mit heute Nacht, eine Hautschicht habe ich garantiert schon abgetragen.“

„Hey, wenn Du nicht willst, dass ich Dich ins Schwitzen bringe ...“

Er hatte ein Kissen nach ihr geworfen, ihr Lachen hatte ihn bis unter die Dusche verfolgt und so kam es, dass Bastian sich trotz allem ziemlich frisch und erholt fühlte, als er in Opladen beim Kölner Hof ankam.

Nachdem sie sich begrüßt hatten, setzte sich Bastian zu Vanessa Deutschmann. Dann erhob sich eine Frau von ihrem Hocker am Tresen und kam zu ihnen herüber. Sie war etwas kleiner als Vanessa und ebenso zierlich, schien aber zwei oder drei Jahre älter zu sein.

Ihr blondes Haar trug sie halblang, und sie war sehr zwanglos gekleidet, ein offenes kariertes Hemd, mehr eine Jacke, über einem weißen T-Shirt und dazu Blue Jeans. Schon als Bastian hereingekommen war, hatte er sie wahrgenommen, sie schien auf etwas gewartet zu haben. Nun wusste er, worauf.

„Fenja Diecken“, stellte sie sich vor. Ihr Händedruck war fest und kurz, Bastian warf Vanessa einen fragenden Blick zu. Die lächelte. „Fenja ist eine sehr gute Freundin von mir“, erklärte sie, während Fenja neben ihr Platz nahm. „Außerdem studiert sie Rechtswissenschaften.“ Sie machte eine entschuldigende Geste. „Immerhin kenne ich Sie ja gar nicht. Und es geht um meinen Vater und die Firma und etwas, das er geheim halten wollte. Na ja, da dachte ich, es ist besser, ich komme nicht alleine.“

„Kann ich Ihnen nicht verübeln“, sagte Bastian und grinste. „Und Sie wollen wirklich noch frühstücken?“

„Haben wir schon“, sagte Vanessa. „Aber wenn Sie möchten ...“

„Nein, ich bin auch satt. Trinken wir etwas?“

Die Frauen nickten. „Der Milchkaffee hier ist legendär“, sagte Fenja, „meint wenigstens Vanessa.“

„Ist so“, sagte die, während die Bedienung sich ihrem Tisch näherte. Bastian und Fenja entschieden sich, den legendären Milchkaffee zu probieren, während sie selbst sich ein Tonic bestellte.

„Sie sind hier in Opladen zur Schule gegangen, oder?“, fragte Bastian Vanessa. „Wissen Sie deshalb, wo es gutes Frühstück gibt?“

Sie nickte. „Das unter anderem. Ich habe auf dem Landrat-Lucas Abi gemacht, ja.“ Vanessa nahm einen Schluck aus ihrem Glas. „Sie haben meine Mutter nach Alfred Glaser gefragt“, sagte sie.

„So ist es.“

„Was wissen Sie denn schon?“

„Na ja.“ Bastian sah die beiden Frauen unschlüssig an. Wie viel wussten sie, wie viel konnte er verraten? Vanessa erriet seine Gedanken und tauschte einen kurzen Blick mit Fenja.

„Ich werde Ihnen sagen, was ich weiß“, schlug sie vor. „Bis zu einem gewissen Punkt, dann sind Sie dran. Ist das fair?“

Bastian nickte. „Klingt gut.“

„Okay. Also, ich weiß das, was ich weiß, alles von meinem Vater.“ Ihr Blick wurde düster. „Wir standen uns immer nah. Sie kennen das vielleicht – Papa und die einzige Tochter. Ich war ein Vaterkind. Dann ist im letzten Winter etwas passiert ...“ Sie atmete tief durch und Fenja drückte ihre Hand. „Mir wäre fast etwas sehr Schlimmes passiert und eine Freundin von mir ... von Fenni und mir ...“ Sie sammelte sich kurz, „nun ja, das war alles schlimm, hat aber mit unserer Sache jetzt nichts zu tun. Nur hat es mich nochmal näher an meine Eltern gebracht, besonders an meinen Vater. Wir haben viel gesprochen. Er hat begonnen, sich für Glaser zu interessieren. Sie wissen, dass er der Leiter eines Labors in Nordirland war, in den späten 70ern und Anfang der 80er-Jahre?“

Bastian nickte. „Ja, auf Little Rock.“

„Dann wissen Sie auch von der Katastrophe?“

„Ja.“

Ihr Blick wurde lauernd. „Und auch, dass Glaser sie wahrscheinlich überlebt hat?“

Bastian nickte langsam. „Ja, das Gerücht habe ich gehört. Er soll untergetaucht sein, heißt es."

„Ja, heißt es", sagte sie leise. „Aber wer untertaucht, muss auch irgendwann wieder auftauchen, oder? Es gab eine Rückstellung bei der LorenzMed – beziehungsweise der Vorgängerfirma – eine Rückversicherung, so hat mein Vater mir das erklärt, für Entschädigungszahlungen wegen des Unfalls auf Little Rock, die die Versicherung vielleicht nicht trägt. Heute gäbe es dafür vermutlich jemanden in der Buchhaltung oder der Rechtsabteilung, einen Fachmann, aber damals waren die Chemischen Fabriken Lorenz ein Unternehmen, das sehr schnell expandierte. Alle möglichen Leute waren für alles Mögliche zuständig, überall saßen Chemiker, die plötzlich Dinge machen mussten, für die sie kaum qualifiziert waren. Diese Rückstellung zum Beispiel betreute ein Projektleiter aus der Forschung nebenbei. Man ließ ihn machen, wohl auch, weil von dem Geld nie viel ausgegeben wurde. Bis Anfang der 90er gab es ein paar Zahlungen, sehr klein, verglichen mit dem Volumen, das zur Verfügung stand, dann nichts mehr. Und mit der Umfirmierung der Firma haben sie die Rückstellung aufgelöst und das Geld wieder anders verwendet."

„Hm", machte Bastian. „Und was waren das für kleine Zahlungen?"

Vanessa lächelte Fenja an. „Mama hat Recht, er weiß, was man fragen muss."

„Das war nicht so schwer", sagte Bastian. „Trotzdem – Danke und schönen Gruß an Ihre Mutter."

„Wie man's nimmt", meinte Vanessa. „Sie finden es vielleicht nicht schwer, aber vor meinem Vater hat sich offenbar nie jemand dafür interessiert, wohin das Geld gegangen ist. Die Erklärungen, die der Kontoverwalter dazu geschrieben hat, waren vordergründig plausibel, aber gelogen, das hätte jeder gemerkt, der mal nachgehakt hätte. Mein Papa war schließlich auch kein Buchhaltungsexperte. Aber er hat festgestellt, dass das ganze Geld letztlich bei einer Person landete. Die Zwecke waren verschieden, die Konten wechselten, aber letztlich ging es immer nach Irland – und immer an Glaser."

„Was?“

„Ja“, bekräftigte sie. „Es handelte sich um mehrere Organisationen, aber die waren alle mehr oder weniger fiktiv, und verantwortliche Person war immer ein A. oder F. Glaser. Sehr offensichtlich – wenn man sich dafür interessiert. Aber offenbar wollte sich dafür niemand so richtig interessieren.“

„Also lebt Glaser“, sagte Bastian. „Oder er lebte.“

„Offensichtlich“, fuhr Vanessa fort. „Und jemand in der Firma hat ihn unterstützt, nachdem er untergetaucht ist. Mein Vater hat vermutet, dass das ohne Wissen der Geschäftsleitung geschah, sonst hätten die es besser vertuscht.“

„Also war es dieser Laborleiter“, sinnierte Bastian. „Er müsste also wissen, wie Glaser untergetaucht ist und wo er jetzt ist.“

„Oder zumindest, wo er bis Mitte der 90er-Jahre war, ja“, sagte Vanessa.

„Wissen Sie, wer es ist?“

Sie nickte. „Ja. Mein Vater hatte auch schon mit ihm gesprochen, am Anfang, aber er hat geleugnet. Und bevor er ihn dann mit härteren Beweisen konfrontieren konnte ...“, sie atmete zitternd durch, „ist Papa gestorben.“

„Wie passend“, sagte Bastian düster. Sie sah ihn nur ausdruckslos an. „Wer war denn der Laborleiter?“, fragte er.

„Professor Norbert Bruijn“, sagte Vanessa.

30

Die montäglichen Besprechungsrunden überstand Bastian mit Selbstdisziplin und großen Mengen Kaffee. In der Nacht hatte er wieder schlecht geträumt, diesmal war der Traum weniger surreal gewesen, keine Maden, keine singenden Blumen, keine verführerische Linda. Das heißt, Linda war da gewesen, aber er hatte sie nicht gesehen, er hatte nur im Traum gewusst, dass sie bei ihm war. Und ihre Anwesenheit hatte keine erotische Komponente gehabt. Bastian hatte auf einer Liege gelegen, in einem Keller, und er hatte gewusst, dass es der Keller des quadratischen Hauses war, so wie er wusste, dass Linda auf einer eigenen Liege neben ihm lag. Sehen konnte er sie nicht, denn er konnte sich nicht bewegen. Sein Gehirn funktionierte, aber die Verbindung zu seinem Körper war sehr einseitig – er konnte nur noch empfangen, nicht mehr senden. Er sah die Decke über sich, sie schien aus Metallplatten zu bestehen, in die der Rost große, räudige Flecken gefressen hatte. Am Rande seines Gesichtsfeldes nahm er hin und wieder Bewegung wahr – der schwarze Schemen, lautlos, wie im ersten Traum. Er hörte – seinen eigenen, ruhigen Atem und den Lindas, und er hörte ein langsames, gleichmäßiges Quietschen und Schleifen, das ihn an einen großen, metallenen Ventilator denken ließ, der sich träge drehte, vermutlich ebenso verrostet wie die Decke. Er roch einen metallischen Geruch, als hätte der Raum seine eigene Ausdünstung, alt und giftig, und darin etwas Süßliches, dass er nicht identifizieren konnte. Und er spürte. Er spürte die Nadel in seinem überstreckten Arm und die Kälte, die sich in ihm ausbreitete, die ihn fraß, als kippe er langsam, ganz langsam in ein Becken mit halb gefrorenem Wasser, und als er endlich gänzlich versank, als das Eiswasser in seine Nase stieg und in seinen Augen brannte, da war er bereits erwacht.

Kein Trost von Judith, diesmal, sie war am Sonntagnachmittag zu einer weiteren Rechercherereise aufgebrochen, und auch kein Anruf von Linda. Er hoffte daher, dass sie von weiteren Albträumen verschont geblieben war. Bastian war hinunter ins Wohnzimmer gegangen und hatte den Fernseher eingeschaltet. Diesmal musste er nicht zur DVD greifen: Mehrere Folgen „Eine schrecklich nette Familie“ hintereinander im Nachtprogramm von Kabel 1 taten die gewünschte Wirkung – allerdings erst spät, und Bastian hatte nur gefühlte zehn Minuten geschlafen, als oben im Schlafzimmer der Wecker zu schräpen begonnen hatte, laut genug, um ihn auf dem Sofa im Wohnzimmer zu wecken.

Aber seine Müdigkeit war nicht der einzige Grund, aus dem er sich während der Jours-Fixes zur Aufmerksamkeit zwingen musste. Immer wieder schweiften seine Gedanken zu dem ab, was Vanessa Deutschmann ihm erzählt hatte. Das Gespräch war so offen gewesen, wie es ihm und den beiden Frauen möglich gewesen war. Er hatte weder Linda noch von dem Berge erwähnt, um ihnen mögliche Schwierigkeiten zu ersparen und auch Vanessa Deutschmann hatte offensichtlich Informationen zurückgehalten. Bastian bekam den Eindruck, dass sie vermutete, dass ihr Vater eine Affäre gehabt hatte und dass die mit seinem Tod zusammenhing, auch wenn sie Carla mit keinem Wort erwähnte. Auch sagte sie nicht, ob sie selbst am natürlichen Tod ihres Vaters zweifele und auch Bastian machte keine weiteren Andeutungen in diese Richtung. Aber manchmal waren ihr Schweigen und die Blicke, die sie mit Fenja Diecken teilte, umso vielsagender. Bastian wäre bereit gewesen, eine größere Summe darauf zu wetten, dass Deutschmanns Tochter nicht an einen einfachen Herzinfarkt glaubte. Sie hatten, nachdem Vanessa Norbert Bruijn als Glasers geheimen Unterstützer offenbart hatte, noch lange weiter gesprochen, das Gespräch war nach und nach allgemeiner geworden, die Chemie hatte gestimmt, besonders zwischen Bastian und Vanessa. Aber Bruijn blieb die entscheidende Information, die Bastian mitnahm, als er sich zwei Stunden später von den beiden Frauen verabschiedete.

Nachdem er Judith zum Flughafen gebracht hatte, hatte er versucht, Linda zu erreichen, aber sie war nicht an ihr Handy gegangen. Deshalb rief er sie am Montagnachmittag, nach der letzten Redaktionskonferenz, an. Nachdem Bastian geendet hatte, schwieg sie lange.

„Bruijn", sagte sie schließlich nur.

„Ja", sagte Bastian. „Ich muss dringend nochmal mit ihm reden. Wenn er uns sagen kann, wo Glaser ist und wie er sich jetzt nennt, dann endet das alles gut. Und ich bin sicher, wenn ich ihn davon überzeugen kann, dass Glaser gefährlich ist, wird er es mir sagen. Schließlich ist er ja auch ein Mitwisser, und damit in Gefahr, oder? Und wenn wir dann zur Polizei ..."

„Bastian – Bruijn ist tot", unterbrach ihn Linda tonlos.

„Was? Wie? Wann ..." Bastian stammelte W-Worte, während sein Gehirn versuchte, die Information zu verarbeiten. Die Kälte war wieder da, grauenvoll vertraut. Als hätte jemand ihn in Eiswasser getaucht.

„Gestern, vermutlich ein Herzinfarkt“, berichtete Linda. „Seine Freundin hat ihn gefunden, ich habe es heute erfahren, ich ...“

„Noch ein Herzinfarkt?“, fragte Bastian.

„Ja“, sagte Linda. „Und ich habe immer noch Albträume.“ Sie senkte die Stimme und Bastian hörte, dass sie versuchte, ein Schluchzen zu unterdrücken. „Ich habe fürchterliche Angst, Bastian. Wir können uns nichts mehr vormachen, das sind keine Zufälle, da bringt jemand Leute um. Glaser. Und er ist hinter uns her, woher kommen denn sonst die Träume? Und wir wissen nicht mal, wer er ist. Was sollen wir denn jetzt machen?“

Bastians analytischer Verstand funktionierte auf Autopilot, während er gleichzeitig versuchte, seine eigene Panik zu unterdrücken. Ideen und deren Konsequenzen tauchten in schneller Folge vor seinem geistigen Auge auf wie Straßenzüge und Schemakarten beim Suchen einer Route. Schließlich sagte er: „Was hältst Du davon: Wegen der Träume sprechen wir mit von dem Berge. Er soll uns helfen, wie bei Carla und Deutschmann. Er sagt doch, dass es bei den beiden zuerst funktioniert hat, bevor es wieder schlimmer wurde. Und sie wussten nicht, was passiert ist, jedenfalls nicht genau. Wir sind also gewarnt, und wir gewinnen Zeit. Und in der Zeit gehen wir zur Polizei.“

Linda lachte hart. „Du vergisst, dass die ganze Geschichte zwar für uns einen Sinn ergibt, insgesamt aber immer noch sehr weit hergeholt klingt.“ Sie überlegte. „Was ist denn mit Judith?“, fragte sie dann. „Du hast doch von ihrem Freund bei der Kripo in Köln erzählt, diesem Hakan ...“

„Erkan“, korrigierte Bastian. „Ja, genau, das ist es. So machen wir es. Judith kommt am Freitag aus München zurück. Ich erzähle ihr alles, was wir wissen, gehe mit ihr zusammen zur Polizei – ihre Freunde werden ihr zuhören, egal, wie verrückt das klingt, was sie sagt. Und wir sind aus der Nummer raus. Ich kann Vanessa Deutschmann als Zeugin benennen, von dem Berge, uns beide, ich bin sicher, sie werden dem nachgehen. Also sprechen wir erstmal mit von dem Berge, damit er uns aus dieser Traumscheiße raus holt, und dann müssen wir nur noch bis Freitag durchhalten. Das schaffen wir.“

„Klingt gut." Linda atmete durch. „Wann wollen wir uns denn mit von dem Berge treffen?"

„So bald wie möglich, oder?", sagte Bastian. „Wann er kann."

„Okay. Ich rufe ihn an."

31

„Ich halte das immer noch nicht für eine gute Idee." Von dem Berge schaute unglücklich von Linda zu Bastian und zurück. „Ich habe das zweimal gemacht, und zweimal war es ein völliges Desaster. Verstehen Sie? Ich habe zwei Menschen verloren, die ich nicht nur beruflich kannte, sondern die mir auch persönlich ans Herz gewachsen waren. Ich habe ganz offenbar nicht helfen können. Ich verstehe, ehrlich gesagt, gar nicht, warum Sie sich an mich damit wenden. Ein guter Psychotherapeut ..."

Linda lächelte. „Aber Sie haben doch gesagt, dass es zuerst besser geworden ist, nachdem Sie Carla und Herrn Deutschmann hypnotisiert haben."

„Zuerst, ja." Der Wissenschaftler schüttelte den Kopf. „Aber dann, ich meine, Sie wissen doch am besten, was dann passiert ist."

„Ich glaube, wir brauchen erstmal nur ein wenig Zeit", sagte Bastian. „Wenn Sie uns kurzfristig helfen können, könnte es sein, dass unser Problem sich Ende der Woche von selbst löst. Und wenn die Träume wiederkommen, können wir immer noch zu einem Therapeuten gehen. Aber wenn Sie uns erstmal ein paar Tage verschaffen könnten – dann wäre schon viel gewonnen."

Von dem Berge war immer noch nicht überzeugt. „Ende der Woche von selbst? Wie soll das denn gehen? Ehrlich, Herr Mohr, Sie wissen nicht ..."

„Vielleicht nicht", sagte Bastian. „Aber ich kann das jetzt auch nicht erklären, tut mir leid. Aber nach Ihrer Erfahrung, wenn Sie uns jetzt hypnotisieren würden, nach Ihrer Methode, hätten wir dann einige Tage Luft?"

„Ja, sicherlich ..." Von dem Berge seufzte und dachte nach. „Eine Sitzung heute, eine weitere am Donnerstag oder Freitag, eine entsprechende Konditionierung ... Bei Carla ging es mehr als zwei Wochen gut, bei Andreas Deutschmann nicht ganz so lange, aber wenn ich danach noch einmal konditioniere ..."

„So lange werden wir gar nicht brauchen", sagte Bastian erleichtert. Er sah Linda an. „Was meinst Du, Donnerstag? Freitag kommt Judith ja zurück."

Linda nickte. „Passt Donnerstag Ihnen?", fragte sie von dem Berge. Der zuckte mit den Schultern, er wirkte immer noch nicht überzeugt, aber er hatte kapituliert. „Ja, gerne. Wenn Sie möchten, bei mir zu Hause, da kann ich die Umgebung etwas freundlicher gestalten als hier." Er seufzte tief. „Carla hat das immer geschätzt."

Bastian und Linda sahen sich an und nickten gleichzeitig.

„Gut dann." Von dem Berge erhob sich langsam aus seinem Stuhl. „Dann gehen wir mal nach nebenan."

Nebenan befand sich ein karger kleiner Raum, weiße Wände, ein leerer Schreibtisch, zwei harte, orangefarbene Stühle und eine Liege, wie Bastian sie aus unzähligen Arztpraxen kannte. Er hatte eigentlich etwas Imposanteres erwartet, zumindest eine bequeme Couch. Etwas verdutzt schaute er sich um. Von dem Berge bemerkte es und kratzte sich am Kopf. „Ja, das ist alles etwas bescheiden hier." Er zwinkerte Linda zu. „Die Firma weiß, dass ich nicht oft Versuchspersonen habe und sie auch nicht immer hypnotisiere. Und da es in diesem Raum bisher immer gut funktioniert hat – warum in Luxus schwelgen, nicht wahr? Das Geld stecken sie lieber in unsere üppigen Gehälter."

Linda lachte. „Genau."

Von dem Berge grinste. „Na dann – wer möchte zuerst?"

Bastian sah Linda an. „Ladies first?"

Sie knuffte ihn spielerisch. „Feigling." Sie setzte sich auf die Liege, Bastian nahm auf einem der Stühle Platz. Von dem Berge nickte zufrieden.

„Gut, dann fangen wir mit Ihnen an, Frau Winterhagen." Er öffnete eine Schublade in dem Schreibtisch und holte eine silbrige Kette heraus, an deren Ende die schlechte Imitation eines großen dunkelroten Diamanten hing. Bastian kam er vage bekannt vor, vermutlich hatte er ein ähnliches Ding mal in irgendeiner geschmacklosen Dekoration gesehen.

„Sind Sie schon einmal hypnotisiert worden?“, fragte von dem Berge. Linda schüttelte den Kopf. Bastian lehnte sich in seinem Stuhl zurück und nahm sich vor, genau zu beobachten. Vielleicht würde er ja einen Schlüssel zu seinen eigenen Albträumen finden, wenn er Lindas Hypnose folgte. Von dem Berge hob die Kette und versetzte den Glasstein in eine leichte Rotation. Seine Stimme blieb geschäftsmäßig.

„Also, Frau Winterhagen – Ihr Vorname ist Linda, oder?“

„Ja.“

Er lächelte. „Würde es Sie stören, wenn ich Sie während des Vorgangs beim Vornamen anspreche? Das macht es etwas einfacher, Sie können dann eher entspannen und ich muss nicht immer zwei Worte sagen – von denen eines auch noch so lang ist.“

Linda lachte. „Gerne, stört mich nicht.“

„Gut, also – Linda. Konzentriere Dich bitte ganz auf meine Stimme und diese rote Geschmacklosigkeit hier. Schau, wie ruhig und gleichmäßig der Stein sich bewegt ...“

Bastian schloss kurz die Augen. Als er sie wieder öffnete, saß er auf der Liege und hielt Lindas rechte Hand mit seiner Linken. Sie saß neben ihm, beide blickten erstaunt von dem Berge an, der vor ihnen stand und zufrieden lächelte.

„Das war’s schon. Damit sollten Sie heute Nacht ruhig schlafen und gut träumen.“

Linda schaute auf ihre Hand, löste sie sanft aus Bastians und warf von dem Berge einen fragenden Blick zu, während Bastian immer noch zu verstehen versuchte, wie er von dem Stuhl auf die Liege gekommen war.

Der Wissenschaftler hatte Lindas Blick bemerkt, er hüstelte und strich sich über den Bart. „Ja ... ähem, das ... also, ich habe im Verlauf der Sitzung festgestellt, dass Eure – Verzeihung, Ihre – also, dass Ihre Träume sehr ähnlich sind. Beide haben Sie dieses Haus gesehen, Feuer und Kälte spielte bei Ihnen beiden eine Rolle, dieser geheimnisvolle Schatten ... und ... wie soll ich es sagen ... der sehr persönliche Teil war auch recht ähnlich.“

Bastian spürte, wie sein Gesicht heiß wurde und warf einen verstohlenen Seitenblick auf Linda. Sie war ebenfalls rot geworden und wich seinem Blick aus. Von dem Berge hustete wieder.

„Machen Sie sich keine Sorgen, niemand ist ganz Herr seiner Träume, nicht wahr. Und ich wahre über meine ... ähm ... Versuchspersonen Diskretion. Da also Ihre Träume ähnlich waren – in vielerlei Hinsicht – habe ich mir erlaubt, Sie in eine gemeinsame Trance zu versetzen und Sie zum Teil auch gemeinsam zu konditionieren. Sie erinnern sich bestimmt bald wieder daran", fügte er eilig hinzu, „Sie haben dem beide zugestimmt."

Bastian nickte langsam. Er konnte sich nicht an die genauen Umstände erinnern, aber was von dem Berge sagte, schien sich mit einer dunklen Erinnerung zu decken. Auch Linda sagte: „Ja ... jetzt, wo sie es sagen. Stimmt. Zu der Zeit habe ich auf dem Stuhl da gesessen und Bastian lag hier auf der Liege, oder?"

„Genau." Von dem Berge schien erleichtert. „Ich habe hin und wieder Personen in gemeinsame Trancen versetzt, und da hat es sich bewährt, auch eine körperliche Verbindung herzustellen. Und ich dachte, da Sie ja befreundet sind, wäre ein harmloses Handhalten kein Problem. Wenn nicht, tut es mir sehr leid, dass ..."

Linda lachte, ebenfalls erleichtert. „Nein, das ist schon in Ordnung. Oder, Bastian?"

„Hm?" Bastian hatte gerade festgestellt, dass er ein wundes Gefühl auf der Innenseite seiner Unterlippe hatte und dem erstaunt mit der Zunge nachgespürt.

„Harmloses Händchenhalten. Ist okay zwischen uns, oder?"

Er zuckte mit den Schultern, immer noch verlegen. „Wenn's der Wahrheitsfindung dient."

„Ja", sagte von dem Berge, „dann bleibt mir eigentlich nichts, als Ihnen beiden eine gute Nacht und gute Träume zu wünschen." Er lächelte. „Wir sehen uns am Donnerstag, meine Privatadresse finden Sie im Intranet, Frau Winterhagen."

Sie schüttelten zum Abschied die Hände, dann gingen Bastian und Linda hinaus auf den retro-futuristischen Flur. Linda ging voraus und Bastian sah mit Erstaunen, dass ihr sonst stets ordentlich frisiertes Haar am Hinterkopf verwirrt und zerdrückt war.

„Warte mal, Linda“, sagte er.

Sie sah sich erstaunt um. „Ja?“

„Was ist mit Deinen Haaren? Hinten.“

Sie fuhr sich mit der Hand durchs Haar und blickte erstaunt. „Verdammt. Sehe ich sehr schlimm aus?“

„Bisschen zerstrubbelt“, sagte Bastian. „Aber vorhin war noch alles ordentlich, oder?“

„Ja“, sagte sie abwesend, während sie versuchte, ihre Frisur mit den Fingern wieder zu ordnen. „Muss passiert sein, als ich auf der Liege gelegen habe.“

„Kannst Du Dich an irgendetwas erinnern?“, fragte er. „Genau, meine ich.“

Linda dachte kurz nach. „Eigentlich nicht. Ich war zwischenzeitlich mal wach, das weiß ich noch, als er uns gefragt hat, ob er uns zusammen in Trance versetzen darf. Aber sonst ... nein.“

„Ich auch nicht“, sagte Bastian nachdenklich. Wieder fuhr er mit der Zunge über die raue Innenseite seiner Unterlippe. „Warte mal einen Moment.“

Er lief zurück zu dem Behandlungszimmer und klopfte an die Tür. „Dr. von dem Berge?“

„Ja?“, kam es von innen. Bastian trat herein. Von dem Berge saß am Schreibtisch und las Notizen, die er sich offenbar während der Hypnosesitzung gemacht hatte. Erstaunt blickte er auf.

„Herr Mohr. Was kann ich noch für Sie tun?“

Bastian beschloss, nicht lange zu tasten, sondern sofort in die Offensive zu gehen. Wenn es schon peinlich werden sollte, dann am besten sofort.

„Herr Dr. von dem Berge, verstehen Sie mich nicht falsch, aber ... haben Linda und ich uns während der Hypnosesitzung geküsst?“

Der Wissenschaftler zuckte kaum merklich zusammen, dann hatte er sich wieder im Griff. „Was?“, fragte er.

„Ob wir uns geküsst haben, während wir in Trance waren.“

„Nein“, sagte von dem Berge. „Um Himmels willen, wie kommen Sie denn darauf?“

Bastian lächelte dünn. „Ich bin vielleicht kein Traumexperte, aber dafür kann ich ganz gut beobachten. Und Sie sagen mir gerade nicht die Wahrheit. Würden Sie mir bitte sagen, was da passiert ist?“

Von dem Berge schüttelte den Kopf. „Ich versichere Ihnen, nichts dergleichen ist geschehen. Bitte bedenken Sie aber, welcher Art Ihre Träume waren. Das waren natürlich schreckliche Träume, bei Ihnen beiden, aber der intime Teil ...“

„Schon klar“, sagte Bastian. „Aber davon fühlt sich mein Mund nicht an, als hätte ich lange und heftig geknutscht und davon sieht auch Lindas Haar nicht aus, als hätte jemand darin herumgewühlt. Also ...“

„Ach herrjeh ...“ Der Forscher sah zerknirscht aus. „Sehen Sie, es hat schon einen Grund, warum Sie sich nicht an jedes Detail der Sitzung erinnern. Die körperlichen Reaktionen bei der Schilderung dieser intimen Aspekte Ihrer Träume – Sie beide haben das nicht nur geschildert, sondern zum Teil auch durchlebt, das ist ganz normal und äh ... ich konnte Sie zwar stets schnell wieder beruhigen, aber was das zerwühlte Haar betrifft ... Frau Winterhagen lag auf der Liege ... oh je, das ist mir wirklich sehr unangenehm ...“

„Ich verstehe schon“, sagte Bastian mit belegter Stimme. „Lassen wir das. Aber wir haben nicht ... gemeinsam, ich meine ...“

„Nein, nein“, von dem Berge schüttelte heftig den Kopf. „Das war noch, bevor ich sie beide gemeinsam in Trance versetzt habe.“

Bastian sah verstört auf die Liege. „Können Sie mir sagen, wie ich auf die ... also auf die intimen Details von Lindas Träumen reagiert habe? Es ist mir total unangenehm, dass ich das mit angesehen habe und mich nicht erinnern kann.“

„Sie haben es nicht mit angesehen“, sagte von dem Berge sanft. „Als ich gemerkt habe, worauf dieser Teil Ihrer Träume hinausläuft, habe ich Sie gebeten, den Raum zu verlassen. Das haben Sie auch gerne getan, und als ich Sie wieder herein rief, saßen Sie auf einem der Sessel vor der Tür. Umgekehrt übrigens genauso, als Sie an der Reihe waren. Frau Winterhagen ist raus gegangen.“

„Oh, gut“, sagte Bastian. „Bleibt aber noch dieses Gefühl in meinem Mund. Es ist wirklich, als ob ich ...“

„Es gibt eine Theorie“, unterbrach ihn von dem Berge, „eine inzwischen sogar fundierte Theorie, nach der sich rein vorgestellte Verletzungen zum Beispiel in echten Wunden manifestieren können. Bewiesen ist das zwar nicht, aber ich halte es durchaus für möglich. Und nach dem, was Sie geträumt haben – tja. Es könnte daran liegen.“

Bastian schaute den Forscher lange an, nachdenklich. Er konnte sich nicht daran erinnern, Linda oder irgendwen sonst im Traum geküsst zu haben. Und er war fast sicher, dass von dem Berge ihm etwas verheimlichte. Andererseits hatte der Mann ja gerade offen zugegeben, dass er etwas verheimlichte – und Bastian wollte mehr Informationen darüber, wie Linda und er sich auf dieser Liege verhalten hatten, eigentlich gar nicht haben.

Von dem Berge erwiderte seinen Blick lächelnd. „Wirklich, Herr Mohr, es gibt nichts, worüber Sie sich Sorgen machen müssten. Sie haben wahrscheinlich nichts getan, was Sie nicht in wachem Zustand auch tun. Und ich werde Sie nicht kompromittieren, weder Sie noch Frau Winterhagen. Da gebe ich Ihnen mein Ehrenwort.“

„Na gut“, sagte Bastian. „Dann sehen wir uns Donnerstag?“

„Bis Donnerstag.“ Von dem Berge wandte sich wieder seinen Notizen zu.

Bastian verließ den Raum grübelnd. Die weißen Sessel vor der Tür bemerkte er zum ersten Mal bewusst. Nachdenklich fuhr er mit der Hand über den Sitzbezug und die Kunststoffschale. Er konnte sich nicht daran erinnern, je hier gesessen zu haben.

„Alles in Ordnung mit Dir?“, fragte Linda besorgt, als er wieder bei ihr war.

„Ja“, sagte Bastian, immer noch in Gedanken. „Aber lass uns vorsichtig sein. Noch vorsichtiger. Ich weiß nicht, ob wir überhaupt noch irgendwem trauen können.“

32

Als Joseph Connor am Nachmittag des Mittwoch auf den Hof seiner Spedition fuhr, hatte er den Kopf so voll, dass er den Lastwagen, der ihm entgegen kam, gar nicht bemerkte. Ein anderer wäre vielleicht mit dem Truck zusammengestoßen, und das wäre wahrhaftig ein seltsamer Tod für Big Joe Connor gewesen – überrollt von einem seiner eigenen Transporter. Aber Joe hatte ein waches, trainiertes Unterbewusstsein, das ihn das Lenkrad herumreißen und dem riesigen Wagen ausweichen ließ. Während der Lastwagenfahrer mit vor Entsetzen bleichem Gesicht seinem Chef nachsah, parkte dieser seinen BMW, stieg aus und nahm die Treppe zu den Büros hinauf, ohne sich auch nur einmal umzusehen.

Joe ging über den Büroflur, grüßte zwei Angestellte, die seinen Weg kreuzten, meldete sich bei seiner Sekretärin, nahm den Telefonzettel entgegen, ging dann in sein Büro, schloss die Tür, setzte sich an seinen Tisch und versuchte Ordnung in seine Gedanken zu bringen. Über das Wochenende hatte er mit Sheelah einen Ausflug nach Cork gemacht, von Freitag bis Sonntag, Seamus und seine Familie besucht und die brüderlichen Bande erneuert. Das war schön und mal wieder notwendig gewesen, aber nicht der eigentliche Grund der Reise. Am Samstagnachmittag hatte er alleine die Familie Parnell in Waterford besucht. Es war nicht schwer gewesen, sie zu finden, eine Sache von zwei Anrufen nach dem Gespräch mit Bastian. Und sie hatten zugestimmt, ihm von Lauren zu erzählen, ja sie waren sogar begierig gewesen als er gesagt hatte, er sei Mitglied einer Kommission, die die Geschehnisse auf Little Rock neu aufrollen wolle. Er hatte etwas nervöse Leute angetroffen – sicher hatten sie sich über ihn erkundigt – aber sie waren sehr auskunftsfreudig gewesen. Sie hatten viel Interessantes erzählt, und sie hatten ihn auf die Spur der Frau gebracht, die er heute besucht hatte. Normalerweise erhielt sie keine Besuche, aber für ihn, den Lokalpolitiker mit den guten Verbindungen, war es leicht gewesen, zu ihr vorzudringen. Zu der armen Frau, die nach fast 30 Jahren immer noch in Panik lebte vor dem Monster aus ihrer Jugend, dem Ding mit dem Rüssel und den toten Augen. Die arme, verwirrte Karen Greene, Schwester von Catherine Greene, verheiratete Parnell, hatte ihm eine grauenvolle Geschichte erzählt.

Jetzt galt es, eine Entscheidung zu treffen. Joe war kein Freund überstürzter Entscheidungen, er dachte lange nach. Dann hatte er sich entschlossen. Natürlich würde er Bastian anrufen. Aber zunächst drückte er auf die Ruftaste seiner Gegensprechanlage: „Jenny, sag mal, ist Chloe Lynch da?"

„Sicher ist sie das", sagte seine Sekretärin. „Soll ich sie rufen?"

„Ja, bitte."

Es dauerte nicht lange, bis es an der Tür klopfte.

„Come in, Chloe", rief Joe.

Herein kam eine kleine, etwas pummelige Frau mit einem freundlichen, sommersprossigen Mondgesicht und nackenlangen, braunen Haaren. Joe wusste, dass sie 23 Jahre alt war, geschätzt hätte er sie eher auf 18. Sie blieb vor seinem Schreibtisch stehen und sah ihn fragend an.

„Sir?"

„Setz Dich, Mädchen." Er wies auf den Stuhl gegenüber seinem Schreibtisch und Chloe nahm Platz. Joe behielt sie gewohnheitsmäßig im Auge. Er vertraute diesem Mädchen mehr als den meisten Menschen auf der Welt, in manchen Dingen mehr als Sheelah und seinen Söhnen. Und er wusste, wie sehr sie ihm ergeben war. Aber trotz allem war sie Chloe Lynch. Es war besser, sie im Auge zu behalten.

„Wie gut ist Dein Deutsch derzeit?", fragte er.

Sie lächelte etwas unsicher. „Ich habe es eine Weile nicht gebraucht. Aber ich denke, ich kann mich immer noch verständlich machen."

„Was würdest Du davon halten, es ein wenig aufzupolieren?"

„Sie möchten, dass ich einen Deutschkurs mache, Sir?" Chloe gelang es nicht besonders gut, ihre Enttäuschung zu verbergen. Joe lachte laut.

„Nein, keine Angst. Ich dachte, es würde Dir gefallen, eine Angelegenheit für mich in Deutschland zu erledigen."

Ein sonniges Lächeln breitete sich auf Chloes Gesicht aus. „Ach so. Ja, sehr gerne. Das würde mir wirklich gefallen."

„Gut." Joe seufzte. „Da ist dieser Freund von mir – ein sehr guter Freund, dem ich verpflichtet bin – und der steckt in fürchterlichen Schwierigkeiten. Ich glaube, er hat keine Ahnung, in welcher Art von Schwierigkeiten. Ich fände es gut, wenn Du nach Deutschland fliegen würdest und ein Auge auf ihn hast."

Chloe runzelte die Stirn. „Ein Auge auf ihn haben?"

„Ja. Er ist ein Freund, Chloe. Und er braucht jemanden, der ihm hilft. Der Probleme von ihm fern hält. Ihn ein wenig beschützt. Könntest Du das machen?"

Sie zuckte mit den Schultern. „Sicher. Weiß er denn davon?"

„Noch nicht. Aber ich werde es ihm sagen. Ich war eben schon bei Steve und habe ein paar Sachen geregelt ... Du warst damals in Köln, oder?"

„Ja." Chloe lächelte. „Schöne Stadt."

„So sagt man. Es geht wieder in die Gegend. Mein Freund, Bastian Mohr heißt er, arbeitet in Köln und wohnt in ... ähm ... Leverkusen. Kennst Du Leverkusen?"

Sie machte eine vage Handbewegung. „Etwas. Aber nicht gut. "

„Ist auch nicht wichtig. Steve hat Dich ein wenig abseits stationiert, in Wuppertal. Da findest Du auch Deinen Ausrüster."

Chloe nickte. „Wuppertal kenne ich besser. Ich hatte Freunde da."

„Wäre es ein Problem, wenn ich Dich bitten würde, sie diesmal nicht aufzusuchen?", fragte Joe.

„Nein", sagte sie. „Kein Problem."

„Sehr gut. Wie viele Identitäten hast Du noch?"

„Keine." Chloe verzog das Gesicht. „Ich habe ja lange keine gebraucht, und die letzte ist zu heiß geworden."

„Ja, dachte ich mir." Joe griff in seine Aktentasche und zog einen braunen Umschlag heraus. „Aber wofür haben wir den guten Steve? Er denkt doch immer an Dich." Er schüttelte drei Pässe aus dem Umschlag. Chloe war erstaunt.

„Drei?"

„Ja. Einer für die Reise, einer für den Aufenthalt, einer als Ersatz. Nimm den britischen als Ersatz."

„Hm", machte Chloe. Sie steckte den britischen Pass weg und betrachtete die beiden irischen. „Niamh Burgha und Mary O'Malley", las sie. Sie schaute Joe mit einer komischen Mischung aus Entsetzen und Unglauben an. „Mary O'Malley?"

Joe lachte. „Beschwerden an Steve. Und ich denke, der Name ist gut. So stellen sich die Deutschen eine Irin doch vor. Du solltest ihn für den Aufenthalt nehmen und als Niamh Burgha reisen."

Chloe schüttelte grinsend den Kopf. „Wie viele Opfer werden wir noch bringen müssen?", murmelte sie, während sie auch diese Pässe einsteckte. Sie schaute auf: „Wann soll ich reisen?"

„Morgen früh", sagte Joe. „Du machst es?"

„Selbstverständlich, Sir."

„Gut. Dann weise ich Dich jetzt in die Details ein."

33

Am Abend vor dem Donnerstag, an dem Bastians zweite Hypnosesitzung mit von dem Berge und Linda stattfinden sollte, rief Joe an. Bastian und er sprachen lange, Joe warnte ihn eindringlich, noch einmal. Er wollte ihm sogar jemanden zum Schutz schicken. Bastian hatte sich ein wenig gewehrt, obwohl er die Sorge seines Freundes rührend fand, schließlich aber nachgegeben. Würde er also Besuch aus Irland bekommen, eine junge Frau namens Mary. Warum auch nicht.

Viel interessanter allerdings war, was Joe zu berichten hatte:

Lauren Parnell war nach Deutschland gekommen, um nach Glaser zu suchen. Es war kein Zufall, dass sie nach Köln gegangen war, zum Studieren, und es war auch kein Zufall, dass sie ihr Praktikum bei der LorenzMed absolviert hatte, dem Nachfolgeunternehmen der Chemischen Fabriken Lorenz. Denn bei dem Unfall auf Little Rock hatte es nicht nur einen Überlebenden gegeben, sondern zwei. Und wenn das, was Joe herausgefunden hatte, stimmte, dann war es auch kein Unfall gewesen. Unwillkürlich wieder in seine Muttersprache wechselnd erzählte er Bastian eine Geschichte aus der bösen alten Zeit:

Anfang der 1980er-Jahre lebten in Belfast zwei Schwestern, Karen und Cathy Greene. Die Greenes waren katholisch und arm, die Zeiten grausam. Eines Tages war Karen, die jüngere der beiden, verschwunden. Weggelaufen, vermuteten die Nachbarn. Entführt, fürchteten die Greens. Die Suche blieb kurz und erfolglos, alle Welt hatte so viel wichtigere Sorgen als eine einzelne, verschwundene 13-Jährige, deren Familie alleine nicht in der Lage war, mit Macht nach ihr zu forschen. Dann lernte Cathy, die Ältere, David Parnell kennen, einen Medizinstudenten aus Dublin, der sich in Belfast verfahren hatte und eigentlich nur schleunigst wieder raus wollte aus dieser gefährlichen Stadt. Er fragte Cathy nach dem Weg, weil sie so freundlich und ungefährlich aussah. Kein Jahr später heirateten sie, zogen erst nach Dublin, dann nach Waterford. Da war Lauren schon geboren und Karen immer noch verschwunden.

Doch eines Tages rief Cathys Mutter an. Fischer hatten vor Rathlin Island ein Mädchen aus dem Meer gezogen. Halbtot und wahnsinnig. Irgendjemand hatte sich eine Menge Mühe gemacht und herausgefunden, dass es sich um Karen Greene handeln könnte. Sie selbst hatte ihren Namen vergessen. Ja, es war Karen. Doch sie erkannte ihre Eltern nicht mehr und von ihren Geschwistern nur Cathy allein. Und so kam es, dass Cathy sie öfter besuchte als alle anderen, und sie nahm Lauren oft mit. Karen liebte die Kleine und Lauren hatte Spaß mit ihrer sanftmütigen, wirr brabbelnden Tante.

Viele Jahre später erzählte Karen ihrer Nichte eine Geschichte. Vielleicht hatte sie die Geschichte schon öfter erzählt, aber es forderte viel Geduld, Karen zuzuhören, und diese Geduld hatte eigentlich nur Lauren. Sie sei, so berichtete die Verwirrte, von zu Hause weg gelaufen, als sie gerade so alt gewesen sei wie Lauren jetzt. Sie sei bis ans Meer gelaufen, dort habe sie einen Mann getroffen, der sie auf eine Zauberinsel gebracht habe. Auf der Insel seien alle Menschen gut zu ihr gewesen und es habe noch andere

Leute wie sie gegeben, Weggelaufene, Ausgestoßene, Kinder, Jugendliche, auch zwei alte Männer. Die Tage seien immer gut gewesen und die Nächte voller schöner Träume. Nur manchmal, ganz selten, seien die Träume schrecklich gewesen. Grauenvoll. Aber eben nur manchmal. So war eine lange Zeit vergangen.

Und dann war das Monster gekommen, mitten in der Nacht. Karen war aufgewacht, mitten in der Nacht, und das Monster war in ihrem Schlafraum. Es hatte den Körper eines Menschen, aber anstelle des Kopfes einen Kraken mit großen, schwarzen Augen, die tot waren, ohne jede Bewegung. Dort, wo andere Kraken die Tentakeln haben, hatte es einen dicken Rüssel. Aus seinen Händen kam Rauch, als es die Betten entlang ging, und wann immer der Rauch sich auf einen der Schlafenden legte, fing er an zu husten und zu röcheln – und starb.

Wie Karen aus dem Raum herausgekommen war, wusste sie nicht zu erzählen. Sie war auf das Monster zugelaufen und an ihm vorbei, denn hinter ihm war die Tür, hatte versucht, nicht zu atmen, war durch die Tür gelaufen, einen Gang entlang und dann hatte es geblitzt. Es musste ein Zauberblitz gewesen sein, denn danach lag sie draußen, auf den Felsen. Feuer war überall gewesen, sein Geruch, sein Geräusch und sein Licht. Eine von den Frauen mit den weißen Mänteln hatte sie aufgehoben und getragen, zum Ufer hinab, die Frau war zu dem kleinen, blauen Boot gelaufen und hatte Karen hinein gelegt. Dann hatte Karen das Monster gesehen, oben auf den Felsen, und aus seinen Händen waren Blitze geschlagen. Ein Blitz hatte die Frau getroffen und sie war gestorben, aber vorher hatte sie das Boot mit Karen darin noch vom Ufer weg gestoßen. Karen hatte lange darin geschlafen und geträumt. Dann hatten die Wellen das Boot umgeworfen und sie hatte im Wasser gelegen. Dann hatten Männer sie aus dem Wasser gezogen. Inzwischen war sie sicher, dass auch dies ein Traum war. Sie träumte immer weiter und sie konnte nicht aufwachen.

Soweit Joes Geschichte.

„Ziemlich wirres Zeug“, sagte Bastian. Joe lachte. Bitter.

„Wirres Zeug? Mann, das ist eine exakte Beschreibung. Dieser

Mann, Glaser, hat in einer Nacht alle umgebracht und tabula rasa gemacht. Die Menschen, die geschlafen haben, hat er vergast. Die anderen erschossen. Und alles in die Luft gesprengt und verbrannt, um die Spuren zu vernichten. Eine von den Wissenschaftlerinnen hat Karen gefunden und versucht, mit ihr zu fliehen. Glaser hat sie erschossen und das Mädchen übersehen."

„Ja, aber dieses Krakenmonster ...", warf Bastian ein.

„Gas mask", unterbrach Joe ihn. „Wie nennt ihr das ..."

„Gasmaske", sagte Bastian. „Ja, könnte sein."

„Die aus der DDR sahen so aus", sagte Joe. „Russische auch. Das ist eine genaue Beschreibung."

„Und was hat Lauren dann gemacht?", wollte Bastian wissen.

„Na, ja, was 13-Jährige dann tun. Erzählen es allen und niemand glaubt es. Forschen auf eigene Faust nach, über Jahre, machen es zu ihrem Hobby, bis sie nicht mehr verstehen, dass sie in der Realität sind, nicht in einer Geschichte. Gehen als Studentin nach Deutschland um Doktor zu werden, forschen dabei immer weiter – und verschwinden. Kein Happy End." Joe machte eine unheilvolle Pause.

„Du meinst, ich mache dasselbe wie sie?", fragte Bastian. „Aber was soll ich machen? Ich meine, ich bin schon so tief darin ..."

Joe lachte wieder freudlos. *„Stepp'd in so far, that, should I wade no more, returning were as tedious as go o'er."*

„Wie bitte?"

„Nichts. Hör mir zu! Glaser ist von dieser Insel entkommen und ich bin kurz davor, herauszufinden, wie und unter welchem Namen er untergetaucht ist. Wenn ich das weiß, kannst Du zur Polizei gehen. Bis dahin wirst Du nicht mehr herumlaufen und Fragen stellen, und Du wirst vorsichtig sein. Versprochen?"

„Versprochen, Joe. Und danke."

„Ich melde mich wieder." Damit beendete Joe das Gespräch.

Bastian war tatsächlich entschlossen, sein Versprechen zu halten. Den Donnerstag hatte er in der Agentur als Home-Office-Tag angemeldet. Er schlief lange, schrieb nach dem Aufstehen zwei Artikel für die Kundenzeitung des Abfallentsorgers und fuhr dann zum Japanischen Garten, um bei einem Spaziergang den Kopf frei zu bekommen für den Abend. Die Träume waren tatsächlich besser geworden, man konnte sie absolut nicht mehr als Albträume bezeichnen. Keine Maden, keine Blumen – wenigstens keine singenden – kein gruseliges Haus, kein Feuer, keine Kälte, kein Schattenwesen, das ihn verfolgte. Linda allerdings war nicht aus seinen Träumen verschwunden. Und von einer erotischen Komponente zu sprechen wäre inzwischen stark untertrieben gewesen. Jetzt träumte er reine Pornographie, mit sich und der Frau seines besten Freundes als Hauptdarstellern. Das war nicht das Ergebnis, das er sich erhofft hatte. Aber heute Abend war die zweite Hypnosesitzung, und so misstrauisch er von dem Berge gegenüber nach der ersten gewesen war – immerhin war das Grauen ja aus den Träumen verschwunden. Vielleicht würde er nach heute Abend ja wieder ganz normal träumen – und beim Aufwachen vergessen, so wie früher.

Im japanischen Garten traf er Pam Charlton. Sie plauderten, Pam erzählte ihm, dass Linda morgens nach Frankfurt gefahren war und erst am Abend zurückkommen würde. Und dann sagte sie: „Sag mal ... sie hat angedeutet, dass Ihr Euch heute Abend seht?"

„Ja."

Pam lachte. „Gut. Dann kannst Du ihr was von mir ausrichten. Sie hat mich nach einer unserer ehemaligen Praktikantinnen gefragt, Lauren Parnell. Und warum sie zu uns gekommen ist. Ob Carla sie vermittelt hat und so." Sie seufzte. „Arme Carla."

„Und, hat sie?", fragte Bastian.

„Ja, schon, das hatte ich Linda auch gesagt. Aber dann ist mir noch etwas eingefallen, weil ich neulich einen ähnlichen Fall hatte. Ein Student, der unbedingt sein Praktikum bei Dr. Leber machen will. Nun ja – bei Frau Parnell war es genauso. Sie wollte unbedingt zu uns. Und ausdrücklich zu von dem Berge."

Bastian stutzte. „Bist Du sicher?"

„Ja", sagte Pam. „Ganz sicher."

Sie gingen noch eine Weile gemeinsam durch den Park, plaudernd, aber Bastian folgte dem Gespräch nur noch am Rande.

Wieder zu Hause versuchte er zuerst, Linda zu erreichen. Immer wieder erfolglos – vermutlich war sie auf der Autobahn, auf dem Rückweg aus Frankfurt. Er saß eine Weile unschlüssig auf dem Sofa, dann stand er plötzlich auf, ging in sein Arbeitszimmer und kam mit einem schwarzen Filzstift, einem leeren Blatt Papier und einem braunen DIN A-4 Umschlag zurück. Er legte die Dinge vor sich auf das Wohnzimmertischchen und betrachtete sie eine lange Weile, wieder grübelnd. Dann schrieb er schnell einen Brief an Judith, steckte ihn in den Umschlag und beschriftete dessen Außenseite:

Liebe Judith,
ich bin auf einer Recherche und ich habe das Gefühl, es könnte gefährlich werden. Wenn ich Dich nicht vom Flughafen abgeholt habe und wenn Du bis Freitagabend noch nichts von mir gehört hast, öffne bitte diesen Umschlag, lies die Nachricht darin und alarmiere die Polizei.
Ich liebe Dich
Bastian

Bastian betrachtete den Umschlag noch eine Weile und fragte sich, ob er paranoid geworden war. Wahrscheinlich war es so. Aber nach allem, was Joe ihm gestern am Telefon gesagt hatte und vor allem nach dem zufälligen Treffen mit Pam Charlton vorhin zweifelte er mehr denn je. Und er hatte nicht nur eine Verantwortung für sich, er hatte auch Verantwortung für Linda. Es schien, als käme Glaser, der so lange unsichtbar im Nebel der Jahre gewesen war, nun aus diesem Nebel heraus – ein Schemen noch, aber die Form, die dieser Schemen anzunehmen schien, machte ihm Angst. Und er erreichte Linda immer noch nicht. Das war nicht ungewöhnlich, sie pflegte ihr Handy oft abzuschalten, wenn sie zum Beispiel in Besprechungen oder auf der Autobahn unterwegs war. Dennoch gefiel es ihm gar nicht. Er hätte sich gerne vor dem Treffen mit von dem Berge noch einmal mit ihr ausgetauscht. Lange hatte er darüber nachgedacht, Michael gegenüber die Karten auf den Tisch zu legen, letztlich aber entschied er sich dagegen. Sie würden die Karten auf den Tisch legen müssen, sehr bald sogar, aber gemeinsam. Hinter Lindas Rücken mit Michael über die Sache zu reden hätte er unfair gefunden, und er wusste, dass Linda erst alles aufdecken wollte, wenn sie genug Material für die Polizei hatten.

Mochte sein, dass er paranoid war. Aber besser eine Vorsichtsmaßnahme zu viel, als eine zu wenig.

34

SMS von Judith Finder an Bastian Mohr, Donnerstag, 18.34 Uhr

*hi süßer mann, komme leider einen tag später, samstagnachmittag, genaue zeit kommt noch, holst du mich ab??? danke, liebe dich sehr. judith :-****

35

„Ach, Sie sind meine Rettung." Von dem Berge war durch den strömenden Regen auf den Parkplatz der Eissporthalle gelaufen und schnell in Bastians Auto geschlüpft. Seine Sporttasche warf er lässig auf den Rücksitz. „Danke, Herr Mohr."

Er hatte Glück gehabt. Bastian war schon fast aus der Wohnung gewesen, er wollte vor dem Treffen noch etwas einkaufen, als das Telefon sich meldete. Er nahm ab und hatte einen sehr zerknirschten von dem Berge am anderen Ende.

„Herr Mohr, das ist mir jetzt extrem unangenehm, aber könnten Sie mich vielleicht abholen? Mein Wagen streikt."

„Klar", hatte Bastian gesagt. „Bei der LorenzMed? Um halb sieben?"

„Nein, nein, das ist ja das Unangenehme. Ich habe heute einen freien Tag. Ich bin in Bergisch Gladbach, im Mediterana, das ist diese große Therme, und ..."

„Kenne ich gut", hatte ihn Bastian unterbrochen. Das Mediterana war die große Bade- und Saunalandschaft in Bensberg. Hin und wieder verbrachten Judith und er einen Tag dort und fühlten sich danach erholt wie nach einer Woche Urlaub. Er hatte von dem Berge spontan beneidet. „Ich hole Sie ab, kein Problem. Stehen Sie jetzt da auf dem Parkplatz, oder wie?“

„Ja, aber beeilen Sie sich nicht. Ich kann warten, ich setze mich einfach da ins Foyer, genieße den Duft und warte. Wann können Sie denn hier sein?“

„Viertel nach Sechs?“, hatte Bastian vorgeschlagen.

„Gerne. Und vielen Dank“, hatte von dem Berge gesagt.

Jetzt saß er also in Bastians Wagen und schnallte sich an, während dieser vom Parkplatz fuhr. Bastian war das ganz recht. Er sagte sich immer wieder, dass sein neu erwachtes Misstrauen gegen von dem Berge auch völlig haltlos sein konnte.

„Haben Sie den ADAC gerufen?“, fragte Bastian. Von dem Berge schüttelte den Kopf.

„Nein, das mache ich morgen. Ich hatte keine Lust, jetzt hier im Regen zu stehen und jemandem dabei zuzusehen, wie er das Auto vielleicht flott kriegt, vielleicht aber auch nicht.“

„Und wie kommen Sie dann morgen hier hin?“

Der Wissenschaftler zuckte mit den Schultern. „Mal sehen. Ich denke, ich nehme mir einen Wagen aus dem Firmenpool.“

Sie fuhren über Land nach Leverkusen, Bastian wollte die abendlichen Staus auf den Autobahnen vermeiden, und sie unterhielten sich über Belanglosigkeiten, vor allem über ihre gemeinsame Vorliebe für das Mediterana. Bastians Handy meldete sich zwischendurch einmal mit dem SMS-Ton, aber er ging gewohnheitsmäßig nicht ran. Als sie nach Küppersteg hinein fuhren und in die Siedlung zwischen Europaring und A1, in der von dem Berge wohnte, hatte Bastian die SMS schon vergessen. Während sie in die ruhige Seitenstraße einbogen und vor dem kleinen, frei stehenden Haus hielten, wunderte sich Bastian, wie er es schon getan hatte, als Linda ihm die Adresse geschickt hatte. Das war eine nette Gegend hier – aber nicht die Siedlung, in der er den Leiter eines wichtigen Forschungsbereiches der LorenzMed erwartet hätte. Andererseits – von dem Berge lebte, nach allem was Bastian wusste, alleine. Wozu dann viel Geld für ein großes Anwesen ausgeben?

In dem Moment, als Bastian den Wagen parkte, bemerkte er Linda. Sie stieg aus ihrem Auto aus und kam lächelnd auf die beiden Männer zu. Während er sie zur Begrüßung umarmte, raunte er ihr schnell ins Ohr: „Wir trinken keinen Alkohol und lassen uns nur hypnotisieren, wenn der jeweils andere von uns nicht im Raum ist.“ Linda sah ihn fragend an, und als Bastian nachdrücklich mit dem Kopf nickte, machte sie vor ihrem Körper, so dass von dem Berge es nicht sehen konnte, das Okay-Zeichen.

Von dem Berge schloss die Tür auf, nahm Linda den Mantel ab, ließ sich Bastians Jacke reichen, hängte beides an die Garderobe und führte sie durch einen kurzen Flur ins Wohnzimmer. Der Raum war karg, aber gemütlich, dunkle Ledermöbel, Bücherregale, ein Barschrank und ein Weinregal aus Mauerstein. Zu dem ging von dem Berge auch hin, während er fragte. „Und, wie sieht es mit den Träumen aus?“

Bastian warf Linda einen verstohlenen Blick zu und fing den ihren auf. Wieder schoss ihm die Hitze ins Gesicht und er sah, dass auch sie flammend errötete, während sie schnell wegsah. Also hatten sie dasselbe Problem.

„Gut“, sagte Bastian. „Also – keine Albträume mehr. Immer noch ... ähm ... ungewöhnliche und verstörende Träume, aber nicht mehr so schlimm.“

„Bei mir auch“, fügte Linda leise hinzu.

„Na, das ist doch ein guter Anfang“, sagte von dem Berge, während er sich mit einer Weinflasche in der Hand umdrehte. Er strahlte über das ganze Gesicht. „Darauf können wir aufbauen. Ein Gläschen Wein vorher? Wir sind ja hier ganz familiär.“

„Nein, leider“, sagte Bastian und warf Linda einen eindringlichen Blick zu. „Ich muss ja noch fahren.“

„Ich auch“, sagte Linda, „leider.“

„Ah ... tja, schade.“ Von dem Berge schaute mit einem komischen Ausdruck der Enttäuschung auf den Korkenzieher, den er mit der Weinflasche aus dem Regal geholt hatte. „Wären Sie mir denn böse, wenn ich ...“

„Nein, nein“, unterbrach ihn Linda. „Tun Sie sich keinen Zwang an.“

Von dem Berge grinste. „Danke." Er öffnete die Flasche, goss den Wein in ein großes Glas, das er aus dem Barschrank genommen hatte und hob es prüfend gegen das Licht der Wohnzimmerlampe. „Schauen Sie nur."

Er schwenkte das Glas leicht und der tiefrote Wein darin begann zu kreisen. Bastian sah wie nebenbei, dass ein wölfischer Ausdruck der Befriedigung in von dem Berges Gesicht trat, doch weder er noch Linda konnten den Blick von der roten, funkelnden Flüssigkeit wenden, die schwer in dem Glas kreiste.

Der Diamant, dachte Bastian. Oh mein ...

„Auf die Insel", sagte von dem Berge ruhig.

Dann war Nacht.

Teil 2
Die Träumer

Sweet dreams are made of this
Who am I to disagree?
(Eurythmics, „Sweet Dreams“)

All my kingdoms turn to sand
and fall into the sea
I'm mad about you
(Sting, „Mad about you“)

1

Als Chloe am Düsseldorfer Flughafen ankam, fühlte sie sich völlig zerschlagen. Um Zeit und Geld zu sparen und eine Zwischenlandung in London zu vermeiden hatte Steven ihr keinen Flug von Belfast aus gebucht, sondern den Direktflug am Vormittag ab Dublin. Und für den war „Vormittag“ leider eine freundliche Umschreibung – Aer Lingus EI 692 startete um sieben Uhr morgens. Für Chloe bedeutete das: extrem kurze Vorbereitung und kein Schlaf, denn Paul, der Typ, den der Chef als Fahrer für sie ausgewählt hatte, war leider ein Traum. Er stellte keine blöden Fragen, er wollte nichts über seine Lebensgeschichte erzählen oder über ihre wissen, sondern begann ein Gespräch über Musik. Und er interessierte sich für dieselbe Musik und, wie sich herausstellte, auch dieselben Filme wie sie. Statt also die nächtliche Reise für eine Mütze voll Schlaf zu nutzen, parlierte Chloe die ganze Fahrt über mit Paul. Auf den letzten 100 Kilometern musste sie sich mehrmals ermahnen, dass sie schon im Einsatz war, sonst hätte sie ihn gebeten, Handynummern zu tauschen, etwas, das sie noch nie getan hatte. Und Paul war leider zu scheu oder zu dämlich dazu. Also verabschiedeten sie sich brav und ohne Weiteres am Flughafen, und er fuhr davon, während sie der Abfertigung zutaumelte. Während sie auf den Abflug wartete, nickte Chloe – jetzt alias Niamh Burgha – mehrmals ein, aber richtig schlafen konnte sie nicht. Das Boarding und den Flug nahm sie wahr, als hätte man ihr Watte in die Ohren gestopft und einen Schleier vor ihre Augen gelegt, was ihr ganz recht war. Sie mochte Flugzeuge nicht, das Fliegen machte sie nervös – so nervös, dass sich auch während der knapp zwei Stunden zwischen Dublin und Düsseldorf nur hin und wieder ein dünner Firn aus Schlaf über sie legte, der immer wieder knirschend aufbrach.

Wenn sie schlief, dann träumte sie, und sie träumte DEN Traum, den, der immer kam, wenn sie angespannt war. Inzwischen kannte sie ihn so gut, dass sie ihn in all seinen Variationen kaum noch fürchtete, er nervte nur. Wenn sie wach war. Im Traum aber hatte sie Angst, schreckliche Angst, denn sie war wieder das Mädchen, die kleine Chloe in ihren letzten unbeschwerten Momenten. In wenigen Tagen würde Friede sein. Und jemand hatte offenbar seine letzte Gelegenheit genutzt. Sie kam in das Haus und sie sah Blut. Sie roch auch Blut, meistens jedenfalls. Manchmal hörte sie Schreien, Weinen, manchmal war alles still. Und sie fand Mummy und Daddy. Und sie fand ihre drei kleinen Schwestern. Sie schreckte hoch, wie immer, weinend und mit einem Schrei auf den Lippen, der sich diesmal gottlob nicht löste. Das wäre beschissen peinlich gewesen. Die jüngere Stewardess, die, mit der sie vorhin ein paar freundliche Worte gewechselt hatte, hatte es trotzdem bemerkt. Sie kniete neben Chloe und sprach flüsternd und besorgt. Chloe wischte sich über die Augen und schaffte ein Lächeln.

„Just a dream. Bad one." Die Stewardess nickte, lächelte ebenfalls und ging weiter, sie war gut, sie verstand, wenn jemand lieber seine Ruhe wollte.

Der Traum war eine verdammte Lüge. Chloe hatte das nie gesehen. Sie hatte in dieser Nacht bei Sophie übernachtet, ihrer Freundin aus der Schule, nur deshalb lebte sie überhaupt noch. Sie hatte ihre Liebsten erst wieder gesehen, als die Bestatter gute Arbeit an ihnen geleistet hatten. Allerdings hatte keiner von den Fünfen ausgesehen, als würden sie friedlich schlafen. Sie hatten nur tot ausgesehen.

Sie hatte an den Gräbern ihrer Eltern und ihrer Schwestern gestanden, einen Tag, bevor der Friede ausbrach. Und sie hatte damals schon gewusst, dass sie keinen Frieden wollte. Sie hatte keinen und sie würde keinen gewähren.

Und sie hatte Angst gehabt, Angst, dass sie zurückkommen würden. Ihre Großeltern konnten ihr den Schmerz nicht nehmen und nicht die Angst, auch wenn sie ihr Bestes gaben. Liebe konnte sie auffangen, und das war gut, aber beruhigen konnte sie nicht.

Eines Tages, ein paar Wochen nach der Beerdigung, war der große Mann gekommen, Joe Connor. Er war ein- oder zweimal in ihrem Elternhaus zu Besuch gewesen, aber sie kannte ihn nicht weiter. Oma und Opa fanden nicht gut, dass er da war, das konnte Chloe sehen, aber sie selbst fühlte sich plötzlich ruhig. Zum ersten Mal. Joe war sehr freundlich, er redete lustiges Zeug, aber das war nicht der Grund, aus dem er Chloe Ruhe gab. Sie spürte etwas an ihm, das ihr ähnlich war. Als er sie fragte, ob sie eine Spazierfahrt machen wolle, mit ihm und natürlich mit Grandpa, da hatte sie fast in die Hände geklatscht. Was immer dieser Mann ihr zeigen wollte, sie wollte es sehen.

Unterwegs hatte Grandpa sie in ein Gespräch verwickelt und so hatte sie nicht gesehen, wohin sie gefahren waren. Sie waren in einer Stadt, Chloe erfuhr später, dass es Armagh gewesen war. Vor einem kleinen Einfamilienhaus, das aussah, wie viele andere, die Chloe kannte, hielten sie an. Sie wurden eingelassen und Joe führte Chloe ins Wohnzimmer. Dort saßen einige Männer und ein paar Frauen. Ein paar ganz junge waren darunter, das fiel Chloe auf, nur wenige Jahre älter als sie selbst, und ein sehr alter. Als Joe hereinkam, verstummten die Gespräche. Alle Augen richteten sich auf ihn. Er legte die Hand auf Chloes Schulter und Chloe spürte plötzlich, dass das hier etwas Besonderes war. Das war kein Ort für Kinder und das war auch keine Versammlung, zu der ein Kind zugelassen war. Dass er sie trotzdem hierher gebracht hatte, bedeutete etwas, etwas für sie. Sie sah in die Runde, und ihr gefiel, was sie sah. Manche von den Menschen hier schienen zu wissen, wer sie war, andere schauten verwundert, aber niemand plapperte los, niemand begann zu weinen bei ihrem Anblick und vor allem stürzte niemand vorwärts, um sie mit Umarmungen und Trostgeschrei zuzukleistern. Chloe wäre gerne hier geblieben, bei diesen stillen Menschen, aber Joe führte sie wortlos wieder hinaus und brachte sie in die Küche. Sie sah ihn fragend an.

„Die Leute da“, sagte er, „haben sie Dir gefallen?“

Chloe nickte. „Sie waren so schön ruhig.“

Joe lachte, die Antwort überrascht ihn offenbar.

„Du hast bestimmt viel Angst, oder Chloe?“, fragte er dann unvermittelt.

Chloe nickte wieder. Auch Joe nickte. „Hätte ich auch. Ich kann Dich ein bisschen verstehen. Mir wäre fast einmal dasselbe passiert wie Dir, ich hatte aber Glück. Und ich verstehe sehr gut, dass Du Angst hast.“

Das war interessant. Bisher hatte niemand behauptet, sie zu verstehen, alle hatten immer nur gesagt, dass sie sich nicht in sie hinein fühlen könnten, selbst Oma und Opa hatten das gesagt, obwohl sie doch eine Tochter, einen Schwiegersohn und drei Enkel verloren hatten. Vielleicht, hatte Chloe gedacht, weil sie noch andere Töchter und Enkel hatten. Dieser große dicke Mann hier aber meinte, er verstehe sie – und Chloe glaubte ihm.

„Ich will Dir etwas sagen, über die Leute im Wohnzimmer“, sprach Joe weiter. „Das sind Leute, die nicht leicht vergessen. Sie vergessen auch Deine Familie nicht. Sie werden auf Dich aufpassen. Ich werde auf Dich aufpassen. Wir werden Dich beschützen. Niemand darf Dir etwas tun, wir werden dafür sorgen.“

Chloe hatte in den letzten Wochen viele, viele Male solche Reden gehört. Die Polizei hatte das gesagt, die Nachbarn hatten das gesagt, Onkel, Tanten, Oma, Opa, Freunde, jeder hatte etwas in dieser Weise gesagt. Sie hatte an ihren Dad gedacht, so groß und stark und tot in seinem Sarg und an Mummy und sie hatte vor Zorn gekocht, tief in ihrer Seele, während sie gelächelt und genickt hatte. Was für dummes Zeug. Diesmal aber nicht. Diesmal fühlte es sich völlig anders an. Diesmal glaubte sie es. Die Angst ging und auch die Wut. Vorerst.

„Kann ich nicht hier bei Euch bleiben?“, hatte sie gefragt.

Joe hatte gelächelt, sehr lieb, sehr warm. „Heute nicht“, hatte er gesagt. „Aber später. Später bestimmt.“

Das Flugzeug setzte auf, Chloe schreckte hoch. Sie war wieder kurz eingeschlafen, immerhin traumlos. Wacher fühlte sie sich deshalb nicht. Seufzend stellte sie ihre Armbanduhr auf deutsche Zeit.

Im Flughafen schleppte Chloe sich zum Gepäckband, nahm ihre Tasche, fand die S-Bahnstation und fuhr zum Düsseldorfer Hauptbahnhof. Hier quartierte sie Elizabeth Harris in einem Schließfach ein, für alle Fälle, dann nahm sie die Regionalbahn nach Wuppertal. Sie war schon einmal für mehr als zwei Jahre in Deutschland gewesen. Hier hatte man sie als Siobhan McKelvey gekannt. Wenige Jahre nach ihrem ersten Treffen mit Joe Connor hatte sie ihre Ausbildung begonnen. Sie hatte lange und begierig darauf gebrannt, aber Joe hatte es nicht überhasten wollen. Die

Ausbildung war gut und gründlich gewesen und Chloe eine gelehrige und talentierte Schülerin. Dann hatte sie sich zweimal bewähren dürfen. Das erste Mal war es ein typischer Testauftrag gewesen, für den zweiten Einsatz aber hatte sie sich freiwillig gemeldet, weil er Genugtuung für ihre Familie mit sich brachte. Joe hatte zugestimmt, wenn auch ungern, und sie war sehr bemüht gewesen, ihn von sich zu überzeugen. Das Ergebnis stellte alles in den Schatten, was sie selbst von sich verlangt hatte, und ihr Befehlshaber war begeistert gewesen. Dennoch hatte er sie danach erst einmal vom Schlachtfeld genommen und nach Deutschland geschickt, nach Köln. Sie hatte die Zeit gut genutzt – Siobhan McKelvey besaß die Deutsche Fachhochschulreife, einen deutschen Führerschein und diverse Kampfkunstdiplome, darunter, neben Krav Maga, Escrima und Wing Tsun, auch ein paar Ju Jutsu Auszeichnungen. Das Ju Jutsu hatte sie häufig nach Wuppertal geführt – und der dortige Zoo, der ihr viel besser gefallen hatte als der in Köln.

Chloe lächelte unwillkürlich. Auch wenn der Wuppertaler Zoo besser war – Köln war schon cool gewesen, eine Art nachgeholte Jugend bei wechselnden Gastfamilien, allesamt supernett und superahnungslos, wen sie da beherbergten. Zwei Einsätze hatte sie in der ganzen Zeit nur gehabt, eine Kuriergeschichte und eine kleine Sache in Belgien, damit sie nicht einrostete. Hatte ihr Spaß gemacht. Deutschland stand immer für den längsten und schönsten Urlaub ihres Lebens. Sie war gespannt, ob müde oder nicht, was es diesmal bringen würde.

Bei den Schließfächern im Wuppertaler Bahnhof trennte sie sich von Niamh Burgha und erweckte Mary O'Malley zum Leben. Steven hatte echt einen seltsamen Humor. Sie ging durch die Unterführung zum Schwebebahnhof und es gefiel ihr, dass sich hier nicht viel geändert hatte, seit sie in Deutschland gelebt hatte. Auch die Schwebebahn selbst war noch wie immer. Dieses leichte Schwanken, von dem sie immer den Eindruck gehabt hatte, dass es sie beunruhigen müsste, obwohl es sie nur sanft einlullte, war noch da und sie musste aufpassen, dass es sie nicht einschläferte, Chloe hatte keine Lust, ihre Haltestelle zu verpassen.

In Barmen, am Bahnhof Alter Markt, stieg sie aus und der McDonalds am Bahnhof erwischte sie auf tückischste Weise. Es war Mittagszeit und sie hatte, abgesehen von einem Schokoriegel, noch nichts gegessen, seit Paul und sie die Weingummitüte aus seinem Handschuhfach geleert hatten. Das Frühstück im Flugzeug hatte sie nicht angerührt. Während Chloe zwei Cheeseburger und einen Ceasar's Salad verdrückte, dachte sie zum ersten Mal seit dem Briefing gestern in Ruhe über den Einsatz nach. Einen vageren Auftrag hatte sie noch nie bekommen. Dieser Freund von Joe hatte sich als Hobbydetektiv betätigt und war in Schwierigkeiten. Sie sollte ein Auge auf ihn haben – was das bedeutete, sollte sie selbst entscheiden, sobald sie sich mit der Art der Bedrohung und der Lage vor Ort vertraut gemacht hatte. Einerseits freute sich Chloe, dass Joe ihr inzwischen so sehr vertraute, dass er sie quasi autonom arbeiten ließ. Andererseits war sie, wie jeder gute Soldat, keine große Freundin unübersichtlicher Situationen. Nun ja – darum würde sie sich morgen kümmern.

Heute galt es zunächst, sich eine Waffe zu beschaffen. Steve war nicht glücklich damit gewesen, aber er hatte Chloe an keinen der üblichen Ausrüster verweisen können, dafür war der Einsatz zu sehr außer der Reihe. Stattdessen hatte er einen Wuppertaler Studenten ausgewählt. Chloe hatte die Stirn gerunzelt.

„Ein Student als Waffenhändler?"

Steve hatte eine vage Handbewegung gemacht. „Mehr ein Kurier. Er ist etwas speziell. Eine Art privater Enthusiast."

Chloe hatte ihn leicht entsetzt angesehen. „Ein Idealist?"

„Sind wir das nicht alle?" Steve hatte mit den Achseln gezuckt.

„Sie wissen, was ich meine. Mit Respekt, Sir – habe ich Sie irgendwie beleidigt?"

Steve war ein sehr großer, sehr dünner Mann mit einem blonden Haarkranz. Damals, in dem Wohnzimmer in Armagh, hatte er noch volles Haar gehabt und einen Schnurrbart, der inzwischen zu einem Vollbart geworden war. Chloe erinnerte sich an ihn gut, er hatte sie so lange und nachdenklich angesehen. Fast etwas traurig. Nun schaute er erstaunt.

„Nein, Chloe, warum denn?"

„Erst nennen Sie mich Mary O'Malley, und jetzt soll ich meine Waffe von einem Amateur bekommen?"

Er hatte gelacht. „Mach Dir keine Sorgen, ich kenne seine Quelle. Wenn er nicht selbst an den Dingern herumspielt – und das habe ich ihm ausdrücklich verboten – wird die Waffe einwandfrei sein. Er müsste eine Walther P99 vorrätig haben. Mit Schalldämpfer. Passt das?"

Chloe nickte. „Passt gut, hätte ich dafür auch gewählt. Gebraucht oder neu?"

Steve hatte gezwinkert. „Würde ich Dir Second-Hand zumuten? Für Dich nur das Beste."

Sie hatte gelacht, aber der Gedanke daran, ihr wichtigstes Werkzeug von einem idealistischen Amateur zu bekommen, gefiel ihr auch jetzt noch nicht besser, während sie ihre Tasche aufnahm und den McDonalds verließ. Wenn es um Qualität ging, verließ sie sich lieber auf skrupellose Profis.

Solcherart grübelnd ging sie zum Hotel König, in dem Steven sie einquartiert hatte. Es war nur wenige Schritte von dem Schnellrestaurant entfernt, am Wupperufer, auf der Rückseite des Häuserkomplexes. Mary O'Malley checkte ein und Chloe ging in ihr Zimmer. Ein schlichtes, angenehm unpersönliches Hotelzimmer, gerade nicht zu klein. Gut. Das Doppelbett übte eine gewaltige Anziehungskraft auf sie aus, aber zuerst kam die Arbeit. Sie machte sich mit der Gegend vertraut, Schritt für Schritt, erst das Zimmer, dann der Gang, dann das Hotel, dann die Straße, denn die nähere Umgebung. Als sie ins Hotel zurückkam, hielt die Rezeptionistin sie an – ein Bote hatte ein Paket für sie gebracht. Chloe wusste, was das war. In ihrem Zimmer öffnete sie es und nahm eines der drei Prepaid-Handys heraus. Sie betrachtete es eine Weile lustlos, dann seufzte sie und wählte eine Nummer.

„Hi, Sven hier", quäkte es fröhlich aus dem Gerät. Chloe massierte den Bereich über ihrer Nasenwurzel. Sie hatte das starke Gefühl, dass sie Kopfschmerzen bekam.

„Hier ist Mary O'Malley. Wir sollten uns treffen."

„Oh." Er begann zu flüstern, ohne dabei viel leiser zu sprechen. Chloe hatte die Vision einer Menschenmenge, die sich zu dem

Typen umdrehte, der so auffällig in sein Handy wisperte, und stieß im Geiste einen ganzen Schwall lästerlichster Flüche aus.

„Your are the woman from Ireland, yes? You want to have ... the stuff."

„Nein, ich komme aus Schweden und suche ein Date. Was soll der Quatsch? Wann treffen wir uns wo? Und übrigens, falls man das nicht hört: Ich spreche Deutsch. Das fällt nicht so auf, in Deutschland. "

„Oh ... äh ... ja ... also, wir treffen uns an der Universität, Seminarraum N.08 ..."

„Nein", sagte Chloe, „keine Seminarräume, ich will Menschen um mich haben."

„Was? Warum ... Sie können mir vertrauen, ehrlich. Sie brauchen keine Angst zu haben, ich ... ich bin auf Ihrer Seite."

Chloe sagte nichts.

„Miss ... äh ... Frau O'Malley. Sind Sie noch dran?"

„Zoo", sagte Chloe.

„Was?"

„Wir treffen uns im Zoo. Affenhaus. Heute um 15.30 Uhr."

„Oh ... ähm ... gut, ja. Also bei den Menschenaffen. Damit ich Sie erkenne, tragen Sie eine ‚Irish Times' ..."

Chloe hatte das Bedürfnis zu schreien. Stattdessen sagte sie ganz ruhig: „Okay. Und wie wäre es mit einer grünen Kappe und einer Harfe unter dem Arm?"

„Was?"

„Ich werde gegenüber den Bonobos sitzen und ein Taschenbuch lesen, von …", sie öffnete ihre Tasche und zog das Buch heraus, das sie gestern in aller Eile hineingeworfen hatte, „… von Iain Banks. Sie kommen einfach auf mich zu und fragen mich, ob ich Mary bin. Und dann gehen wir ein wenig spazieren und unterhalten uns. Kriegen Sie das hin?"

„Halten Sie mich für einen Idioten?", fragte der Mann namens Sven beleidigt.

„Aber woher denn?", sagte Chloe. „Bis nachher."

Sie beendete die Verbindung, ließ sich rückwärts auf das Bett fallen, stellte sich mit letzter Kraft den Wecker und schlief ein.

2

Bastian erwachte und wusste nicht, wo er war. Eben noch hatte er in von dem Berges Wohnzimmer gestanden und hatte das Weinglas angestarrt, in dem die rote Flüssigkeit sich drehte und funkelte wie der Glasstein, mit dem der Wissenschaftler ihn hypnotisiert hatte, und nun ... Bastian tastete um sich, erwartete halb, auf eine Pritsche geschnallt zu sein wie in seinem Traum.

„Linda?“, sagte er leise.

Keine Antwort. Stattdessen spürte er, dass er weich lag. Und unter einer Decke, die sich sehr vertraut anfühlte. Bastian schlug die Augen auf – und war in seinem Schlafzimmer. Gänzlich verwirrt schaute er auf den Wecker neben dem Bett: Donnerstag, 10 Uhr 30. Langsam begriff er.

„Das war ein Traum?“

Er hatte es laut gesagt und schüttelte verärgert den Kopf. Den Hang mit sich selbst zu sprechen hatte er auch erst, seit er sich mit dieser Geschichte beschäftigte. Dann wurde ihm plötzlich kochendheiß klar, was die Uhrzeit bedeutete. Bastian stürzte in sein Arbeitszimmer und rief im Büro an. Marion meldete sich.

„Marion, es tut mir total leid, aber ich habe verpennt“, sprudelte es aus ihm heraus, „ich bin in zwei Minuten im Auto und komme rüber. Zum Büro sind es 30 Minuten – ich brauche zehn. Sag Michael bitte ...“

„Halt, halt, halt“, unterbrach Marion ihn lachend. „Erde an Redaktionsleitung: Entspann Dich! Auf dem Wochenplan steht hier unter Mohr ganz dick: Home Office. Du wolltest heute zu Hause arbeiten. In Ruhe schreiben. Weißt Du nicht mehr?“

Bastian ließ sich schwer in seinen Schreibtischstuhl fallen und atmete durch. Natürlich.

„Doch, jetzt fällt's mir wieder ein.“

Marion lachte immer noch. „Na, dann werd mal ruhig und mach Dir einen Kaffee. Und dann schreib ein paar nette Geschichten. Woran arbeitest Du denn?“

Bastian musste nicht eine Sekunde nachdenken. „Ich wollte die letzten Artikel für die Kundenzeitung der EUR schreiben. Morgen ist erst Deadline, aber wenn ich die heute schon in die Grafik schicke, kann Evelyn schon mal anfangen zu arbeiten."

„Na dann mal frisch ans Werk", lachte Marion. Sie verabschiedeten sich und beendeten das Gespräch. Bastian zog sich das T-Shirt und die Shorts aus, in denen er geschlafen hatte, und ging unter die Dusche. Während das heiße Wasser auf ihn prasselte, verstand er langsam. Er hatte die Artikel noch nicht geschrieben. Er war auch nicht im Japanischen Garten gewesen und hatte Pam nicht getroffen. Sie hatte ihm auch nicht erzählt, dass Lauren Parnell absichtlich zu von dem Berge gegangen war. Damit war das Misstrauen gegen den Wissenschaftler zwar immer noch da, aber vage wie eh und je. Bastian atmete scharf ein. Er hatte es nur geträumt. Ebenso wie das Treffen am Mediterana und die Sache mit dem Wein ... Moment – Mediterana. Da war irgendwas. Er konzentrierte sich und die Erinnerung war sofort da. Natürlich. Sie waren mit von dem Berge verabredet und zwar heute Abend im Mediterana. Eigentlich hatten sie sich bei ihm treffen wollen, wie in seinem Traum, aber dann hatte er einen Raum in dem Saunabad gemietet, weil er die Atmosphäre dort entspannender fand. Und Bastian und Linda hatten zugestimmt, eben weil sie ihm nicht ganz trauten und weil dort mehr Öffentlichkeit herrschte. Und in seinem Traum hatte er das irgendwie vermengt, vielleicht aus Erleichterung über die abgewendete Gefahr, real oder vermeintlich, hatte von dem Berge zu Glaser gemacht und ein Treffen im Regen erfunden. Mannomann. Und es war ihm so real vorgekommen. Es war wirklich an der Zeit, dass er diese verdammten Träume los wurde.

Bastian grinste, während er sich mit Duschbad einseifte. Zum ersten Mal seit Wochen war er wirklich erleichtert. Alles würde gut werden. Er würde sich heute Abend entspannt hypnotisieren lassen, in der angenehmen Atmosphäre des Wellnesstempels und mit Menschenmengen nur ein oder zwei Türen weiter. Dann vielleicht noch ein Abendessen mit Linda, morgen Judith vom Flieger abholen, abwarten, mit welchen Enthüllungen Joe aufwarten würde, das ganze Paket an die Polizei übergeben, eine große Geschichte schreiben – und alles würde im Lack sein. Keine traumtypische Zufallsbegegnung mit Pam, keine panischen Nachrichten für Judith, kein sich drehender Wein.

Mit frischer Kraft machte sich Bastian an die Artikel. Und obwohl das Gefühl, sie schon einmal geschrieben zu haben, immer noch stark und real war, wurde er der Aufgabe nicht überdrüssig. Im Gegenteil – es war sogar nützlich. Normalerweise musste er, bevor er einen Text begann, immer ziemlich lange über dessen Gliederung und besonders den Anfang nachdenken. Nun hatte er schon fertige Textgliederungen im Kopf und dazu brauchbare Einstiege. Er veränderte und verbesserte das, woran er sich aus dem Traum noch erinnerte, weiter und die Artikel flossen ihm nur so aus der Tastatur. Es lief so gut, dass er gleich noch eine Glosse hinterher schickte – und eigentlich hasste er nichts so sehr, wie Glossen zu schreiben. Aber die hier war echt gut. Vielleicht würde Evelyn dafür noch Platz in der aktuellen Ausgabe der Kundenzeitung finden, wenn nicht, dann würde sie halt in die nächste kommen. Danach hatte er sich erstmal leer geschrieben, lehnte sich zurück und streckte sich, sehr zufrieden mit sich selbst.

Es war jetzt Nachmittag, aber noch zu früh, um nach Bergisch Gladbach zum Treffen zu fahren, also entschied Bastian sich, das Schicksal herauszufordern, fuhr zum Carl-Duisberg-Park und ging in den Japanischen Garten. Die Bäume des Parks und im Garten selbst leuchteten unter dem dunkler werdenden Himmel in herbstlichen Farben. Der Tag war kalt, windig, nicht mehr sonnig, aber noch nicht nass. „Wenn das so weiter geht, bekommen wir einen tollen Winter“, dachte Bastian und zog seinen Mantel voller Vorfreude noch ein wenig fester um sich. Das Wasser plätscherte freundlich wie immer, es waren nicht viele Menschen im Japanischen Garten und vor allem – keine Pam. Nichts, was ihm Sorgen machen musste.

Nach einem erfrischenden Spaziergang fuhr Bastian nach Hause und checkte noch einmal seine Mails. Evelyn lobte seine Glosse und hatte noch Platz dafür auf der vorletzten Seite frei schlagen können. Schön. Einer Eingebung folgend packte Bastian ein T-Shirt und eine Sporthose, Saunatuch, Handtuch, Bademantel und Duschbad in seine Sporttasche. Er wusste nicht, wo man im Mediterana Räume mieten konnte, genau genommen hatte er gar nicht gewusst, dass das überhaupt möglich war, und er wollte nicht in die Verlegenheit kommen, nicht ausgerüstet zu sein, falls diese Mieträume sich im Saunabereich befanden.

Als er auf den Parkplatz der Eissporthalle fuhr, sah er Lindas Peugeot schon von Weitem, aber noch keine Spur von von dem Berge. Sie umarmten sich zur Begrüßung.

„Hattest Du einen schönen Tag?“, fragte Linda.

„Einen perfekten, bis hierher“, sagte Bastian grinsend.

Sie zwinkerte. „Ich auch.“

Bastian schaute auf seine Uhr. „Eigentlich müsste er schon da sein, oder? Ich war auch ein wenig spät dran.“

„Du warst genau pünktlich“, antwortete Linda. „Lass uns warten, vielleicht ist er in einen Stau geraten oder so.“

Sie plauderten und warteten einige Minuten, dann meldete sich Lindas Handy. Sie las die SMS, die von dem Berge geschickt hatte.

„Er kann nicht kommen“, sagte sie stirnrunzelnd. „Dringender Notfall im Labor.“ Linda seufzte. „So ein Mist. Was machen wir denn jetzt?“

Die ersten Regentropfen fielen und Bastian schaute über die Straße zum Mediterana. „Ach – wenn wir schon mal hier sind ...“

3

Chloe hatte geduscht und sich umgezogen und saß nun in der Schwebebahn, die sie zum Zoo brachte. Hatte sie bei ihrer Anreise noch darauf geachtet, möglichst unauffällig auszusehen, so war sie nun pragmatisch gekleidet – ein grauer Rollkragenpullover gegen die Herbstkälte, bequeme Jeans und sportliche Schuhe, in denen sie sowohl rennen als auch kämpfen konnte. Ein langes Flanellhemd verdeckte, dass sie in einem kleinen Futteral am Gürtel griffbereit einen hölzernen Kobutan trug – einen knapp 15 Zentimeter langen Stab, der wirksam und kampferprobt war und viel weniger Dreck machte als ein Messer. Chloe liebte das Ding.

Und sie hatte eine Verabredung mit einem offensichtlich grenzdebilen Waffenhändler. Da war Vorsicht mehr als geboten.

Über der Schulter trug sie einen festen Nylonrucksack, in den sie eine Flasche Wasser und – nach einem Blick aus dem Fenster ihres Hotelzimmers – auch eine faltbare Regenjacke gepackt hatte. Chloe stieg an der Haltestelle Zoo aus der Schwebebahn und machte sich an den Anstieg. Es war kurz nach halb drei, so dass sie genug Zeit hatte, sich vor dem Treffen noch ein wenig im Zoo umzusehen. Ganz abgesehen von ihrer persönlichen Vorliebe wollte sie sich auch vergewissern, dass die Wege immer noch so führten, wie sie sie in Erinnerung hatte.

Es hatte sich einiges geändert. Nachdem sie den Aufstieg zum Zoo hinter sich gebracht hatte (und sich dabei geschworen hatte, wieder etwas mehr Konditionstraining zu betreiben – sie hatte lange keine Märsche in den Hügeln mehr gemacht), ihren Eintritt bezahlt und eine Übersichtskarte gefunden hatte, stellte sie fest, dass die großen Gehege für Löwen und Tiger, von denen zu ihrer Zeit in Deutschland schon viel die Rede gewesen war, kurz darauf fertig geworden waren. Und eine neue Pinguinanlage gab es auch. Die Soldatin Chloe Lynch verfluchte für einen Moment, dass es ein Einsatz war, der sie wieder hierher geführt hatte. Viel lieber, als gegenüber den Bonobos zu lesen, wollte sie sich den Pinguintunnel und die Landschaften der großen Raubkatzen ansehen. So jedoch machte sie einen kurzen Abstecher zu den Elefanten, ging dann ins Menschenaffenhaus und setzte sich oberhalb des Besuchergrabens, in dem tobende Kinder die Affen zu möglichst viel äffischem Verhalten herausfordern wollten, auf eine Bank. Eine Weile betrachtete sie die Zwergschimpansen. Während die Gorillas demonstrativ Gelassenheit zeigten, scherte sich die Bonobofamilie gar nicht um das, was die Menschen vor der Scheibe veranstalteten.

Chloe nahm das Buch aus dem Rucksack und simulierte, es zu lesen, während sie ihre Aufmerksamkeit langsam von dem kleinen Affen, der offenbar aus purer Freude an der genervten Reaktion seiner erwachsenen Artgenossen immer wieder deren Ruheplätze erkletterte, auf die Menschen um sie herum wechselte. Sie erkannte ihn sofort, als er das Affenhaus betrat und das war schon einmal ein schlechtes Zeichen. Sven war dünn, picklig und trug eine randlose Brille unter einem wirren Schopf dunkelblonder Haare, die an den Schläfen schon grau wurden. Das Waffengeschäft war entweder neuerdings nicht mehr besonders einträglich oder schäbiger Look war gerade Mode in Deutschland, jedenfalls hoffte Chloe inständig, dass er nicht so roch wie seine verschlissenen Chucks, die Jeans und der grau-rot gestreifte Pullover es vermuten ließen. Über diesem Ensemble trug er eine offene blaue Nike-Windjacke. Chloe hob das Buch ein wenig, so dass er Iain Banks Namen auf dem Cover gut lesen konnte. Der hungrige Blick, mit dem er sie streifte, war, wie sie leicht angewidert feststellte, der Versuch, sie mit den Augen auszuziehen. Chloe lobte sich im Stillen für die Wahl des weiten Hemdes und ließ weiterhin kein Anzeichen erkennen, dass sie ihn bemerkt hatte. Svens forscher Schritt wurde zögernder, je näher er kam. Immerhin – er roch angenehm, als er sich zu ihr herunter beugte.

„Ähm ... 'tschuldigung. Bist Du ... sind Sie Mary?"

„Ja", sagte Chloe, packte das Buch in den Rucksack, stand auf und ging. Sven lief ihr nach.

„Sollen wir ... es machen?", raunte er ihr im Verschwörerton zu, als sie das Affenhaus verlassen hatten. Chloe unterdrückte ein Grinsen.

„Was – machen?"

Sven begann zu stottern. „Also ... Du ... Sie ... Sie ..."

„Du."

„Du weißt schon. Den ... ähm ... den Deal. Ich habe ...", er schaute sich um, obwohl niemand in Hörweite war, „ich habe die Ware."

„Natürlich hast Du die." Chloe seufzte. „Was glaubst Du denn, dass ich einfach so mit Dir komme? Ich kenne Dich doch gar nicht."

Sven war verdutzt. „Aber ... Mr. O'Hara hat gesagt ... also, er kennt mich."

Chloe versteckte ein prustendes Auflachen in einem Huster. O'Hara. Steven hatte scheinbar wirklich seine Woche des Humors. Dann wurde sie wieder ernst. „Ich kenne Dich aber nicht. Lass uns ein wenig gehen. Ich möchte mir die Löwen ansehen. Erzähl mir von Dir."

Und Sven erzählte. Dass er aus Wuppertal kam und gerade seinen Doktor in Soziologie machte. Er betonte, dass sein Thema mit dem Nordirlandkonflikt zu tun habe und schaute Chloe eindringlich an, die keine Reaktion zeigte. Dann kam er auf sein Hobby zu sprechen – er verbrachte offenbar den Großteil seines Lebens damit, „Herr der Ringe Online" zu spielen. Mehrmals betonte er, dass er keine Freundin habe, auch darauf zeigte Chloe keine Reaktion, was er zu bedauern schien. Als sie den Aufstieg zu den Löwen geschafft hatten, war er außer Atem. Chloe, die während des ganzen Weges kaum ein Wort gesagt hatte, schritt weiter zügig aus, bis die auf der Mitte der Brücke stand. Dort schaute sie sich sorgfältig um. Abgesehen von einer jungen Mutter mit einem vielleicht dreijährigen Kind und einem knutschenden Teenagerpärchen war niemand zu sehen. Sollte Sven nicht alleine gekommen sein, hatten sich seine Begleiter entweder meisterhaft getarnt oder sie waren zurückgeblieben. Chloe nickte zufrieden, während ihr Begleiter zu ihr aufschloss, ging die Brücke hinab zum Löwengehege und gönnte sich einen Blick. Die Anlage war größer als jede, die sie bisher gesehen hatte. Drei männliche Löwen lagerten vor einem Gebäude, das sich als Felslandschaft tarnte, weiter oben auf dem weitläufigen Hügel lagen drei Löwinnen und schauten träge über die Ebene.

„Schöne Anlage", sagte Chloe.

„Ja, nicht wahr." Sven strahlte über das ganze Gesicht, als wäre das sein persönlicher Zoo. „Warst Du schon mal in Wuppertal, Mary?"

„Nein", sagte sie. „Ich habe nur im Internet gesehen, dass Ihr hier einen Zoo habt. Zoos sind immer gut als Treffpunkte."

„Ah. Wo kommst Du denn her?"

Sie sah ihn an und fürchtete, dass etwas zu viel von ihrem Befremden sich in ihrem Gesichtsausdruck widerspiegelte. „Irland?"

„Nein." Er lachte unsicher. „Ich meine, wo wohnst Du hier? Bei Freunden, oder ..."

„Ja, bei Freunden", sagte sie. „In Düsseldorf."

„Ah ... okay. Dann musst Du heute sicher wieder zurück zu denen, oder?"

„Natürlich."

„Klar", sagte Sven, während ihm ein Pokerface misslang. „Natürlich."

„Was sind das für Türme da?", fragte Chloe und zeigte an der Begrenzung des Geheges entlang.

„Das sind Aussichtspunkte", sagte er. „Der vordere ist ein Unterstand, mit Fenstern und so, der hintere eine Aussichtsplattform."

„Gut", sagte Chloe. „Lass uns da rauf gehen."

Sie stiegen auf den kleinen Turm, und während Sven auf die Löwen hinab sah, spähte Chloe ein weiteres Mal in die Runde. Wieder nichts. Langsam begann sie zu glauben, dass der Typ echt war. Er ging vor ihr die Wendeltreppe hinab. Chloe zog den Kobutan vom Gürtel. Gerade, als Sven ein Bein anhob, um die nächste Stufe zu nehmen, fegte sie ihm mit einer schnellen Bewegung des Fußes das Standbein weg. Sven begann zu stürzen und Chloe sprang ihn an, schubste ihn gegen das Treppengeländer und hinderte ihn mit einem weiteren Tritt daran, die Beine zu schließen. Er prallte mit der Rippe gegen das Geländer und jaulte auf.

„Mary, was ..."

Sie stieß ihm den kurzen Stab unter das Ohr, er jammerte wieder.

„Warum ..."

„Mund halten, Hände auf den Kopf!"

Er gehorchte. Sie drückte ihm den Kobutan unter das linke Auge, während sie ihn mit der Rechten schnell abtastete.

„Eine schnelle Bewegung und ich steche Dir das Auge aus", sagte sie geschäftsmäßig, während sie ihn weiter durchsuchte, ihn abtastete, unter seinen Pulli fasste und in seine Hose.

„Mary ..."

„Shhht. Nimm es nicht persönlich", murmelte Chloe, während sie die Hand aus seinem Hosenbund zog. Ihr war klar, dass diese Durchsuchung zu oberflächlich war, aber im Grunde war es auch nur eine Bestätigung des Urteils, das sie sich bereits gebildet hatte. Sven war sauber, er war nur unglaublich dumm. Oder naiv. Wahrscheinlich beides. Wenn er so weiter machte, würde er das nächste Jahr nicht erleben, soviel war sicher.

„Alles okay. Kannst Dich wieder umdrehen.“ Chloe trat einen Schritt zurück und beobachtete scharf jede Regung des Mannes, aber als Sven sich umdrehte, wirkte er nicht einmal zornig. Nur verletzt.

„Warum tust Du das? Ich bin auf Eurer Seite.“

Chloe fiel keine passende Antwort ein, also zuckte sie nur mit den Achseln.

„Wie auch immer“, sagte sie. „Lass uns die Sache hinter uns bringen.“

Sie stiegen wieder zum Zoo hinab, vorbei an dem Tigergehege, einem faszinierenden Labyrinth aus künstlichen Felsen, Wasser und Bäumen, das sich Chloe gerne länger angesehen hätte. Ein andermal, tröstete sie sich. Nachdem sie den Zoo verlassen hatten, gingen sie zurück zur Schwebebahnhaltestelle. Dort rief Chloe, zu Svens Überraschung, ein Taxi. Sie stiegen ein und Sven nannte eine Adresse. Der Fahrer fuhr sie nach Steinbeck, unterhalb der Universität, und hielt vor einem Mietshaus. Sven wollte bezahlen, aber Chloe bremste ihn.

„Warten Sie bitte auf mich“, sagte sie zu dem Taxifahrer. „Ich bin in spätestens 15 Minuten wieder hier.“

„Aber warum denn?“, fragte Sven. „Ich dachte ...“

„Nein“, sagte Chloe. „Tut mir leid.“ Und wieder an den Taxifahrer gewandt: „Bitte warten Sie.“

„Klar“, sagte der und schenkte Sven ein mitleidiges Lächeln.

Svens Wohnung war klein, das Wohnzimmer, in das er sie führte, sogar winzig. Dennoch hingen dort drei Filmplakate: „Alien vs. Predator“, „Der Herr der Ringe – Die Rückkehr des Königs“ und „The Wind that shakes the Barley“. Alle drei gerahmt, wobei der Rahmen des letzten ohne jeden Staub war. Als wäre er nicht früher als gestern aufgehängt worden. Chloe unterdrückte ein gequältes Aufstöhnen. Was machte dieser Kerl? Glaubte er, Waffen zu verkaufen sei der richtige Weg, eine Frau aufzureißen? Sven hatte derweil eine große Tasche auf den hölzernen Couchtisch gelegt und stand mit deutlichem Besitzerstolz dahinter.

„Du möchtest also eine P99“, sagte er. „Mit Schalldämpfer.“

„So ist es“, sagte Chloe wachsam. „Zeig sie mir.“

„Sofort“, sagte er lächelnd. „Aber nur für Dich habe ich noch ein anderes Angebot. Schau mal.“

Er holte einen Fotografenkoffer aus der Tasche und öffnete ihn. Darin lag eine Maschinenpistole, ein großes Ding mit festem Schalldämpfer. Chloe sah ihn fragend an. Sven strahlte.

„Na, was sagst Du?“

„Das ist eine MP5 SD. Nicht, was wir bestellt haben.“

Sven wirkte enttäuscht. „Ja, aber ich dachte ... ich kann sie Dir zum selben Preis geben.“

„Damit ich was mache, einen Krieg anfangen?“, zischte Chloe. „Mach den verdammten Koffer wieder zu und zeig mir meine Pistole. Meine Geduld ist langsam zu Ende.“

Sven begann zu schwitzen. „Okay, okay“, sagte er leise, schloss den Koffer mit der MP und schob ihn unter Chloes wachsamen Augen weit von sich. Dann holte er einen kleineren Koffer aus der Tasche und öffnete ihn. Darin befand sich die P99, die Kompaktversion, eine handliche Waffe, die Chloe gerne benutzte, weil sie zuverlässig war, leicht zu verdecken und leicht zu ziehen. Dazu ein Schalldämpfer und ein leeres Magazin. Sie nickte zufrieden, nahm die Waffe aus dem Koffer und begutachtete sie. Steven hatte Recht, sie war neu und gut gepflegt. Chloe schraubte den Schalldämpfer an die Pistole, auch das ging gewohnt problemlos. Sie schob Sven das Magazin zu.

„Eine Füllung ist im Preis, ja?“

„Ja.“ Er lächelte schüchtern. „Aber wenn Du möchtest, gebe ich Dir ein zweites Magazin dazu. Weil ich Dich mit der MP geärgert habe.“

Chloe schüttelte den Kopf. „Nein. Eins reicht. Wie gesagt, ich will keinen Krieg führen. Was soll ich denn mit zwanzig Schuss?“

„Okay“, meinte er verwundert, lud das Magazin und gab es ihr. Chloe steckte es in die Pistole.

„Was hast Du denn damit vor?“, fragte er.

Chloe sah auf und starrte Sven an. Mit der Linken griff sie nach dem Schlitten der Waffe. Er bemerkte es nicht einmal, so gespannt wartete er auf ihre Antwort. Dann dachte sie an den Taxifahrer unten und betrachtete noch einmal sein erwartungsfrohes Gesicht. Es war nicht nötig. Und Chloe vermied es, wenn es nicht nötig war. Seufzend nahm sie die Hand von der Pistole ohne sie zu spannen.

„Sven, Du machst das noch nicht so lange, oder?“

„Na, ja, also ...“ Er lächelte verlegen.

„Lass es bleiben. Ich habe keine Ahnung, wie jemand wie Du in dieses Geschäft kommt. Aber wenn Du so weiter machst, bist Du in ein paar Wochen tot. Nicht jeder ist so geduldig wie ich.“

Er war völlig geschockt. „Was?“

„Du hast mir gerade eine Pistole mit Schalldämpfer verkauft. Willst Du wirklich wissen, warum ich sie brauche?“

Sven sagte nichts mehr, sondern sah sie nur mit großen Augen an. Seine Hände begannen zu zittern. Chloe nickte zufrieden.

„Siehst Du? Die Bezahlung ist mit ... Mr. O’Hara geregelt?“

Sven brachte ein ruckartiges Nicken zustande. Er zitterte immer mehr.

„Gut. Dann legst Du Dich jetzt auf das Sofa, da, Gesicht nach unten, Hände auf den Rücken, und zählst laut und langsam bis hundert, klar?“

„Bitte ...“, stammelte er.

„Tu, was ich sage. Und dann such Dir einen Job, mit dem Du umgehen kannst. Auf das Sofa. Jetzt.“

Sven wankte zu seinem Sofa, legte sich darauf, direkt unter das „Herr der Ringe“-Poster, vergrub sein Gesicht in die Polster, nahm die Hände auf den Rücken und begann laut, fast schreiend, zu zählen. Als er bei „zwölf“ war, hatte Chloe den Schalldämpfer von der Pistole geschraubt und beides in den kleinen Koffer gelegt, bei „achtzehn“ hatte sie das Köfferchen in den Rucksack gepackt, bei „fünfundzwanzig“ zog sie die Tür der Wohnung leise hinter sich zu und lief die Treppe hinab. Sie schätzte, dass er bei „fünfzig“ war, als sie wieder in das Taxi stieg.

4

Es war, als wären sie auf einer Bahn, die nur eine Richtung kannte, einer Rutsche, die zwangsläufig nach unten führte, egal, was sie taten oder wollten. Und wollten sie wirklich in eine andere Richtung? Die Fahrt war so schön.

Bastian lag auf seiner Liege, wohlig erschöpft, unter sich das Saunatuch, er war nur mit dem Bademantel bekleidet. Linda lag auf der Liege neben ihm. Er betrachtete sie ruhig. Sie hatte die Augen geschlossen, aber sie schlief nicht. Linda genoss. Genoss Bastians Hand, mit der er sie sanft, fast nachdenklich unter dem Bademantel streichelte, ihre Beine, den Hintern, den Rücken, ihre Schultern. Sie waren streng hier, was Zärtlichkeiten anbetraf, und Bastian wollte keinen Anstoß erregen. Wobei das natürlich egal war. Die wirkliche Grenze, die, die sie nie hätten überschreiten dürfen, hatten sie schon lange hinter sich gelassen. Sie hatten die abschüssige Bahn betreten und sie konnten nicht mehr herunter.

Eigentlich wäre es einfach gewesen, nein zu sagen. Schon zu der Idee, gemeinsam hierher zu kommen, nein zu sagen, wäre einfach gewesen. Aber wenn Bastian gezögert hatte, die Idee zu äußern oder wenn Linda Skrupel gehabt hatte, zuzustimmen, waren sie unmerklich gewesen, die Skrupel. Sie hätten in der ersten Sauna nicht so nah beieinander sitzen müssen. Sie hätten es dabei belassen können, gemeinsam in dem Außenbecken zu schwimmen – aber gemeinsam im Becken zu sitzen, an den Rand gelehnt, entspannt, ihr Kopf auf seiner Schulter, seine Hand um ihre Schulter, während der Regen aus dem dunklen Himmel auf sie fiel, war so schön gewesen. Aber sie hätten es lassen können. Sie hätten nicht anfangen müssen, sich zu küssen. Doch sie hatten es getan, nicht wild, nicht gierig, kleine, gehauchte Küsse, wie eine Übereinkunft. Wie ein Versprechen.

Seither hatte es kaum einen Moment gegeben, in dem sie sich nicht berührt hatten, beiläufig absichtlich, völlig harmlos für all die anderen Menschen, die sich hier entspannten und ihren Tag krönten, ungeheuer innig für Bastian und Linda. Jetzt lagen sie hier, nebeneinander, seine Hand glitt über ihre Haut, Linda seufzte wohlig und Bastian war völlig klar, dass er gerade sein Leben über den Haufen warf. Irgendwo tief in ihm war ein Teil seiner selbst entsetzt und panisch, wollte, dass das aufhörte, sofort, wollte die Uhr um zwei Stunden zurückdrehen, wollte die Katastrophe verhindern, die kommen musste und die doch so vermeidbar war. Aber hier oben fühlten sich all diese Skrupel so seltsam leicht an, wogen das betörende Gefühl, ihr nah zu sein, die Zärtlichkeit und die Gier so viel schwerer. Und er wusste, wusste ohne jeden Zweifel, dass es ihr ganz genauso ging.

Sie hatten kein Wort darüber verloren. Sie hatten überhaupt nicht viel gesprochen, und wenn, dann über die Wärme oder das Wasser oder den Himmel oder den Regen. Alles andere war Tat.

Linda drehte sich zu ihm und lächelte. Seine Finger glitten über den Ansatz ihrer Brust, über das Schlüsselbein, den Hals hinauf. Sie fing seine Hand und küsste sein Handgelenk.

„Und jetzt?“, fragte sie.

Bastian sah sie lange an und fand in ihren Augen seine eigenen Empfindungen gespiegelt. Die Zärtlichkeit, natürlich, Wärme, Verlangen – und den Schrecken und die Fragen, die sie lieber nicht stellten.

„In Merheim ist ein Hotel“, sagte er irgendwann. „Ich quartiere da oft Gäste ein, für ... für Kunden. Veranstaltungen, solche Sachen. Da ... es wäre da kein Problem, wenn ich abends einchecke, die kennen mich da.“

„Ist es schön? Ich meine ... ist es schön da?“

„Ja“, sagte Bastian.

Linda nickte. „Gut. Lass uns gehen.“

5

Chloe ließ sich von dem Taxi in der Nähe des Opernhauses absetzen und lief von da aus durch den Regen bis zum Hotel. Dort prüfte sie zuerst einmal die Waffe auf Herz und Nieren. Probeschießen war nicht möglich, sie kannte keinen sicheren Ort dafür, zumal sie ja auch nicht wusste, ob der Schalldämpfer einwandfrei funktionierte. Also zerlegte sie die Pistole, untersuchte jedes Bauteil genau, setzte sie wieder zusammen, probierte alle Funktionen trocken durch, zerlegte sie dann wieder, untersuchte sie nochmal, setzte sie wieder zusammen und führte das Magazin ein. Die Waffe war in Ordnung. Sie kannte die P99 gut, besonders in der kompakten Ausführung, und sie hatte sie schon in ganz unterschiedlichen Zuständen kennen gelernt. Sie war in aller Regel zuverlässig und Chloe hatte auch mit dieser hier ein gutes Gefühl. Und wenn es doch schief ging, dann war das in erster Linie ein Problem dieses Bastian Mohr, nicht ihres. Sie ging davon aus, dass der Einsatz der Waffe gar nicht nötig sein würde. Wenn doch, bedeutete das, dass Mohr Mist gebaut hatte. Und wenn das so war, würde er eben ausbaden müssen, was passieren würde. Chloe war ziemlich gut darin, ihre Spuren zu verwischen. Aber wenn dafür keine Zeit bleiben sollte – sie war auch eine Meisterin des schnellen Rückzuges, das ergab sich so, wenn man der Guerilla angehörte. Dann wäre Mohr eben auf sich gestellt.

Nachdem sie ihr Werkzeug zurechtgelegt hatte, packte sie alles, was sie in den kommenden Tagen brauchen würde, in den kleinen Rucksack, verstaute den Rest in der Tasche und legte sich schlafen. Der nächste Tag versprach, lang zu werden.

Als der Wecker sie weckte, war es noch dunkel. Chloe hatte sich für den Tag fertig gemacht, und dann zum ersten Mal versucht, Bastian Mohr zu erreichen. Aber weder über Handy noch über Festnetz hatte sie Erfolg. Wahrscheinlich schlief der Herr PR-Manager noch. Deshalb brachte sie zunächst die Tasche nach Elberfeld, zum Hauptbahnhof, und legte sie in das Schließfach zu Niamh Burghas Pass. Die Pistole trug sie nun am Gürtel unter dem Flanellhemd, in einer kleinen Schlinge vor ihrem Körper. Ein schlechter Pistolenholster hätte sie vor zwei Jahren fast das Leben gekostet, seitdem vertraute sie lieber auf ihre selbst geknüpften Schnüre. Den Schalldämpfer steckte sie in den Holster, der gestern noch den Kobutan gehalten hatte.

Zurück im Hotel versuchte wie wieder, Bastian Mohr zu erreichen. Wieder erfolglos. Also musste sie warten – und also konnte sie sich auch einen kleinen Bummel durch die Barmer Innenstadt erlauben und ein Frühstück im Café. Sie hatte sich entschlossen, nicht im Hotel zu frühstücken, denn je weniger berechenbar sie sich verhielt, desto besser – das war der rationale Grund, den sie vor sich selbst vorschob und den sie auch Steven angeben wollte, wenn sie die Spesen mit ihm abrechnen würde. In Wirklichkeit wollte sie sich aber zumindest ein ganz kleines bisschen Touristenprogramm gönnen, bevor sie die Arbeit wieder aufnehmen musste. Und da sich nun mal eine Zwangspause ergeben hatte, wollte sie das nutzen.

Chloe checkte im Hotel aus – so oder so, hierher würde sie nicht zurückkehren – überquerte die große Hauptstraße längs der Wupper und bummelte in der folgenden Stunde einmal die Barmer Fußgängerzone rauf und runter, stöberte hier und schaute da und war am Ende um zwei CDs reicher – Nick Cave und PJ Harvey – die ohne zu stören noch in dem Rucksack Platz fanden. Dann setzte sie sich in das Café am Johannes-Rau-Platz und genehmigte sich ein italienisches Frühstück. Statt des obligatorischen Cappuccino trank sie Espresso und Mineralwasser, während sie in dem Taschenbuch las, dass sie gestern im Zoo nur zu lesen vorgegeben hatte. „Use of Weapons“ von Iain Banks. Die Geschichte gefiel ihr, wie so oft bei Banks, wenn er über Menschen schrieb, die auf eine ganz andere Weise in ähnlich seltsamen Situationen gefangen waren wie sie.

Als das Frühstück gegessen und der Espresso getrunken war, zeigte Chloes Armbanduhr fast 11 Uhr. Wieder versuchte sie, Bastian Mohr zu erreichen, wieder erfolglos. Chloe begann, die permanente Abwesenheit ihres Zieles ungewöhnlich zu finden. Sollte der Mann nicht Kommunikationsexperte sein? Kurz entschlossen rief sie seine Agentur an.

„Kommunikation:Winterhagen, Marion Grünhof, guten Tag.“

„Ja, guten Tag Frau Grünhof“, sagte Chloe und versuchte, den irischen Akzent, der sich während ihrer Zeit in Deutschland ziemlich abgeschliffen hatte, so dick und amerikanisch wie möglich klingen zu lassen, „mein Name ist Mary O'Malley von dem Verein für Transatlantische Kooperation. Herr Bastian Mohr hat sich für einen Fortbildungskurs interessiert und ich wollte fragen, ob er die Anmeldung bestätigen kann. Wir haben eine Warteliste, und ich muss wissen, ob er wirklich teilnimmt. Er hat uns diese Telefonnummer gegeben."

„Das tut mir leid", antwortete Marion, „Herr Mohr ist noch nicht im Büro."

„Ach, das ist aber schade. Wann erwarten Sie ihn denn?"

„Ich rechne jeden Moment mit ihm. Eigentlich müsste er schon da sein." Chloe hörte eine unterschwellige Unruhe in der Stimme ihrer Gesprächspartnerin, die ihre Alarmglocken schrillen ließ.

„Vielleicht können Sie mir dann sagen, ob ich die richtige Mobilnummer von ihm habe", bat sie und nannte die Nummer.

„Ja, die ist richtig", bestätigte Marion. „Kann ich eine Nachricht hinterlassen?"

„Das wäre sehr nett", sagte Chloe. „Bitte sagen Sie ihm doch, dass ich angerufen habe."

„Gerne", sagte Marion, „Ihr Name ist O'Malley? Mit E-Y hinten?"

„Ja, von dem Verein für Transatlantische Kooperation."

„Soll er Sie zurückrufen?"

„Nein, nein", sagte Chloe. „Wir sind nicht in Deutschland, das Anruf ist sehr teuer. Ich rufe noch wieder an, wenn ich ihn über das Mobiltelefon nicht erreiche. Das ist Service von uns."

„In Ordnung, ich schreibe ihm eine Nachricht."

„Danke, Frau Grünhof. Auf Wiedersehen."

Chloe beendete die Verbindung und zog nachdenklich an ihrer Unterlippe. Joe Connor hatte gesagt, dass der Mann in Gefahr sein könnte, aber davon, dass er plötzlich verschwinden würde, war nicht die Rede gewesen. Es konnte natürlich sein, dass er im Stau stand oder undiszipliniert genug war, einfach zu spät in sein Büro zu kommen. In dem Fall würde er hoffentlich Eins und Eins zusammenzählen, verstehen, was „Kooperation" in Zusammenhang mit diesem irischen Top-Klischeenamen bedeutete und mal sein Handy checken. Aber Chloe glaubte eigentlich nicht an diese Möglichkeit, genauso wenig wie an die, dass der Typ immer noch im Bett lag und den ganzen Vormittag über sein Mobiltelefon überhört hatte. Womöglich war die Lage noch gefährlicher gewesen, als ihr Chef sie eingeschätzt hatte und Mohr war bereits tot. Besserenfalls im Krankenhaus oder entführt. Helfen, beschützen, Probleme fern halten, so lautete ihr Auftrag. An die Lage angepasst bedeutete das für sie: Herausfinden, ob Mohr tot war, und wenn nicht – ihn finden. Das konnte ganz schön mühsam werden.

Chloe bestellte mehr Kaffee und verbrachte noch über eine Stunde damit, Bastian per Handy zu suchen, rief bei Krankenhäusern an, durchforschte die Webseiten der lokalen Medien nach Unfallberichten, checkte über einen von Joe Connor eingerichteten Namen Bastians Facebook-Account – nichts. Die letzte Spur, eine Facebookmeldung, war von gestern Nachmittag und besagte, dass er nach Bergisch Gladbach müsse. Wohin dort, warum und was danach geschehen war – oder womöglich davor – blieb ein Geheimnis. Chloe seufzte und winkte der Kellnerin, um zu bezahlen. Sie würde selbst nachsehen müssen.

Fast eineinhalb Stunden später stieg sie in Opladen aus dem Zug. Sie orientierte sich kurz und ging dann beim Nachteingang hinaus, unter der Gleisbrücke hindurch und über die Straße in Richtung Fußgängerzone. Unterwegs überlegte Chloe, warum ihr die Gegend so bekannt vorkam, dann fiel es ihr ein. Einer ihrer Kölner Freunde, Volker, war nicht nur Kampfsportler, sondern auch Läufer gewesen und hatte hier an einem Halbmarathon teilgenommen. Chloe – beziehungsweise Siobhan – und die ganze Clique aus der „Harp“, ihrem Stammpub in Köln, waren mitgekommen um ihn anzufeuern. Damals waren sie am selben Bahnhof ausgestiegen und dieselbe Straße hinunter gegangen. Am Stadtcafé waren sie links abgebogen, auf den Marktplatz und die Kölner Straße zu ...

Das war damals gewesen, in dem langen Urlaub, als Siobhan so glücklich gewesen war, dass sie Chloe manchmal sogar vergessen hatte. Nun ging Chloe am Stadtcafé vorbei und in die Stichstraße gegenüber, zu dem Haus, in dem Bastian Mohr wohnte. Sie beobachtete es eine Weile und war zufrieden. Keine Polizei. Wenn es eine Leiche gab, hatte sie offenbar noch niemand gefunden. Chloe schlenderte zurück zum Stadtcafé. Dort hatten sie noch einmal die Tische herausgestellt, denn im Gegensatz zu gestern war heute ein strahlend schöner Herbsttag. Chloe zog an einem der äußersten Tische einen Stuhl etwas ab und setzte sich probehalber. Sehr gut, von hier aus konnte sie den Eingang des Hauses sehen. Sie betrat das Café, kaufte eine Cola und ein Alibi-Brötchen, setzte sich nach draußen, nahm das Haus in den Blick – und wartete.

6

Es war Freitagnachmittag, als Bastian und Linda zum ersten Mal Hunger fühlten. Richtigen Hunger, nicht den aufeinander.

Als sie sich, ohne darüber zu sprechen, einig waren, in den Abgrund zu springen, hatten sie sich ganz ergeben, eine vollständige Kapitulation ohne jede Bedingung. In der Dusche des Mediterana hatte die ständige Gefahr, dass jemand aus der Umkleide oder der Saunalandschaft herein kommen könnte, ihnen noch einen kleinen Rest Zurückhaltung aufgenötigt. Im Hotel gab es diese letzte Barriere nicht mehr.

Sie waren mit Lindas Auto gefahren. Bastian hatte den Weg beschrieben und Linda dabei unentwegt angesehen, hatte sie mit den Augen aufgesogen, jede Bewegung, jede Spur in ihrem Gesicht, jedes Haar in ihrem Nacken, jede Falte in ihrer Kleidung. Er hatte sie nicht angefasst, er wusste, dass das, was sie hatten und haben würden durch jede gierige Grabscherei in der Enge des Autos nur entweiht würde. Was Bastian über das Hotel gesagt hatte, stimmte – sobald er seinen Namen genannt hatte, war es plötzlich kein Problem mehr, spät abends noch einzuchecken. Als Bastian die Tür des Doppelzimmers hinter ihnen schloss, fielen sie aus der Zeit.

Bastian kannte den Begriff „Life-Changing-Sex“, aber der traf es nicht im Mindesten. Dass sich ihr Leben ändern würde, war vielleicht schon lange vor dem Mediterana beschlossen gewesen und dort besiegelt worden. Morgen, vielleicht übermorgen, wenn sie in die Zeit zurückfallen würden, wachten sie in einem alternativen Universum auf. Was dazwischen geschah, musste dem entsprechen und das tat es. Alles war plötzlich auf eine nie geahnte Weise verschoben – und blieb so doch in der Waage.

Sie erlebten einen Rausch und es gab keinerlei Grenzen, keine der Erfahrung, keine der Nähe, keine der Zärtlichkeit, keine der Scham, nicht einmal solche der Kondition. Und sie wollten es alles, wollten es ganz, wollten es völlig bewusst. Sie waren auf eine Weise eins, wie Bastian nicht gewusst hatte, dass Menschen es sein können.

Und sie hatten beide ihren Moment der kalten Entscheidung und Berechnung. Als Bastian einmal auf den Balkon ging, um ein wenig Abkühlung zu finden, schrieb Linda eine schnelle SMS an Michael – es sei später geworden als gedacht, sie würde nicht nach Hause kommen, sondern sich morgen wieder melden. Und als Linda gegen Morgen in einen leichten, erschöpften Schlaf fiel, machte Bastian sich kurz Gedanken über Judith. Es waren vor allem praktische Gedanken, immerhin hatte er versprochen, sie vom Flughafen abzuholen. Im Moment hatte er aber nicht die geringste Lust irgendwo anders zu sein als hier, in diesem Zimmer, in diesem Bett neben Linda und er bezweifelte, dass das am Nachmittag anders sein würde. Also dachte er sich eine Ausrede dafür aus, dass er nicht am Flughafen gewesen sein würde. Als er eine halbwegs zufriedenstellende gefunden hatte, drehte er sich wieder zu Linda und bedeckte ihren Körper mit Küssen, bis sie davon aufwachte.

Bald danach, der Himmel war schon grau, fielen sie beide in Schlaf. Als sie erwachten, war nichts weniger geworden. Sie waren nur sanfter und liebten sich einmal langsam und innig. Danach begannen sie zu reden, erzählten sich voneinander, fragten sich aus, wollten wissen. Und als sie davon erschöpft waren, lagen sie beieinander, streichelten sich beiläufig und hingen ihren jeweils eigenen Gedanken nach. Diese Gedanken drehten sich nicht um das, was sein würde, auch nicht um ihre Partner oder gar um Carla, Deutschmann, Glaser und all das, was ihnen noch vor Stunden so wichtig gewesen war. Sie träumten voneinander.

Dann ging Linda alleine unter die Dusche. Als sie zurückkam, lachte sie.

„Mann, Du hast mich vielleicht zugerichtet."

Bastian, der ein wenig gedöst hatte, drehte sich ihr zu. „Hm?"

„Na ja, ich habe die Knie aufgeschürft und hier ist ein blauer Fleck und da auch und hier Knutschflecken ..." Sie lachte wieder und ihre Augen strahlten.

Bastian schaute an sich herunter.

„Ich finde nicht, dass Du aufrechnen solltest. Das könntest Du verlieren." Er grinste. „Eigentlich müsste ich überall Schmerzen haben – aber ich habe keine."

Linda warf ihr Handtuch zu Boden, sprang ins Bett, kniete sich neben ihn und schaute lächelnd auf ihn hinunter. „Also mehr?"

Er griff nach ihr. „Unbedingt."

Erst am späten Nachmittag wagten ihre Körper, darauf hinzuweisen, dass sie irgendwann auch wieder Energiezufuhr brauchten. Am besten sofort. Lindas Magen knurrte vernehmlich.

„Ja", sagte Bastian darauf, „gute Idee."

„Hast Du auch Hunger?"

Er nickte. „Aber hallo."

„Ist das Restaurant hier im Hotel gut?", fragte Linda.

„Ist es", sagte Bastian. „Absolut in Ordnung."

„Gut." Sie lächelte ihn an und küsste seinen Mundwinkel. „Ich will hier nicht weg."

„Ich auch nicht", sagte er und drückte einen Gedanken beiseite, der mit Judith und der Welt da draußen zu tun hatte.

Linda stand auf. „Dann gehe ich nochmal unter die Dusche."

„Mmmmm", machte er genüsslich. Linda lachte.

„Alleine. Bastian, echt, ich kann nicht mehr." Sie zwinkerte ihm zu. „Ich weiß nicht mal, ob ich noch vernünftig gehen kann. Und ich habe Hunger. Und wie!"

„Ich auch", gab er zu. „Und Du hast mich auch ziemlich fertig gemacht."

Sie deutete einen Knicks an. „Immer wieder gerne." Dann schaute sie nachdenklich auf die Kleidung, die sie sich beim Hereinkommen vom Körper gerissen hatten und die Bastian irgendwann in der Nacht ordentlich aufgefaltet und auf einen Stuhl gelegt hatte.

„Ich habe gar keine Klamotten zum Wechseln."

Bastian lächelte. „Linda ... na ja ... erst waren wir im Mediterana, dann hier ... sie haben vielleicht ein paar Knicke, aber fürs Hotelrestaurant sollte es reichen."

„Stimmt." Sie lachte glücklich. „Mit Dir was essen. Darauf freue ich mich jetzt richtig."

7

E-Mail von Joseph Connor an Bastian Mohr:

Hi Bastian,
ich habe wirklich herausfinden können, was aus Deinem Dr. Glaser geworden ist. Wenn man erst weiß, wonach man suchen muss, ist es nicht mehr schwer. Aber bevor ich Dir Details gebe, zuerst eine Warnung:

Du hast einen Mann erwähnt, der von dem Berge heißt. Halte Dich von dieser Person UNBEDINGT fern. Ich habe Dir Hilfe geschickt, sie müsste inzwischen bei Dir sein. Du kannst ihr alles weitere überlassen oder zur Polizei gehen, aber mach nichts selbst. UND HALTE DICH VON DIESEM VON DEM BERGE FERN! Er und Glaser sind ein und dieselbe Person!

Er muss das alles lange vorbereitet haben. Er hatte eine Freundin, eine Deutsche, die in Irland lebte, nahe Sligo. Diese Frau hieß Ingrid von dem Berge und sie war wohlhabend. Wahrscheinlich hat er sie gezielt ausgesucht. Etwa ein Jahr vor der Katastrophe auf Little Rock hat er sie geheiratet. Von da an hieß er nicht mehr Glaser, sondern von dem Berge. Und er hat die lange Form seine Vornamens verwendet, aus Fred Glaser wurde Alfred von dem Berge. Wahrscheinlich hat er das seiner Firma nicht gesagt, so konnte er auf der Insel weiterarbeiten – als Glaser. Ich vermute, er hatte ein Boot, mit dem er von der Insel geflohen ist. Danach musste er gar nicht untertauchen. Er musste einfach nur als von dem Berge weiterleben und Glaser ablegen.

Seine Frau ist einige Jahre danach gestorben. Ein Unfall beim

Schwimmen. Es kann sein, dass er das getan hat, aber ich habe keine Beweise dafür. Ein Polizist, mit dem ich gesprochen habe, glaubt, dass es so war. Ein anderer glaubt das nicht. Es wird ein Rätsel bleiben.

Er hat danach noch eine Zeit hier in Irland gelebt und dann ist er zurück nach Deutschland gegangen. Wenn er jetzt wieder bei derselben Firma arbeitet, würde ich vermuten, dass er jemanden hat, der ihm hilft. Der weiß, wer er früher war, und der ihm ermöglicht hat, wieder dort hinein zu kommen. Aber das ist nur eine wohlbegründete Vermutung. Ich kann Dir nicht sagen, wer diese Person ist. Es war klug von ihm, Jahre verstreichen zu lassen, bis er nach Deutschland zurück ging. So konnte er davon ausgehen, dass sich in dem Unternehmen viel geändert hatte und nur noch wenige Leute da waren, die ihn kannten. Und in dieser Zeit verändert ein Mensch sich auch, so dass man nie sicher sein kann. Aber Lauren Parnell ist ihm irgendwie doch auf die Spur gekommen. Das arme Mädchen – ich wünschte, sie wäre zur deutschen Polizei gegangen.

Bastian, mache bitte nicht denselben Fehler. Halte Dich zurück, sei vorsichtig. Warte, bis meine Mitarbeiterin bei Dir ist und berate Dich mit ihr.

Alles Gute
Joe

8

Chloe war ein geduldiger Mensch. Sie trank im Stadtcafé ihre Cola und noch ein Wasser, ging danach ein wenig spazieren, betrachtete die Auslage des Geschäftes gegenüber dem Haus, in dem Bastian Mohr wohnte, ließ sich bei einem benachbarten Friseur die Haare waschen und schneiden – nur die Konturen bitte – und beobachtete permanent das Haus und die Menschen, die dort ein- und ausgingen. Viele waren es nicht, aber nach einigen Stunden sorgfältiger Beobachtung hatte sie eine wertvolle Information gesammelt: Die Haustür ging schwer, wenn jemand das

Haus betreten oder verlassen hatte, schloss sie sich nur sehr langsam wieder. Und keiner der Hausbewohner hatte sich bisher die Mühe gemacht, sie hinter sich zuzudrücken. Es war inzwischen dunkel geworden. Chloe stand vor der Auslage einer Bank, tat so, als studiere sie die Börsenkurse und wartete auf den richtigen Moment. In der Hand hielt sie die beiden CDs, die sie in Wuppertal gekauft hatte. Der Wind war kälter geworden und Chloe hoffte inständig, dass es nicht anfangen würde zu regnen. Nicht nur, dass es dann für sie sehr ungemütlich werden würde, sie müsste sich auch eine neue Strategie einfallen lassen. Eine junge Frau, die an einem Schaukasten stand und die Auslage las, war hinlänglich unverdächtig. Eine junge Frau, die im Regen an einem Schaukasten stand ... so interessant waren die Kurse dann doch wieder nicht.

Der Moment kam schneller, als sie erwartet hatte. Eine Frau mittleren Alters kam aus dem Haus gelaufen, fummelte währenddessen wild vor sich hin murmelnd einen Autoschlüssel aus der Tasche und rannte an Chloe vorbei. Sobald sie Chloe passiert hatte, begann diese ihrerseits zu rennen, flankte über den Jägerzaun und lief zur Haustür. Die hatte sich gerade mal zur Hälfte geschlossen, als sie hindurch schlüpfte.

Im Hausflur blieb sie kurz stehen und orientierte sich. Die CDs hielt sie dabei gut sichtbar in die Luft, im Notfall sollten sie ihre Eintrittskarte sein – sie war eine Bekannte von Bastian und wollte ihm die beiden CDs bringen, die sie für ihn besorgt hatte. Aber niemand bewegte sich im Treppenhaus, niemand hatte gesehen, wie sie hineingelaufen war. Chloe ging die Treppe hinauf zu dem Stockwerk, das Bastian alleine bewohnte. Auch hier hatte sie Glück – Bastian Mohr war offensichtlich ein sorgloser Mensch, die Wohnungstür war nicht abgeschlossen. Chloe zog die Pistole aus ihrer Schlinge und schraubte den Schalldämpfer auf. Dann nahm sie eine dünne Metallplatte aus der Tasche, führte sie mit der Linken in den Spalt zwischen Tür und Füllung, suchte den Riegel, fand ihn und drückte ihn zur Seite. So weit, so einfach.

Die Tür schwang auf und Chloe lauschte in die Dunkelheit dahinter. Nichts. Entweder war niemand in dieser Wohnung oder er hatte ihr Eindringen bemerkt und verhielt sich genauso still wie sie. Chloe glitt durch die Türöffnung und drückte die Tür leise hinter sich zu. Sie war in einem kleinen, dunklen Flur. Ein Blick in den Raum zur Rechten, die Küche, verschaffte ihr die Gewissheit, dass diese leer war. Links war ein kleiner Toilettenraum, ebenfalls leer. Chloe ließ sich vorsichtig in die Hocke sinken, die Pistole immer auf die Tür am Ende des Flurs gerichtet. Rasch schlüpfte sie aus ihren Schuhen. Wenn in der Wohnung unter dieser jemand war, dann wollte sie diesen Jemand nicht durch unnötiges Gepolter aufmerksam machen. Leise, ganz leise, die Augen immer hinter dem Visier ihrer Waffe, schlich sie auf die Tür zu und betrat das Wohnzimmer geduckt. Sie verstand die Struktur des Raumes sofort und stoppte noch unterhalb der Galerie. So verharrte sie wieder eine lange Weile, bis sie ganz sicher war, hier unten alleine zu sein. Dann bewegte sie sich schnell und leise zur Treppe und wartete erneut. Immer noch nichts.

Die Treppe war heikel, hier konnte sie sich nicht verstecken. Darum lief sie schnell und so leise wie möglich hinauf und betrat die Räume hier oben schnell und mit Wucht, bereit, auf alles zu schießen, was sich bewegte.

Aber es bewegte sich nichts, nichts im Arbeitszimmer, nichts im Schlafzimmer und auch nichts im großen Badezimmer. Es sah so aus, als ob sie wirklich alleine wäre. Und falls Mohr tot war, dann war es nicht hier geschehen. Chloe machte noch einen schnellen Rundgang durch die ganze Wohnung, dann atmete sie auf. Sie war alleine.

Als erstes ging sie zurück in die Küche, durchsuchte den Kühlschrank und gönnte sich einen großen Schluck Orangensaft. Danach nahm sie sich etwas Lachs und ein Stück Käse und aß alles aus der Hand. Sie hatte seit dem Frühstück nichts mehr gegessen. Das Brötchen im Café hatte sie stehen lassen, nachdem sie festgestellt hatte, dass es sich weniger um ein Brötchen mit Butter und Käse handelte, als um Butter mit etwas Brötchen und Käse.

Als nächstes las Chloe die aktuellen Einträge im Terminkalender, der an der Küchentür hing, aber der war nicht sehr ergiebig. Mohr schien hier nur private Termine einzutragen, Familienfeiern, Pokerabende, gemeinsame Unternehmungen mit jemandem namens Judith. Stimmt, das war ein Name in dem Briefing gewesen. Seine Freundin hieß Judith Finder. Eine Journalistin.

Chloe verließ die Küche, ging zurück ins Arbeitszimmer, setzte sich an Mohrs Computer und schaltete ihn ein. Sie hatte auf eine weitere Unvorsichtigkeit ihres Gastgebers gehofft, aber diesmal hatte sie kein Glück. Das Betriebssystem verlangte ein Passwort. Sie versuchte die gängigsten – „Passwort", „1234567890", Mohrs Vornamen und den Namen der Freundin – aber nichts davon war richtig. Chloe hatte keine Ahnung, ob das Betriebssystem irgendwann blockieren würde. Aber es blieb ihr nichts weiter übrig, als es zu versuchen, so lange es ging und schlimmstenfalls auf eine Inspektion des Rechners zu verzichten. Sie ging zurück nach unten, um den Terminkalender aus der Küche zu holen.

Als sie durch das Wohnzimmer ging, sah sie auf dem Tisch einen braunen Umschlag, der ihr vorher nicht aufgefallen war. Das war nicht weiter verwunderlich, denn dort lagen auch eine Zeitung, zwei Bücher und ein einsamer Kaffeelöffel, aber diesmal las Chloe, was auf dem Umschlag stand:

Liebe Judith,
ich bin auf einer Recherche und ich habe das Gefühl, es könnte gefährlich werden. Wenn ich Dich nicht vom Flughafen abgeholt habe und wenn Du bis Freitagabend noch nichts von mir gehört hast, öffne bitte diesen Umschlag, lies die Nachricht darin und alarmiere die Polizei.

Ich liebe Dich
Bastian

Chloe pfiff leise durch die Zähne, nahm den Umschlag, freute sich, dass er nicht zugeklebt war, und öffnete ihn. Darin steckte ein einfaches Blatt Papier, auf das Bastian geschrieben hatte:

Liebste,
da Du dies liest, war ich nicht am Flughafen und Du hast keine Nachricht von mir.

Ruf bitte zuerst bei Linda und Michael an und frage, ob Linda zu Hause ist. Wenn ja, ist mir nur etwas dazwischengekommen und wir sehen uns wahrscheinlich gleich.

Wenn nicht – Linda und ich sind heute (Donnerstag) mit Dr. von dem Berge verabredet. Ich traue ihm nicht mehr wirklich. Es kann sein, dass er tiefer in diese Geschichte, in der wir ermittelt haben, verwickelt ist, als wir dachten, und dass ich einen Fehler gemacht habe. Seine Adresse steht auf der Rückseite dieses Blattes. Bitte alarmiere die Polizei und sag ihr, dass Du uns bei ihm vermutest.

Es tut mir sehr leid.

In Liebe

Bastian

„Idiot", murmelte Chloe. Eigentlich brauchte sie den Computer jetzt gar nicht mehr. Sie wusste, wo Mohr wahrscheinlich war und dass er die Kavallerie brauchte. Und wer war die Kavallerie?

Aber sie ging nicht gerne unvorbereitet und ohne Hintergrundwissen in eine unübersichtliche Situation, also nahm sie den Terminkalender mit nach oben und setzte sich an den Computer. Das Betriebssystem gestattete ihr einige Fehlversuche, und schließlich entpuppte sich Bastian Mohr als Romantiker. Sowohl sein Geburtstag als auch der seiner Freundin waren in allen Varianten und Kombinationen, die sie versuchte, Fehlschläge, aber dann fand sie im Oktober den Eintrag des Jahrestages seiner Beziehung. „Judithbastian1510" war das Passwort. Wie niedlich.

Eine Stunde später saß Chloe immer noch vor dem Rechner, sehr nachdenklich jetzt. Der Computer hatte keinen weiteren Widerstand geleistet, sie hatte Mohrs Outlook und seine Aufzeichnungen durchstöbert, seine Recherche nachvollzogen und die alarmierende Mail ihres Chefs gelesen. Inzwischen hatte sie auch einige Achtung vor Bastian Mohr, wie der die Informationen zusammengetragen hatte, Quellen ausgegraben und verbunden, das war schon durchaus beachtlich. Auf der anderen Seite stand seine tödliche Naivität, dieser Glaube von Menschen, die noch nie wirklich in Gefahr gewesen waren, an die eigene Unzerstörbarkeit. Nein, das Böse war wirklich. Bastian Mohr war das nicht klar gewesen. Sie hoffte, dass es nicht schon zu spät war.

Sie entwarf ihren Plan. Mohr würde noch eine Weile aushalten müssen. So wie es aussah, würde das eine sehr kurze Aktion sein, und danach würde sie sich sofort zurückziehen müssen. Chloe lächelte bitter. Hatte Joe Connor das geahnt? Er hatte sie geschickt, um Mohr zu beschützen, aber ihr Talent lag nicht darin, Leute zu beschützen. Da gab es bessere. Nein, sie war besonders gut darin, sich selbst zu schützen – und andere Leute zu töten.

Sie suchte die Route im Internet und fand heraus, dass von dem Berge – oder Glaser, wie sie nun wusste – gar nicht weit von hier entfernt wohnte. 45 Minuten zu Fuß. Wenn Mohr also befürchtet hatte, dass von dem Berge ihn festhielt, dann war von dem Berge ihr Ziel. Danach würde sie sich sehr schnell zurückziehen müssen. Sie suchte die Seiten der Fluglinien ab. Der nächste Flug nach Dublin ging morgen um 10 Uhr 35 ab Düsseldorf. In dem würde sie idealerweise schon sitzen, während die Suche nach ihr hier gerade anlief. Und das bedeutete: Es musste am Morgen geschehen.

Mit Hilfe der Informationen, die sie aus Bastians Aufzeichnungen und dem Internet ziehen konnte, legte Chloe sich ihr Vorgehen Stück für Stück zurecht, bis sie den Ablauf automatisch vor ihrem inneren Auge sah; wie er sich an den kritischen Stellen auffächerte und immer wieder zusammenlief, bis sie am Ende unbehelligt in Dublin aus dem Flugzeug stieg. Als sie zufrieden war, nahm sie eines ihrer drei Handys – eines, das sie noch nicht benutzt hatte – und führte ein kurzes Gespräch mit Steven. Danach lächelte Chloe. Alles war gut. Sie konnte sich eine Pause gönnen. Sie stellte den Wecker am Mobiltelefon, zog eine Decke aus Mohrs Schlafzimmer auf die Galerie, legte sich darauf, die Pistole griffbereit neben ihrer Hand und schlief augenblicklich ein.

9

Zum ersten Mal war Glaser unschlüssig. Er hatte sein Ziel erreicht, der letzte Beweis war im Grunde erbracht. Der kollektive, gesteuerte Traum war Wirklichkeit, diese beiden dort träumten ihn. Wozu es noch zum bitteren Ende bringen? Sie würden ihn fassen, diesmal, er würde es nicht mehr vertuschen können und er wollte es ja auch gar nicht vertuschen. Im Gegenteil – er wollte, dass es bekannt wurde, wollte es in die Welt hinausschreien, wollte, dass ihm Gerechtigkeit widerfuhr. Ja, er hatte all diese Menschen getötet, technisch gesehen, sie waren in seinen Händen und durch seine Absicht gestorben. Aber er hatte es nicht genossen, es war ein Mittel gewesen, ein notwendiges Mittel, aber auch ein bitteres. Und wenn aufgrund seiner Forschung nun Millionen Menschen weniger leiden würden, vielleicht sogar besser leben – denn seine Visionen und sein Wille gingen weit über dieses lächerlich kleine und kleinkarierte Feld der Narkose hinaus – dann würden die, die gestorben waren, stets mit genannt und mit gemeint sein. Lauren Parnell und Oliver Bressler, Carla Herbst und Andreas Deutschmann und nun auch Bastian Mohr und Linda Winterhagen, all diese Menschen damals in Nordirland und die Vergessenen, deren Namen er nicht kannte, in den Jahren dazwischen. Ja, auch die hatte es gegeben, hier eine Obdachlose, dort ein Illegaler, denn dies hier war nur der letzte Schritt auf einem langen Weg. Sie alle waren Märtyrerinnen und Märtyrer und er war bereit, er war begierig, seinen Ruhm mit ihnen zu teilen. Er war nicht eitel.

Und dennoch – war es nötig, auch diese beiden zu Märtyrern zu machen, die so willig und bereit zu ihm gekommen waren? Er mochte die beiden, mochte sie wirklich, mit all ihrem Eifer und all ihrer Ehrlichkeit und ihrer Loyalität, die es ihnen verbot, die Gefühle zuzulassen, die herauszuarbeiten so einfach gewesen war. Damals, in seinem Büro, als er ihnen den Teil seiner Arbeit erklärt hatte, den sie verstehen konnten, hatten sie ihm leid getan. Ja, er hatte sie unter Drogen gesetzt, um das erste Gerüst für seine Suggestionen zu implementieren und die ersten Träume, aber es hatte ihn nicht gefreut. Es hatte ihn nie gefreut. Er freute sich über die Ergebnisse, er freute sich daran, zu forschen, Probleme zu analysieren, Aufgaben zu lösen, aber was hätte er dafür gegeben, wenn das Leben ihm eine andere Aufgabe gestellt hätte. Eine, die weniger unschuldige Leben kosten musste.

Er sah auf die beiden hinunter, wie sie da friedlich nebeneinander lagen auf ihren Liegen, die Schläuche im Mund, die Kanülen im Arm, Kopfhörer auf den Ohren, während die Atemgeräte sanft zischten und die Monitore, die die Vitalfunktionen beobachteten, beruhigend piepten. Während sie in ihrem Traum geschlafen hatten, hatte er sie aus der Narkose geholt und interviewt, ohne die Hypnose zu unterbrechen. Die Antworten hatte er gewissenhaft notiert. Danach hatte er sie zurück ins Traumland der tiefen Narkose geschickt, nicht ohne ein angenehmes gemeinsames Erlebnis zu suggerieren, dazu ein paar Spezifika. Danach sollte Hunger einsetzen, der ebenfalls in der Hypnose zu stillen war. Dass das funktionierte, wusste er. Bressler war mit einer Flasche voll Wasser in der Hand verdurstet. Das war nicht Glasers eigentliche Absicht gewesen. Eigentlich hatte er mit Parnell und Bressler schon das beabsichtigt, was er nun mit Mohr und Winterhagen versuchen würde – einen gemeinschaftlichen Selbstmord oder gegenseitigen Mord im Traum. Dazu musste er die lebenserhaltenden Systeme abschalten und sie von der Narkose in einen normalen Schlaf überführen, in dem die Schutzreflexe funktionierten. Der Traumtod würde dazu führen, dass sie dennoch nicht weiteratmeten und ihre Herzen aussetzten. Bei Parnell hatte das funktioniert, aber da ihr Unterbewusstsein Englisch sprach, war es ihm nicht möglich gewesen, einen gemeinsamen Tod mit Bressler zu suggerieren. Auch Deutschmann war alleine gestorben, mit ihm hatte Glaser zum ersten Mal ganz ohne Narkose Erfolg gehabt, nur durch Suggestion und gelegentliche Gabe entsprechender Arzneien. Eigentlich hatte er das schon mit Carla Herbst vorgehabt, aber die hatte sich ja dann leider entzogen. Deutschmann war gerade recht gekommen. Und nun diese beiden – das gemeinsame Ende in einem gemeinsamen Traum. Es war der letzte Schritt, den er nun mit Mohr und Winterhagen gehen würde.

Manchmal fragte er sich, wer seine Forschung am Ende nutzen würde – und wofür. Menschen im Traum zu töten, dieses Wissen in den falschen Händen ... manchmal, ja, manchmal hatte er Zweifel, manchmal graute ihm. Aber war das seine Sorge? Er lieferte nur die Ergebnisse, er schlug nur eine Schneise in den Dschungel. Wer den Weg dann gehen würde – war das seine Sorge? Nein. In all seinen Aufzeichnungen und Dokumentationen hatte er auf die zahlreichen, segenbringenden Möglichkeiten hingewiesen, die seine Forschung erschloss. Mehr konnte er nicht tun.

Glaser lächelte voll Mitgefühl auf seine Probanden hinunter. Ein angenehmes gemeinsames Erlebnis hatte er suggeriert. Dem, was sie gemurmelt hatten, und den Reaktionen ihrer Körper hatte er entnommen, dass sie im Traum wieder miteinander geschlafen hatten. Ihre gegenseitige Anziehung füreinander hatte ihn trotz allem überrascht, sonst wäre er Anfang der Woche, als er sie zum ersten Mal mit ihrem bewussten Einverständnis hypnotisiert hatte, vorsichtiger gewesen. Die beiden waren regelrecht übereinander hergefallen, kaum, dass er ein wenig in die Richtung gearbeitet hatte. Er hatte gerade noch verhindern können, dass sie sich die Kleider zerrissen und von der Liege fielen. So viel aufgestautes Verlangen ... Gut, zugegeben – er hatte nachgeholfen. Aber nicht als Voyeur, sondern als Wissenschaftler. Und er war auch Mensch. Mitmensch. Glaser lächelte wieder. Wahrscheinlich träumten sie gerade eine gemeinsame Mahlzeit, dem Zeitplan entsprechend. Er hoffte, dass sie es genossen. Er wollte ihnen wirklich nichts Schlechtes.

Glaser wusste: Sie würden ihn fassen. Sie würden ihn verurteilen. Sie würden ihn wegsperren. Für eine Weile würde er als Monster gelten, denn er hatte nicht vor, auch nur einen Toten zu verschweigen. Das war er ihnen schuldig. Sie sollten Teil seiner Legende werden, Jede und jeder, auch Bruijn, auch Ingrid, seine arme Ingrid. Wenn die Menschen begriffen, was er ihnen geschenkt hatte, wenn der Abglanz künftigen Ruhmes beginnen würde, ihn zu umstrahlen, dann sollten sie bei ihm sein, und sein Ruhm würde der ihre sein. Sie waren verbunden, auf immer.

Von einem plötzlichen Gefühl der Freundschaft und Gemeinschaft übermannt, ergriff er die Hände der beiden Träumenden, die, über denen keine Kanüle in den Arm führte, und drückte sie herzlich.

„Es muss sein", sagte er sanft. „Ihr würdet es verstehen, wenn Ihr könntet. Ich bin Wissenschaftler."

Dann nahm er das Mikrofon und begann, Suggestionen zu sprechen. Gleichzeitig injizierte er die letzten Drogencocktails. Erst die Verbindung von Drogen und Hypnose brachte den gewünschten Erfolg, das war ihm damals, auf der Insel, nicht klar gewesen. Und die Werkzeuge noch nicht fein genug. Er war seiner Zeit zu weit voraus gewesen.

Die Bewegungen und das Gemurmel seiner Probanden veränderten sich. Sie litten nun seelische Qualen, vorerst. Glaser seufzte tief und sah auf die Uhr. 6 Uhr 15. Schon Morgen. Wie schnell die Zeit verging. Es war soweit, das alles zu beenden. Er erhob sich von seinem Stuhl, in diesem Moment klingelte es oben an der Tür. Glaser ignorierte es, aber als es noch einmal klingelte, war ihm klar, dass das kein Streich irgendeines Betrunkenen war. Und sowohl im Flur als auch hier im Keller brannte Licht. Wollte er den Schein des Gewöhnlichen wahren, musste er wohl oder übel an die Tür gehen. Und er musste den Schein wahren, er hatte nicht vor, sich noch auf den letzten Metern durch irgendeine Unwägbarkeit stoppen zu lassen. So etwas wie neugierige Nachbarn oder besorgte Bekannte. Glaser seufzte erneut. Wie lästig.

10

Arm in Arm gingen Linda und Bastian über den Flur zurück zu ihrem Hotelzimmer. Er lachte immer noch über ihre letzte witzige Bemerkung. Plötzlich blieb Linda stehen.

„Hast Du die Zimmertür offen gelassen?", fragte sie verblüfft.

Bastian schüttelte den Kopf. „Nein", sagte er. Die Tür stand einen Spalt offen.

„Zimmerservice?", vermutete sie.

„Um die Zeit?"

Linda zuckte mit den Schultern. „Vorher hatten wir ja die ganze Zeit das Do-not-disturb-Schild draußen. Vielleicht haben sie das jetzt eben gemacht und vergessen, die Tür zu schließen."

Bastian nickte. Sie betraten das Zimmer gemeinsam – und prallten zurück. Das Bett war nicht gemacht, es war immer noch so zerwühlt, wie sie es hinterlassen hatten. Und auf dem Rand des Bettes saß Michael.

Er sah sie mit einer Nachdenklichkeit an, als seien sie Menschen, die er mal gekannt hatte, an deren Namen er sich aber erst erinnern musste.

„Michael ... wie ..." Bastian hatte schon gesprochen, bevor es ihm selbst klar wurde.

„Was meinst Du denn?", entgegnete Michael mit scheinbar gelangweilter Ruhe. „Das war ja echt der Gipfel der Genialität, ausgerechnet hier abzusteigen. Den Laden kenne ich besser als Du, Du Arschloch. Ich musste nur sagen, dass ich Dir etwas bringen will und da haben sie mich selbstverständlich hier rein gelassen." Er hob die zusammengeknüllte Bettdecke an und schaute darunter. „Hier war ja ganz schön was los."

„Micha bitte, das ...", begann Linda.

„... ist nicht so, wie es aussieht?", versetzte er. „Du hältst besser die Klappe, Linda. Einmal, tu uns allen den Gefallen, und halt den Mund."

Bastian ging einen Schritt vor. „Lass sie, es ..."

Michael bewegte sich gar nicht so schnell, aber Bastian hatte keinerlei Widerstandsgeist in sich. Also schlug Michael ihn mit zwei harten Treffern zu Boden, ließ sich dann fast gemächlich auf ihn nieder und begann, ihn mit hasserfüllter Bedächtigkeit zu würgen.

„Micha! Nein! Bitte! Bitte ..." Linda schrie.

Michael drückte unbeeindruckt weiter. Bastian war klar, dass er sich hätte wehren müssen, dass er versuchen musste, seinen ehemaligen Freund abzuschütteln, der dabei war, ihn umzubringen. Aber er konnte einfach nicht. Die Welt begann, von den Rändern her dunkel zu werden. Kreise tanzten vor seinen Augen, da flog etwas über ihn hinweg. Er hörte ein Krachen, einen Schrei, dann noch ein Krachen. Die Welt wurde wieder hell, die Kreise verschwanden, und Linda brüllte in äußerstem Entsetzen: „Micha! Oh nein, nein, Micha! Micha!“

Michael lag am Boden, zuckend, röchelnd, hustend. Tränen liefen über sein Gesicht, Linda kniete neben ihm, weinend und völlig außer sich. Ein kleines Stück weiter lag der Stuhl. Der Stuhl, auf den Bastian gestern ihre Kleidung gelegt hatte. Mit dem sie Michael von ihm herunter geprügelt hatte. Und mit dem sie ihrem Mann dabei, ohne es zu wollen, den Kehlkopf zertrümmert hatte. Der Bruch war angeschwollen und Michael war dabei zu ersticken.

„Notarzt“, krächzte Bastian. „Wir müssen einen Notarzt rufen.“

„Das reicht nicht“, stammelte Linda unter Tränen. „Der kommt nicht rechtzeitig. Wir müssen einen Luftröhrenschnitt machen, sofort.“

Bastian wühlte in seiner Sporttasche nach einem Taschenmesser. Es musste da sein, es war immer da, es ... da war es. Er klappte die Klinge aus – scharf. Es war scharf, wie immer. Irgendwo in seinem Hinterkopf meldete sich die altbekannte Stimme und wunderte sich, dass er ein Schweizer Taschenmesser in der Sporttasche hatte. Seit wann besaß er eigentlich ein Schweizer Taschenmesser? Egal. Hauptsache, es war da. Er reichte es Linda, aber die hob nur ihre zitternden Hände.

„Ich kann nicht“, hauchte sie.

Bastian ließ sich neben Michael nieder, der sich kaum noch bewegte. Wahrscheinlich nahm er schon nichts mehr wahr, dennoch sagte Bastian leise: „Keine Angst. Ich mache jetzt einen Luftröhrenschnitt. Wir werden Dich retten.“

Bastian versuchte sich zu erinnern, wie das gemacht wurde, bisher hatte er es nur im Fernsehen gesehen. Er fand eine Röhre unter der Haut an der entsprechenden Stelle, atmete kurz durch, stieß das Messer hinein und schnitt. Es ging ganz einfach, viel einfacher, als er gedacht hatte. Dann brach ein Schwall Blut hervor. Nein – das war nicht die Luftröhre.

11

Es klingelte ein drittes Mal, Glaser lief die letzten Stufen hinauf, ging an die Tür und schaute durch den Spion. Der Bewegungsmelder vor seiner Tür hatte das Licht über dem Eingang eingeschaltet, es beleuchtete eine junge Frau, die mit einem Mobiltelefon winkte. Über der Hand trug sie einen weichen Lederhandschuh. Ja, die Nächte konnten schon empfindlich kalt sein, jetzt im Spätherbst. Eine Frau, hatte er gedacht? Eher ein Mädchen. Sie war vielleicht 19 oder 20 Jahre alt, schätzte Glaser, das freundliche runde Gesicht lächelte. Glaser öffnete die Tür ein wenig.

„Ja, bitte?“

„Ach, das ist lieb, dass sie öffnen“, sagte sie mit schwerem Akzent. Amerikanerin, vermutete er, während sie fortfuhr: „Meine Auto ist niedergebrochen da an die Straße. Mein Mobile ist leer. Können Sie mir vielleicht einem Phone geben, so dass ich dem ADAC rufe?“ Sie lächelte schlau. „Ich habe dem Schutzbrief. Ich bezahle dem Gespräch auch.“

„Ja, klar“, murmelte Glaser, zog die Tür wieder zu und wandte sich ab, um sein Telefon zu holen. Er würde sie vermutlich am schnellsten los werden, wenn er sie anrufen ließ und ihr dann klar machte, dass er sie weder hereinlassen noch mit ihr warten würde. Wirklich lästig. Dass sie das Handy in der linken Hand trug und die Rechte die ganze Zeit hinter dem Rücken verborgen hielt, war ihm nicht aufgefallen.

Chloe steckte das Handy in die Hosentasche und wartete geduldig, bis die Tür sich wieder einen Spalt öffnete und Glaser ihr ein Telefon heraus reichte.

„Sie wissen die Nummer?“, fragte er. „Oder ...“

Chloe packte seinen Arm, zog sich zu Glaser an den Türspalt, nahm die Pistole nach vorne, presste ihm die Mündung des Schalldämpfers an den Körper und drückte zweimal ab. Glaser machte ein keuchendes Geräusch, taumelte rückwärts und sank an der Wand des Flures zu Boden. Chloe kam hinter ihm ins Haus und schloss leise die Tür. Glaser presste die linke Hand auf die untere der beiden Wunden, Blut quoll jetzt zwischen seinen Fingern hervor. Chloe war ziemlich sicher, dass sie mit dem ersten Schuss die Leber getroffen hatte. Dann war die Waffe durch den Rückstoß etwas nach oben gerutscht, das Blut aus der zweiten Wunde lief über Glasers Handrücken. Er schien es nicht zu bemerken. Chloe richtete die Waffe wieder auf ihn. Er sah es und versuchte, sich mit der rechten Hand hochzustützen.

„Bitte“, flüsterte er, „ich bin Wissenschaftler.“

Sie schoss ihm ins Gesicht, das Projektil traf knapp oberhalb der rechten Augenbraue. Glaser kippte mit offenem Mund zur Seite und blieb liegen, tot. Chloe nickte zufrieden.

Auf dem Weg hierher hatte sie Bastian Mohrs Auto an der Straße stehen sehen, ebenso das von Linda Winterhagen, das sie nach einem Bild in Mohrs Rechner erkannt hatte. Damit war klar gewesen, dass die beiden in diesem Haus waren, tot oder lebendig. Chloe hatte Licht im Keller gesehen, also hatte er sie vermutlich dort. Vorsichtig, die Waffe immer im Anschlag, stieg sie die Kellertreppe hinab.

Unten kam sie in einen kurzen Flur, von dem drei Türen abgingen. Die erste führte in einen kleinen Raum mit technischen Einrichtungen, einer Heizung und anderen Maschinen, die Chloe nicht kannte. Im nächsten Raum aber fand sie Bastian und Linda. Das Zimmer war sauber und hell, beleuchtet von drei Neonröhren, deren Schein sie durch das Oberlicht gesehen hatte. Die beiden lagen auf typischen Behandlungsliegen, jeder an einen Tropf angeschlossen, an dem Infusionsständer hingen mehrere Beutel, nur jeweils einer war über einen Schlauch mit den Kanülen in ihren Armen verbunden. Auf einem Tischchen zwischen ihnen lagen Einwegspritzen und mehrere Fläschchen, manche leer, manche mit Flüssigkeiten. Aus beider Münder kam ein Schlauch, der jeweils zu einer eigenen Maschine führte. Die Skalen und Rädchen an den grauschwarzen Kästen sagten Chloe nichts, aber die Bedeutung der Gasflaschen war ziemlich eindeutig: Beatmungsgeräte. Monitore und Skalen an einem anderen Gerät überwachten die Lebensfunktionen. Auf den Ohren hatten sie Kopfhörer, die wahrscheinlich drahtlos mit einem Mikrofon verbunden waren, das auf einem Stuhl an der Wand lag. Bastian

Mohr und Linda Winterhagen waren nackt bis auf die Unterhosen, aber der Raum war sehr warm. Chloe entschied, dass sie hier besser nicht herumpfuschte. Beide lebten noch, damit war ihr Auftrag erfüllt. Sie wusste zwar nicht, wie lange die Maschinen noch laufen würden, aber es würde besser sein, wenn sich Experten darum kümmerten.

Sie ging wieder nach oben und unternahm einen schnellen Rundgang durch das Haus. Dabei öffnete sie Schubladen und Schränke und packte achtlos alles in ihren Rucksack, was klein und wertvoll war, zwei Kameras, einige Gold- und Silbermünzen, Armbanduhren, Manschettenknöpfe, Bargeld, ein Handy. Sie checkte es kurz – es war eingeschaltet. Das war gut. In der knappen Zeit, die sie hatte, stellte sie so gut wie möglich einen missglückten Raubüberfall dar, dann ging sie zurück in den Flur, stieg achtlos über Glasers Leiche, spähte kurz aus der Tür, fand die Straße leer und machte sich wieder auf den Weg.

Chloe verließ die Siedlung schnell und kam zurück zum Europaring, der großen Straße, die Küppersteg in zwei Teile schnitt. Auf der Brücke über die A3 blieb sie stehen, rief mit Glasers Handy den Notruf an und sagte zwei knappe Sätze. Dann wartete sie einen kurzen Moment, bis die Autobahn unter ihr frei war, ließ das Handy hinab fallen und ging weiter. Hinter dem McDonalds und der Autowerkstatt bog sie nach rechts ab, ging bis zur großen Autohandlung und dann zügig die Humboldtstraße hinunter und zur Bahnallee. Nur eine junge Frau mit einem Rucksack auf dem Weg zum Bahnhof.

12

Linda rannte und Bastian hatte Schwierigkeiten, ihr zu folgen. Nachdem Bastian Michael endgültig umgebracht hatte, indem er ihm versehentlich die Ader am Hals geöffnet hatte, war Linda aus dem Raum gestürmt, schreiend, doch niemand hielt sie auf. Bastian war ihr gefolgt, den Flur hinunter und ins Treppenhaus, an der Rezeption vorbei und nach draußen. Sie lief zur Straße und an der Schallschutzmauer der Autobahn entlang und mit einem Mal wusste Bastian, wohin sie wollte. Nicht weit von hier war eine Autobahnbrücke. Ihm kam das plötzlich auch sehr logisch und vernünftig vor. Jetzt, nachdem alles vorbei war und alles zerstört – warum nicht? Warum nicht gemeinsam mit ihr gehen. Er hätte nur Judith gerne noch einmal gesehen, trotz allem.

„Warte!“, rief er. „Ich komme mit Dir!“

Sie schien ihn nicht zu hören, rannte immer weiter, aber langsam schien ihr die Puste auszugehen. Bastian holte auf. Er lief hinter Gärten vorbei und dann an einem Wäldchen entlang. Am Rande der Bäume wuchs ein Bündel hellblauer Blumen, sie leuchteten in der abendlichen Dunkelheit, Bastian rannte an ihnen vorbei und wunderte sich noch über ihre grelle Farbe – als sie leise zu singen begannen. Bastian blieb stehen. Er hatte plötzlich das Gefühl, jemand hätte ihm in den Magen geschlagen. Das Blut wich prickelnd aus seinen Lippen und ihm wurde schlecht, als er begriff.

„Linda!“, schrie er. „Linda, warte! Warte! Das ist ein Traum!“

Linda blieb stehen und wandte sich zu ihm um, das Gesicht weiß. Bastian war mit wenigen langen Schritten bei ihr.

„Was?“, flüsterte sie.

„Ein Traum“, sagte er atemlos. „Es ist ein Traum, Linda, wir träumen.“

Sie schüttelte wild den Kopf.

„Doch“, beharrte Bastian, „die Blumen da“, er wies nach hinten, „die Blumen haben gesungen.“

„Da sind keine Blumen“, flüsterte Linda. Bastian wandte sich um. Die Blumen waren verschwunden. Linda wandte sich wieder um, der Autobahnbrücke zu, aber er hielt sie sanft fest und zog sie zu sich.

„Was hatte Michael an?“, fragte er leise.

„Wie?“ Sie starrte ihn völlig verwirrt an.

„Eben, im Hotel. Was hatte Michael an? Welche Klamotten?“

„Jeans“, stammelte sie, „und seinen Pulli“, sie brach in Tränen aus und konnte nur noch schluchzen, „seinen Lieblingspulli, den ich ihm zu Weihnachten geschenkt habe, den ...“

Bastian schloss die Augen und kämpfte. Plötzlich schienen sich seine Erinnerungen zu verschieben, er sah die Jeans und er sah den Pulli, aber in Wirklichkeit erinnerte er sich an etwas anderes, denn Michael hatte keine Jeans getragen, sondern ...

„Anzug“, keuchte er. „Anzug, ein dunkelgrauer, und darunter ein weißes Hemd, ohne Krawatte. Wie in der Agentur immer.“

„Nein“, stammelte Linda, „es war der dunkelblaue Pullover, ich weiß genau, er hat doch ...“

„Das Blut“, unterbrach Bastian sie. „Das Blut auf dem weißen Hemd. Ich sehe es ganz genau, ganz genau, auf seinem Kragen.“

Lindas Augen wurden weit. „Jetzt ... ich bin nicht sicher ...“

Bastian lachte gallig. „Der Strand“, sagte er. „Erinnerst Du Dich: Es wäre nicht derselbe Strand. Sie sähen Ihren Strand und Ihre Freundin vermutlich einen anderen. Verdammtes Schwein, er hat es uns doch genau gesagt: Es könnte sein, dass meine Freundin das Café erst genau in diesem Moment sieht, in dem ich es erwähne. Das ist ein Traum, Linda. Wir sind in von dem Berges Traum. Er ist wirklich Glaser.“

Linda begriff. „Dann wird er versuchen uns umzubringen.“

„Das tut er doch schon. Was wollten wir denn gerade machen?“

Sie schwieg.

„Dann haben wir das alles nur geträumt?“, fragte Linda schließlich. „Von ... ich meine, von wo an?“

Bastian schüttelte den Kopf. „Ich weiß es nicht.“ Er sah sie an und schluckte. „Es ist ... ich möchte ... ist vielleicht das Mediterana echt gewesen? Das zumindest?“

Sie schüttelte den Kopf. „Ich weiß nicht.“ Und dann, leise: „Ich möchte es auch.“

Die Erde bebte.

„Oh nein“, sagte Bastian. „Nicht das.“

Und dann schrie er, als die Erde aufbrach, und Linda schrie auch, er versuchte, ihre Hand zu nehmen, doch sie flog davon, war schon weit entfernt, und ...

Bastian saß am Steuer seines alten Ford und fuhr über eine verwehte Straße durch eine staubige Landschaft. Die Sonne brannte so hell, dass es kaum Farben gab, nur harte Kontraste. Er fuhr durch die ersten Bezirke einer verlassenen Stadt. Einst war sie schön gewesen, das konnte er noch sehen, voll verspielter, filigraner Architektur. Mehrstöckige, schlanke Gebäude säumten die Straße und einst mochten sie bunt gewesen sein. Nun waren sie nur noch schwarze Dächer über weißen Wänden und darin schwarze Fensterhöhlen. Bastian wusste, wohin er zu fahren hatte. Die Straße führte hinab zum Fluss. Der Anleger, den er suchte, war direkt vor ihm, an einem der vorderen Hafenbecken. Eine weiße Brücke überspannte es, eine Brücke mit Dächern und Türmchen. Jenseits des trägen grauen Wasser ahnte er das andere Ufer.

Dort war der Himmel nicht grellgelb, wie hier, sondern von dicken, grauschwarzen Wolken verhangen, unter denen es orange schimmerte. Eben legte einer der flachen Kähne ab, die hier die Fähren waren. Menschen in altertümlicher Kleidung standen still darin und ließen sich hinüber fahren. Er wusste es, als sei er schon einmal hier gewesen. Zurück blieb eine kauernde Gestalt, an eine Kaimauer gelehnt. Bastian stieg aus dem Auto und ging auf sie zu. Es war ein kleiner Junge, barfuß, in graue Lumpen gekleidet. Als Bastian auf das Kind zuging, blickte es auf. Bastian prallte zurück. Die Iris um die schwarzen Pupillen des Jungen waren fast weiß und sein Blick war von einer so grausamen Freude, dass Bastian wahnsinnig werden wollte.

„Du“, sagte das Wesen mit knarzender Stimme.

„Ich warte auf eine Überfahrt“, hörte Bastian sich sagen.

Es schien nachzudenken und machte dabei schmatzende Geräusche.

„Nein“, knarzte es schließlich. „Noch nicht. Geh weg.“

Bastian drehte sich um, eine gewaltige Last schien von ihm zu fallen, als er die Stimme wieder hörte.

„Bis bald, Bastian. Bis bald, bis bald, bis bald, bis bald, bis ...“

Bastian rannte

„... bis bald, bis bald, bis bald, bis ...“

zu

„... bis bald, bis bald, bis bald, bis ...“

seinem Auto

„... bis bald, bis bald, bis bald, bis ..."
und
„Wir haben ihn wieder! Hey, Nils! Der hier atmet auch wieder selbstständig! Gott sei Dank."

13

Als Bastian die Augen aufschlug, war Chloe schon am Düsseldorfer Flughafen, Niamh Burgha war zurück. Eben hatte sie einem schweigsamen jungen Mann, den Steven geschickt hatte, den Schlüssel zu dem Schließfach in Wuppertal übergeben. In dem lag nun nicht mehr ihre Tasche, sondern es befanden sich darin ein Köfferchen mit einer Pistole, sieben Patronen im Magazin und einem Schalldämpfer, ein paar Lederhandschuhe, die etwas Blut abbekommen hatten, zwei Kameras, Münzen, Schmuck, Bargeld und ein Pass auf den lächerlichen Namen Mary O'Malley. Chloe war sehr zufrieden mit ihrem kleinen Ausflug nach Deutschland. Und sie wäre noch zufriedener gewesen, hätte sie gewusst, dass es Paul sein würde, ihr netter Fahrer von vorgestern Nacht, der sie in Dublin in Empfang nehmen sollte. Nach einem angenehm ereignislosen Flug würde er sie wieder nach Hause bringen. Er würde weiter so schüchtern sein wie zuvor, aber Chloe nicht. Vor ihr lag ein wirklich gelungenes Wochenende.

Bastian saß verwirrt auf der Ladekante eines Rettungswagens. Sanitäter schwirrten herum, Polizisten überall, Menschen standen verstört vor ihren Häusern und schauten zwischen von dem Berges Haus, den vielen Polizeiwagen, den beiden Rettungswagen und dem Leichenwagen, der gerade abfuhr, hin und her. Bastian hatte man eine goldene Folie um die Schultern gelegt, er zog sie enger um sich. Eine junge Ärztin kam, betrachtete ihn prüfend und rief einem der Sanitäter etwas zu. Bastian konnte das, was sie sagte, akustisch nicht auflösen. Fahren? Ab? Wohin? Wer? Und warum?

Der Sanitäter kam zu Bastian und sprach freundlich auf ihn ein.

Freundlich und eindringlich. Bastian verstand ihn nicht. Sein Blick suchte, sprang hierhin und dorthin und blieb schließlich an dem anderen Rettungswagen hängen. Dort saß sie, und natürlich hatte sein Blick sie gesucht. Auch sie war in eine goldene Decke gehüllt. Linda drehte den Kopf und sah zu ihm hinüber.

Sie sahen einander an, lange und wortlos. Sie wussten es beide.

Der Sanitäter bewegte ihn mit sanfter Gewalt dazu, in den Wagen zu steigen. Wieder wandte er sich um. Wieder trafen sich ihre Blicke.

Und Bastian wusste, er war verloren.

Epilog

But you know by summertime your suicide's just last year's news.

(Bedroom Walls, „In Anticipation of Your Suicide“)

Schottland im Frühling

Ohne Eile fuhr der Captain Derek Roth die A816 zwischen Oban und Kilmore entlang. Die Hügel waren kahl hier, den Wald auf der einen und Loch Nell auf der anderen Seite konnte er nur ahnen. Aber er war nicht der Landschaft wegen hier. Er hatte gute Nachrichten für den Colonel, und das war ihm eine persönliche Genugtuung. Er bog von der Straße ab, folgte Seitenwegen, die immer schmaler wurden, bis plötzlich, wie aus den Hügeln gewachsen, das Anwesen vor ihm erschien. Der Colonel hatte Recht, wenn er immer sagte, es sei nicht besonders imposant – verglichen mit anderen Häusern. Dennoch hatte es etwas Beeindruckendes, hier draußen. Der Captain parkte den Wagen und ging auf das Haus zu, das iPad unter dem Arm. Die Frau des Colonels kam um die Ecke des Hauses, mit gelben Handschuhen und Gummistiefeln, sie hatte im Garten gearbeitet. Lady McCollaun lächelte überrascht.

„Derek. Wie schön, dass Sie uns besuchen. Ich wusste leider gar nichts davon.“

Er erwiderte das Lächeln.

„Es ist eine Überraschung, ich komme direkt aus Edinburgh. Der Colonel wird sich freuen, gute Nachrichten.“

Sie lachte. „Das freut mich auch. Sind Sie lange gefahren?“

„Dreieinhalb Stunden. Nicht der Rede wert.“

„Möchten Sie etwas zum Frühstück trinken? Tee? Kaffee?“

„Kaffee, gerne", sagte der junge Mann.

Sie nickte. „Ich koche einen. Gehen Sie nur rein, er ist im hinteren Zimmer. Sie kennen sich ja aus."

Er fand den Colonel vor dem Fernseher, die Wiederholung des Fußball-Länderspiels von gestern. Schottland hatte verloren. Die Männer begrüßten sich so herzlich, wie das zwischen einem ehemaligen Befehlshaber und seinem ehemaligen Untergebenen möglich war. Dann legte Derek Roth das iPad auf den Tisch.

„Gute Nachrichten, Sir. Wir glauben, wir haben gefunden, was Sie suchen."

McCollaun schaute erstaunt. „Wie meinen Sie das? Suchen?"

„Nun, was Sie zu Colonel Foster gesagt haben. Wegen ... der Sache mit Ihren Eltern."

Der alte Colonel war fast zu verblüfft, seine Rührung zu verbergen. „Daran haben Sie gearbeitet?"

„Nun ja ... nicht richtig gearbeitet, das ging nicht, aber wir haben natürlich unsere Augen und Ohren offen gehalten. Wir haben Sie nicht vergessen, Sir. Wir sind Ihnen alle sehr dankbar. Und wenn wir Ihnen helfen können – ist uns das eine Ehre."

McCollaun nickte versonnen. „Das tut gut. Und – was haben Sie gefunden?"

Der Captain grinste. „Um es mit Ihren Worten zu sagen, Sir: Einen verzweifelten Detektiv, erpressbar, in Geldnot und sehr gut in seinem Fach. Und auch noch genau in der Gegend, die Sie uns genannt haben. Na ja – fast genau."

Der Ältere lächelte. „Dann bin ich ein Glückskind, ja?"

„Kann man so sagen, Sir."

„Lassen Sie hören."

Roth tippte auf das iPad und nahm es auf, um die Notizen zu lesen. „Es war ein echter Zufall", begann er, „ein Abfallprodukt einer nebensächlichen Überwachungsgeschichte. Wir haben routinemäßig einen Joseph Connor im Blick. IRA, Provo, wir sind nicht ganz sicher, dass er ein Freund des Karfreitagsabkommens ist. Es könnte sein, dass es da eine Splittergruppe gibt, der er angehört ... alles sehr vage und unsicher, und auch nicht so wichtig. Wichtig ist, dass wir bei der Überprüfung seiner Kontakte auf einen Deutschen gestoßen sind. Journalist, PR-Manager, irgendwie so etwas. Wir vermuten, er hat in den 90ern der IRA geholfen."

„Soviel zum Thema erpressbar", sagte der Colonel.

„Genau", meinte Roth fröhlich. „Und er soll ein wirkliches As in Recherche sein. Kein richtiger Detektiv also, aber gleichwertig. Und das Beste ist: Er vögelt die Frau seines Chefs!"

„Hm", machte McCollaun. „Woher wissen wir das?"

„Alle Welt weiß es. Es ist auch nicht mehr sein Chef, es ist sein Ex-Chef. Außerdem waren sie wohl sehr gute Freunde, weswegen niemand mehr unseren armen Mann mag. Er ist ein Paria, versucht sein Glück jetzt alleine, bekommt aber kaum Jobs – ist so richtig auf dem Zug nach unten." Roth strahlte.

„Ja, klingt wirklich gut." McCollaun nickte. „Trotzdem ... ich brauche schon jemanden, der zuverlässig ist. Bumst die Frau seines besten Freundes – sowas Illoyales kann ich schlecht brauchen."

„Man sagt, es ist wahre Liebe", sagte Roth treuherzig. Die Männer sahen sich an – und begannen gleichzeitig zu grinsen.

„Gut", sagte der Colonel. „Vielen Dank, mein Freund. Lassen Sie mir die Daten hier, ich werde mir das mal ansehen. Ich rieche Kaffee. Wollen Sie mit uns frühstücken?"

Ende

Michael Schreckenberg

... lebt und arbeitet als selbstständiger PR-Berater, Texter und Autor in Leverkusen. In der Verlagskooperation JUHR/Gardez! ist bereits sein Endzeit-Abenteuer-Thriller „Der Finder“ erschienen, zudem veröffentlichte er eine Kurzgeschichte in der Krimi-Anthologie „Mord im Dreieck“.

Danksagung

Der Wunsch, eine Geschichte so gut zu schreiben wie möglich, hat weniger mit Eitelkeit zu tun als mit der Sorge um die Geschichte selbst. Sie kommt zu Dir, man weißt nicht genau, woher, Du darfst sie schreiben und dann geht sie in die Welt hinaus. Und natürlich möchtest Du, dass es ihr dort gut ergeht, dass sie viele Freunde findet. Die Aufgabe, eine Geschichte so gut wie möglich zu schreiben, kann niemand dem Schriftsteller abnehmen. Aber wenn er Glück hat, findet er Hilfe, damit sie noch besser wird und jemanden, der bereit ist, ihr auf dem Weg dort hinaus zu helfen. Ich danke:

Michaela Borchert
Daniel Juhr
Susanne Schiffner
Barbare Schoeber
Sarah Wassermair

Die Geschichte der „Träumer" hat von mir Wissen verlangt, das ich nicht habe. Deshalb danke ich besonders: Laura Maria Feldmar, die mir mit ihrem Wissen über das Leben und die Möglichkeiten des Ablebens als Kölner Chemiestudent(in) eine große Hilfe war. Dr. Liane Hein, die mir mit großer Geduld einen Einblick in die Anästhesie vermittelt und mich vor unschätzbar vielen Fehlern und Irrtümern bewahrt hat. Beide haben die Geschichte sehr viel besser gemacht als sie gewesen wäre, wenn sie ihr Wissen nicht so freundlich und freigiebig geteilt hätten. Alle Fehler, Missverständnisse und Versäumnisse hingegen sind alleine mir anzulasten.

Ich brauche Freiheit, um schreiben zu können. Und es gibt einen Menschen, der mir diese Freiheit gibt. Danke, Claudia.

Dank an die Künstler

Keine Geschichte ohne Musik, jedenfalls nicht bei mir. Die Musik ist ein Teil meines Schreibens, meine Geschichten wären anders – schlechter, glaube ich – ohne die Atmosphäre, die sie schafft. Für die „Träumer“ danke ich:

16 Horsepower
Calexico
Diary of Dreams
Nick Cave and the Bad Seeds
Johnny Cash
Leonard Cohen
PJ Harvey
Mad Jack and the Hatters
The Police
Bruce Springsteen

Mehr von Michael Schreckenberg: Sein faszinierendes Roman-Debüt „Der Finder“.

Von jetzt auf gleich sind fast alle Menschen von der Erde verschwunden. Daniel, der Finder, reist für eine kleine Gruppe Überlebender durch ein leeres Land, um dem Geheimnis auf die Spur zu kommen. Aber alles erscheint wie tot. Die Wuppertaler Schwebebahn steht still, im Kölner Dom ist die letzte Messe längst gelesen. Nur in den Wäldern gibt es noch Leben ...

Michael Schreckenbergs Endzeit-Abenteuer-Thriller erzählt vom Beginn nach dem Ende. Von Glaube und Hoffnung, von Einsamkeit und Tod.

Schreckenberg:	**Der Finder. Endzeit-Thriller** **Reihe: *Mörderisch Bergisch!***
ISBN:	**978-3-89796-221-7**
Seiten:	**320**
Format:	**12,5 x 19 cm; Broschur**
Preis:	**9,90 Euro**

Stellen Sie sich vor, einige der Top-Krimiautoren des Bergischen Landes verbringen einen Spätsommerabend unter der Müngstener Brücke. Jeder von ihnen erzählt eine spannende Kriminalgeschichte. Eins haben sie alle gemeinsam: Sie spielen in **Wuppertal, Solingen oder Remscheid.** Ein echt mörderisches Dreieck!

In Wuppertal kommt eine Frau aus mysteriösen Gründen ums Leben ... Auf Schloss Burg eskaliert ein Streit zwischen Eheleuten ... In Remscheid bekommt ein Kommissar nächtlichen Besuch von Unbekannten ...

Mit Geschichten von Oliver Buslau, Holger Dauer, Christopher Jonas, Daniel Juhr, Felix Lothar, Henrike Madest, Stefan Melneczuk, Moritz Platzer und Michael Schreckenberg

Div. Autoren	Mord im Dreieck
Reihe:	*Mörderisch Bergisch!*
ISBN:	978-3-89796-231-6
Seiten:	176 Seiten, Broschur
Preis:	9,90 Euro

Die Welt des Kölner Anwalts Bruno Böllmann gerät aus den Fugen, als ihn ein Klient und Besitzer eines Tonstudios aufsucht, weil in der Küche die Leiche seiner Frau lag. Alles deutet auf einen bösen Scherz hin, denn wenig später finden Bruno Böllmann und Pepe Rogalzki, Leiter der Kölner Mordkommission, die vermeintliche Leiche quicklebendig vor. Dies scheint das Signal zu sein für eine Kette ungeklärter Bluttaten, die Köln in Atem hält. Alles deutet auf Egon van Reukelen, einen schrägen Ausdruckssänger und ehemaligen Bestatter, als Serientäter hin. Doch dann mischen sich auch die Stimme eines achtjährigen Jungen, die eines Pastors und seiner Frau in dieses Kölner Requiem ...

Ein abgründiger Psycho-Krimi, der die dunklen Seiten des Kölner Künstlermilieus aufzeigt und in die Seelenabgründe der Tatverdächtigen hinabsteigt.

Geismar:	**Kölner Requiem. Kriminalroman**
	Reihe: *DomstadtKrimi*
ISBN:	**978-3-89796-226-2**
Seiten:	**240**
Format:	**12,5 x 19 cm, Broschur**
Preis:	**9,90 Euro**

Er mordet scheinbar wahllos. Aber mit Lust, mit Leidenschaft, mit Präzision. Und er sucht sich markante Orte im Oberbergischen Kreis, um seine Opfer zur Schau zu stellen. Der Unbekannte hält die gesamte Kriminalpolizei Gummersbach, allen voran Hauptkommissar Schneider, wochenlang in Atem. Schneider erklärt die Ermittlung zur Chefsache. Nicht ahnend, was er sich damit antut ...

„Herbstwind" erzählt aus drei Perspektiven die düstere Vorgeschichte zu „Frühlingsduft": Ein immens spannender Kriminalroman aus dem Oberbergischen, der tief in die Abgründe der menschlichen Seele hinabsteigt.

Die düstere Vorgeschichte zu *Frühlingsduft*: neu bearbeitet und in limitierter Auflage!

Kuchejda	Herbstwind. Kriminalroman Reihe: *Mörderisch Bergisch!*
ISBN	978-3-89796-229-3
Seiten:	160 Seiten
Format:	12,5 x 19 cm, Broschur
Preis:	9,90 Euro